Über dieses Buch Galante Abenteuer, tugendhafte Entsagung, Glück und Leid des Ehestands, gewissenlose Verführung, Raub, Mord – das sind einige der Themen, die im letzten Drittel des 18. Jahrhunderts einer sprunghaft anwachsenden Leserschaft »Unterhaltung für müßige Stunden« boten. Erst als Antwort auf den Lesehunger eines größeren Publikums hat sich die Erzählliteratur in Deutschland breit entfaltet. Eine Vielzahl kleiner Prosaformen lieferte neben dem Roman die Lesestoffe, die nicht mehr auf Erbauung und Belehrung ausgerichtet waren, sondern zweckfreier Unterhaltung dienten: sogenannte Charakterstudien zum Beispiel, in denen die Figuren psychologische Individualisierung erfuhren, Begebenheiten, »aus dem Leben gegriffen«, oder die jetzt entstehende Kriminalgeschichte, die vorgeblich auf Rechtsfällen beruhte. In ihr besonders ist die aufgeklärte Kritik an überkommenen Normen unüberhörbar.

Marion Beaujean hat im vorliegenden Band eine bunte, thematisch akzentuierte Auswahl aus der unterhaltenden Prosa dieser Epoche zusammengestellt. Neben noch heute bekannten Autoren sind die damaligen Publikumslieblinge wie Meißner, Langbein, Lafontaine und Spieß mit charakteristischen Beispielen vertreten.

Die Herausgeberin Dr. phil. Marion Beaujean ist leitende Bibliotheksdirektorin der Stadtbüchereien Hannover. Nach einer richtungweisenden Untersuchung zum Trivialroman im 18. Jahrhundert (1964) hat sie weitere Buch- und Zeitschriftenveröffentlichungen zur Erzählliteratur der Goethezeit und zur Lesersoziologie vorgelegt.

Liebe, Tugend und Verbrechen

Unterhaltsame Geschichten
aus dem 18. Jahrhundert

Herausgegeben
von Marion Beaujean

Fischer Taschenbuch Verlag

Herausgegeben und mit Anmerkungen
sowie einem Nachwort versehen von
Marion Beaujean. Mit 12 Illustrationen
von Daniel Nikolaus Chodowiecki und
4 zeitgenössischen Vignetten.

Ungekürzte Ausgabe
Veröffentlicht im Fischer Taschenbuch Verlag GmbH,
Frankfurt am Main, August 1989

Lizenzausgabe mit freundlicher Genehmigung
des Winkler Verlags, München
Die Originalausgabe erschien 1987 im
Winkler Verlag, München.

Umschlaggestaltung: Buchholz/Hinsch/Hensinger
unter Verwendung eines Gemäldes von
Jean-Pierre Cuzin Fragonard
›Der nutzlose Widerstand‹ (um 1775)
Druck und Bindung: Clausen & Bosse, Leck
Printed in Germany
ISBN 3-596-29223-9

Justus Möser

SCHREIBEN EINER DAME AN IHREN KAPELLAN ÜBER DEN GEBRAUCH IHRER ZEIT

Mein lieber Herr Kapellan!

Ich muß Ihnen einmal einige Gewissensfragen tun. Sie sagen mir immer, ich müßte von jeder Stunde meines Lebens am Ende Rechenschaft geben; und die Stunde dieser Rechenschaft rücke mit jedem Augenblicke näher. Nun wollte ich gern beim Schlusse dieses Jahres, um nicht übereilt zu werden, einen kleinen Anfang mit der Rechnung machen. Ich finde aber dabei einige Schwierigkeiten, worüber ich mir Ihre Erläuterungen ausbitten muß.

Erstlich habe ich auf dem Lande gesehen, daß die Leute bei der schwersten Arbeit nur fünf und höchstens sechs Stunden schlafen. Ich aber bin des Abends um 11 Uhr zu Bette gegangen und des Morgens um 8 wieder aufgestanden, mithin vier Stunden länger im Bette geblieben. Sollte ich diese auch berechnen müssen, oder werden sie so mit durchlaufen?

Zweitens habe ich in meinen jungen Jahren wohl einige Stunden am Kaffee- und Nachttische zugebracht; jetzt aber, da ich eben keinen Trost mehr vor dem Spiegel finde und meine Dormeuse sehr geschwind aufsetze, bringe ich diese Zeit mit der größten Langeweile zu. Sollte ich dafür nicht billig eine Schadloshaltung fordern können?

Drittens habe ich oft Gott gedankt, daß ich drei Stunden am Tische verweilen könnte, weil mir sonst die Zeit bis zur Assemblee zu lang wurde. Diese Wohltat habe ich mit Dank genossen; und so wird man von mir doch nicht verlangen, daß ich dieserhalb noch lange Rechnung geben solle?

Viertens hoffe ich doch, eine Stunde zum Kaffeetrinken werde einem jeden Christenmenschen freigegeben sein?

Fünftens habe ich von 5 Uhr bis um 8 in diesem Jahr 730 Spiele Karten verbrauchen helfen und solchergestalt arme Fabrikanten unterstützt; könnte ich diese nützliche Anwendung meiner Zeit nicht doppelt anrechnen?

Sechstens habe ich von 8 Uhr bis um 11 zu Abend gegessen und mich einigermaßen zu den Verrichtungen des folgenden Tages vorbereitet; auch wohl, nachdem ich eben aufgeräumet war, ein hübsches Buch zu meiner Ermunterung in die Hand genommen; diese Stunden können also richtig berechnet werden. Wollten Sie mir aber wohl dieserhalb ein Zeugnis geben, womit ich bestehen könnte?

Sagen Sie mir nicht, daß ich die Zeit hätte nützlicher anwenden sollen. Denn dieses ist hiesigen Orts, wo man weder Opern noch Komedien, weder Redouten noch Akademie hält, schier unmöglich. Gesetzt also, ich hätte weniger Zeit im Bette und bei Tische zubringen wollen, was hätte ich in aller Welt anfangen sollen? Reiten habe ich nicht gelernt; die Jagd ist mir zu mühsam; des Spazierens werde ich bald müde; und durch jede Arbeit, die ich ver-

»... da ich eben keinen Trost mehr vor dem Spiegel finde ...«

richtet hätte, würde ein armer Mensch sein Brot verloren haben. Mein gutes Einkommen überhebt mich auch der Arbeit, und je weniger ich selbst tue, je mehr gebe ich fleißigen Armen zu verdienen. Es würde ein sträflicher Geiz sein, wenn ich selbst die Küche versehen oder ein Kammermädchen weniger halten wollte.

Ich habe es einmal versucht und bin mit einem heroischen Vorsatze um 4 Uhr des Morgens aufgestanden; allein, so wahr ich ehrlich bin, ich mußte mich um 6 Uhr wieder niederlegen, bloß um mich von der Langenweile zu erholen. Was für ein entsetzlicher Morgen war dieser! Es fror mich; ich gähnte; mein Kammermädchen grämelte; die Leute murreten; und die ganze Haushaltung geriet in Unordnung. Ich las ein Buch, ohne das Gelesene zu empfinden; ich war geschäftig, ohne was zu beschikken; dabei regnete es, sonst wäre ich wohl hingegangen, um ein bißchen im Holze bei den Nachtigallen zu schaudern. Kurz, den ganzen Tag über war mir nicht wohl; und da tat ich ein Gelübde, niemals ohne die höchste Not vor 8 Uhren aufzustehen.

Ebenso bin ich einmal des Nachmittags zu Hause und allein geblieben. Um 4 Uhr trank ich meinen Kaffee; um 5 Uhr Tee, um 6 Uhr ward ich etwas matt; ich ließ mir meine Tropfen und eine kleine Bouteille Kapwein geben. Ich nahm etwas davon und las; nahm wieder ein bißchen, und was meinen Sie? – Aus war die Bouteille, ehe es achte schlug. Bei Tische des Abends war ich nicht ein bißchen heiter, und alles, was ich mit Mühe herunterbringen konnte, war eine Tasse Schokolade, und nach Tische mußte ich mich gleich zu Bette legen. So übel lief dieser Versuch ab.

Was aber bei dem allen das Beste sein mag, mein Herr Kapellan, so preise ich die Leute glücklich, die alle Tage sechzehn Stunden mit nützlichen Arbeiten zubringen können; ich beneide sie sogar, wenn dieses etwas zu meiner Entschuldigung helfen kann. Ja, mich dünkt, daß Leute, die im Leben so glücklich sind, alle ihre Stunden nützlich hinbringen zu können, wenn es dermaleinst zur Rechnung kommen sollte, mindern Lohn verdient haben als ich, der es so sauer wird, nur eine Stunde ohne Schlaf, Spiel oder Essen zu nutzen. Ich spreche im Ernst; die Tage gehen mir so langsam und die Jahre so geschwind hin, daß ich ganz verwirret darüber bin. Oft schmäle ich noch mit meiner seligen Mutter im Grabe, daß sie mich nicht mehrern Geschmack an der Haushaltung beigebracht und daß ich in den Jahren, wo die Begierde zu gefallen mich zu keiner ernsthaften Überlegung kommen ließ, mir nicht wenigstens eine kleine gute Faust, womit ich einen Topf vom Feuer nehmen könnte, erworben habe. Allein, da sagte meine liebe Mutter: »Kind, wer will dir die Hand küssen, wenn sie nach der Küche riecht?« Und um einen kleinen Fuß zu behalten, trippelte ich höchstens einmal auf einer grünen Terrasse herum. Jetzt in meinem Alter kann ich mir nicht einmal abgewöhnen, ohne Handschuh zu schlafen; wie wollte ich mich denn in andern Stücken ändern können?

Sie, Herr Kapellan, haben mir oft gesagt, daß Sie keine Stunde hinbringen könnten, ohne eine Prise Tabak zu nehmen. Ach, nehmen Sie jetzt auch eine und überlegen dabei einmal, wie ich meine Rechnung besser einrichten könne? Zeigen Sie mir einen Plan, der meinen Kräften und meiner Gewohnheit angemessen ist. Einen Plan, wobei ich nicht nötig habe, mein Bette früher zu verlassen oder die Assemblee zu versäumen. Nehmen Sie mich als ein Geschöpfe an, das lahme Füße und Hände und dabei einen Kopf hat, der durch die Länge der Zeit nun einmal so verdorben ist, daß er zu einsamen ernsthaften Betrachtungen gar nicht mehr aufgelegt ist, dem Youngs Nachtgedanken sogleich die heftigsten Kopfschmerzen verursachen und der diese Nacht gewiß nicht schlafen wird, da ich so lange geschrieben habe.

Ich bin in dessen Erwartung etc.

Helfrich Peter Sturz

*DIE REISE NACH DEM DEISTER**

Ich verlange durchaus, Herr im Hause zu bleiben«, sagte neulich Herr Simon, »nicht aus Steifsinn, denn ich bin verträglich, sondern aus Grundsätzen, Arist. – Glauben Sie mir, das beste Weib hat seltsame Launen und taumelt unter Grillen und Torheiten herum, wenn sie nicht zum Gehorsam geübt wird.«

»Ist das so leicht, Herr Simon?«

Er. Alles besteht in der Methode, mein Herr. Wenn man nie etwas abschlägt oder begehrt als mit vernünftigen Gründen, die man, wie Sie wissen, immer findet, so lernt die Frau bald den Willen ihres Mannes für den klügsten Willen halten und folgt dann ohne Widerspruch.

Ich schwieg betroffen; denn, im Vertrauen gesagt, der

* So wird gewöhnlich in Hannover eine Lustreise nach dem Hallerbrunnen genannt, der zwar nicht auf dem Deistergebürge, aber nahe dabei, nicht weit von Springe, liegt: ein Lustort, wo man ohne Kunst, nur mit Geschmack, eher Schönheiten aufgedeckt als angebracht hat; der Wasserfälle, Silberbäche, graue Eichen, lispelndes Gebüsch, Feenlauben, schauervolle Höhlen, Aussichten in die öde und in die lebendige Schöpfung vereinigt. Wer hier mit seiner Freundin wandelt, glaubt an die Wunder der Empfindsamkeit.

»Glauben Sie mir, das beste Weib hat seltsame Launen ..., wenn sie nicht zum Gehorsam geübt wird.«

häusliche Mut dieses redlichen Mannes wird in der Stadt nicht gebührend erkannt. Jedermann glaubt vielmehr, daß ihn seine Dame, obwohl an einem seidenen Faden, doch sicher wie in Ketten leitet.

Es ist Sünde, dachte ich, so ein Wohlbehagen, so ein täuschendes Gefühl der Kraft zu stören; doch entfiel mir, daß es Täuschungen gäbe, daß mancher Günstling eigenen Willen dem Sultan für den seinigen verkaufe und daß eine jede Frau eine geborne Staatskünstlerin sei.

»Ei Possen! Possen!« rief Herr Simon. »Ja, wenn man ihre Winkelzüge nicht endlich durchgeforscht hätte! Wer mit den Wendungen ihrer List, mit dem Labyrinth ihrer Einleitung bekannt ist, der lauscht am rechten Ort und hört sie auf den Zehen kommen.« – »Herr Simon«, sprach ich, »lieber Herr Simon! Es gibt aber doch eine Menge Krümmen, die sich nicht berechnen lassen.«

Vor einigen Tagen traf ich die Frau meines Freundes allein zu Hause, ein freundliches, angenehmes Weib, die so natürlich spricht und handelt, daß, wenn sich Frau Simon verstellt, Verstellung notwendig die Natur der Damen sein müßte. – »Herrliches Wetter!« rief sie mir entgegen. »Jetzt wäre das so recht eine Zeit, um den Hallerbrunnen zu besuchen. Die Gegend, sagt man, ist wunderschön; wollen Sie mit von der Partie sein?«

Ich. Wenn es morgen sein kann – herzlich gern.

Sie. Morgen? Gut! Es bleibt dabei. Je eher, je lieber! Das Wetter kann sich ändern.

Ich. Ob's auch Herr Simon zufrieden sein wird?

Sie (lächelnd). Mein Mann ist, wie Sie wissen, ein gütiger Mann und schlägt mir ein unschuldig Vergnügen nicht ab. Machen Sie sich nur immer zurecht; wir fahren um sechse präzise. –

Hier wurde sie abgerufen, und ich setzte mich im Bücherkabinett meines Freundes nieder.

Nach einer halben Stunde trat Herr Simon unter einem lebhaften Gespräch mit seiner Frau ins Vorzimmer, und weil ich das Wort Deister hörte, so lauscht ich neugierig, wie die Sache wohl negoziiert werden möchte. Hier ist der interessanteste Teil ihres Gesprächs.

Frau Simon. Du hast recht, mein Kind, es ist eine teure Langeweile. Man jagt über die kahle Chaussee, ißt und trinkt schlecht, ermüdet sich, erhitzt sich und kriegt am Ende nichts als Bäume zu sehen, die man in der Nähe haben kann. Arist ist gewaltig für die Reise eingenommen.

Herr Simon. Ich diene meinen Freunden gern, nur müssen sie nicht verlangen, daß ich mich ihretwegen ennuyieren soll. – Außerdem geht's morgen nicht an; ich habe dringende Geschäfte und weiß mich kaum durch die Papiere zu finden. Überhaupt sind mir alle die Partien zuwider, wo man so feierlich nach Freude läuft und sie erst findet, wenn alles vorbei ist. Ach, rufen wir dann ermüdet, wie froh bin ich, wieder zu Hause zu sein! – Warum gingen Sie denn aus dem Hause, Mesdames?

Frau Simon. Eben das ist meine Meinung, und damit ist's aus. Arist mag sich eine andere Gesellschaft suchen. Nein, das herrliche Wetter will ich besser anwenden, und morgen kann ich endlich tun, was ich schon so lange willens war. Deine Stube hier, die Bücherkammer, will ich nun einmal recht waschen und scheuern und reinigen lassen; alles muß hier umgewandt und in eine vernünftige Ordnung gebracht werden. Jetzt trocknet's geschwind, und so wirst du endlich den ekelhaften Unrat los.

Herr Simon. Dortchen, nein, um's Himmels willen, das geht noch weniger an! Euer Kramen und Poltern, weißt du doch, ist mir ein rechter Abscheu. Laß das bis auf ein andermal gut sein; morgen muß ich arbeiten.

Frau Simon. Aber könntest du nicht, lieber Mann, ein paar Tage in der kleinen Torstube sitzen? Ich muß mich wahrlich schämen, wenn hier ein Fremder kommt. – Alles das legt man endlich der Frau im Hause zur Last. – Einmal muß es doch geschehen.

Herr Simon. Ja, und soll auch geschehen; aber nur, wenn ich nicht zu Hause bin.

Frau Simon. Damit hältst du mich nun schon viele Monate hin. – Zürne nicht, mein lieber Mann, diese Unordnung macht uns beiden wenig Ehre. Ist es gesund, ist es angenehm, in einem solchem Stalle zu leben? Ist es schicklich, irgend jemand hier hereinzuführen? Auch du wohnst gern in einer reinlichen Stube. – Wie dir's so wohl sein wird, wenn der Greuel einmal weg ist, wenn deine Kammern durch die gesunde Frühlingsluft recht durchgeweht und durchgereinigt sind.

Herr Simon (nach einigem Nachdenken). Hör, mir fällt etwas ein – weil doch Arist seinen Sinn darauf gesetzt hat – so laß uns nach dem Deister reisen – unterdessen mögen sie poltern.

Frau Simon. Gut, lieber Mann! – Reise du mit ihm hin, und mache dir viel Vergnügen – ich will alles wohl besorgen.

Herr Simon. Nein, Madame, das war die Meinung nicht! da fehlen mir hundert Bequemlichkeiten – ohne dich reis ich nicht aus der Stelle.

Frau Simon. Kann der Schreiber nicht achtgeben, daß man die Papiere nicht rührt, und die Bücher abnehmen und aufsetzen? Ist dazu deine Gegenwart nötig?

Herr Simon. Nein, Kind – aber Sie reisen mit, wenn es gefällig ist.

Frau Simon. Lieber Mann!

Herr Simon. Kurz und gut! – Eine Gefälligkeit ist der andern wert; und wenn ich in das Ausräumen willige, so mußte du mit nach dem Deister.

Frau Simon. Werde nicht heftig, lieber Mann! deine Wünsche sind Befehle für mich; ich will gleich die Berutsche bestellen. – Hier umarmten sie sich, und ich schlich aus der Hintertüre leise die Treppe hinab. Wir reisten nach dem Deister. Als wir in den Wagen stiegen, drückte mir Herr Simon freundlich mit den Worten die Hand: »Diesen Tag haben Sie mir zu verdanken. Meine Frau wollte durchaus nicht dran; aber sie versteht zu gehorchen.«

Warum gelingt es jeder klugen Frau, ihren vernünftigen Mann, sooft sie Lust hat, nach dem Deister zu führen?

Weil die Freude zu gebieten, ce qui plait aux dames, das Studium ihres Lebens ist und weil der Stolz des Herrn der Schöpfung sie geradezu nach dem Throne führt; denn uns ahndet so ein Hochverrat nicht. Wir brüsten uns in unserer Repräsentation und geben für die Zeichen der Regierung die Regierung selbst hin.

Aber ist es denn so ein Unglück, durch eine Frau geleitet zu werden? einen freundlichen Richter zu erkennen, der entscheidet, wenn Unentschlossenheit an unserer Ruhe nagt? an der Hand einer sanften Gebieterin durch das dornige Leben zu wandeln, wo wir in unserer Leidenschaft gewiß den Pfad nicht immer fänden, der sicher zwischen Abgründen hinführt?

August Gottlieb Meißner

DIE HASELNUSS-SCHALE

Dann und beinah unendlich zart sind die Fäden der Spinne oder das Gewebe des Seidenwurms; aber noch viel dünner, noch viel unendlich zärter sind jene Fäden, welche die menschlichen Schicksale jetzt aneinander ketten, jetzt verwickeln. Lang übersahen dies unsere Geschicht- und Romanenschreiber, und auch nun, da sie drauf zu merken beginnen, kann die Erzählung von einem jungen Manne, den eine Haselnußschale in Schmach und Elend brachte, nicht ganz überflüssig sein.

Bendorf war ein rascher empfindungsvoller Jüngling mit unverbesserlichen Grundsätzen in Religion und Rechtschaffenheit; der edelste Mann gegen seinen Freund, ein edler gegen sein Mädchen. Für beide hätt' er willig Gut und Leben aufgeopfert; doch für jenen stets, für diese nur lange Zeit hindurch. Fest und streng war er gegen sich selbst, aber leider! nachgiebiger als Efeuranke gegen den, an welchem er hing; und immer hing er an einem oder an einer.

Jetzt kam er von Göttingen heim, den Kopf voll Wissenschaft, aber noch voller das Herz von Enthusiasmus für jedes Schön' und Gute. Sein inniger Ton im Gespräche, das originelle Gepräge seiner Worte und seines Betragens, seine Freiheit im Denken und sein Mut, verjährter

Vorurteile zu spotten, machten ihn bald bemerkt. Viel Männer, zumal die alten, schüttelten schweigend die Köpfe; andre, und vornehmlich die, so bisher den Ton des Geschmacks selbst angegeben, tadelten laut den Brausenden, nicht weil er brauste, sondern weil er sie an Belesenheit und Kopf übertraf; aber auch manche liebten ihn und lispelten ihm leise »Bravo, junger Mann! Es liegt viel in dir: sei tätig, und es wird sich entwickeln!« ins lauschende Ohr. Ich wähle mit Vorbedacht dies Beiwort »lauschend«; denn wer zweifelt wohl daran, daß ein Bendorf ehrgeizig sein mußte?

Ganz anders empfing ihn das schöne Geschlecht. Da war in dem für ihn schicklichen Kreise der Gesellschaft fast keine einzige, die ihn nicht mit ihrem besten Knicks empfing, kein Mädchen, das nicht manchen steifen Wohl- und Hochwohlgebornen, trotz seiner Gala-Uniform, stehn ließ, um mit dem jungen Supernumerar-Sekretär zu plaudern; kein Weibchen, das nicht den nächsten Abend sein Urteil vom Schauspiel und Schauspieler nachschwatzte; und keine Matrone, die nicht mit wahrem Mitleid ausrief: Ein feiner junger Mensch, wenn er nur fleißiger in unsre Hofkirche ginge! In mancher Gesellschaft, wo man bisher nur l'Hombre und Tarock gespielt hatte, ward ihm zu Liebe Whist Mode.* Kurz, fast alles war hier mit ihm zufrieden – so lang er nämlich auch seinerseits gegen alle sich gleich artig und gleich aufmerksam betrug.

* Man vergesse nicht, daß die Szene einige Jahre zurück spielt, wo Whist noch nicht das allgemeine Studium aller guten Köpfe war.

Aber das verdammte Phantasieren! Es ist oft fein und nützlich, jedoch ein weiches Herz leidet allzuviel dabei und wählt sich bald lieber freiwillige Sklaverei statt unbeschäftigter Freiheit. – In einer Stadt, wie D** ist, für deren Verschönerung die gütige Natur durch so manches reizende Mädchengesicht gesorgt hat, konnt' ein so weiches, der Liebe so bedürftiges Herz, als Bendorfen seines war, nicht lange ganz frei bleiben. Zwei Frauenzimmer stritten sich bald um dessen Besitz, und er schwankte ziemlich lange hin und her, und her und hin. – Amalia Mildau, sanft, schön, jung, reich, von unbescholtnen Sitten und nieverletzter Tugend, wetteiferte mit Julie Hilmer, gleichbegütert, weit schöner und minder sanft und gut. Wo jene rührte, riß diese hin; wo jene empfand, spottete diese. Für ein stilles ländliches Leben schien Amalie, Julie hingegen ganz für eine Residenzstadt geschaffen: Kein Wort sonder Witz, keine Miene sonder Einwurf zum Siege; geschickt, ein Land zu regieren und zu Grunde zu richten, wenn ein Fürst sie geliebt hätte; eitel, wie ein neugewordner Titular-Rat; und eifriger aufs Spiel als ein zweitägiges Weibchen auf Kuß und – Tändelei. Wenn Amalia mehr Freundinnen hatte, so war Julie desto reicher an Bewunderern. Wenn jene öfter gefiel, glänzte diese öfter, und wenn man jene öfter lobte, sprach man desto mehr von dieser, freilich bald Gutes, bald Böses, aber genug für ihren Ehrgeiz, daß sie sich bemerkt sahe.

Bendorf, wie gesagt, war lang ungewiß; er hätte gern, die Wahrheit zu gestehen, beide, vielleicht, wie Fallstaf beim Shakespeare, die eine zu Sonn- und Fest-, die andre zu Werkeltagen besessen; indes entschied doch sein beßrer innrer Sinn endlich für Amalien. Er bewarb sich um ihre Freundschaft, erhielt sie; bewarb sich sofort um ihre Liebe, erhielt auch diese? und ward bald als ihr erklärter Bräutigam angesehn, dem zur Erlangung ihrer Hand bloß der Tod seines Vordermannes in der Kanzlei und die Einrückung in dessen Posten noch fehle. Kaum hatte das allzeit fertige Gerücht dies hier und da an die Behörde* oder Nicht-Behörde gebracht, als auch manches sich in Betracht seiner verwandelte. Mancher Vater mannbarer Töchter empfing jetzt seinen Besuch kälter und lud ihn seltner zur Tafel; manch Mütterchen schüttelte mit bedenklicher Mien' ihr Wackelhäuptchen und rief: »Die böse Zeit! Kaum sechsundzwanzig Jahr alt, und schon aufs Freien gedacht!«; manch Mädchen fand seine Nase nun doch ein wenig zu sehr gebogen, seinen Wuchs zu schmächtig und seinen Ton zu altklug; und mancher heimliche Anbeter Amaliens versicherte, aus hoher Hand die Nachricht zu haben, daß Bendorf seinen Amtsgeschäften eben nicht mit Beifall vorstehe.

Aber Bendorf, so genau er dies alles bemerkte, so wenig schien er darauf zu achten. Ganz an Amalien gekettet,

* Ein juristischer Ausdruck, den hoffentlich jeder verstehen wird. Nichts ist so schlimm, worinnen nicht auch etwas gut und nützlich sein könne. Zu einer Zeit, wo so viele, und zwar mit Recht, gegen den Kanzleistil eifern, wünscht' ich, daß man auch einige wenige in ihm brauchbare Worte in die beßre Schreibart übernähme. Behörde, z. B. dünkt mir, ist ein Ausdruck, der mit wenigen Silben mehr sagt als eine weitläuftige Umschreibung.

dünkt' ihm jede Gesellschaft langweilig, wo er sie nicht fand, strengt' er nur für sie und ihre Gunst jede Kraft seines Geistes an, glaubte sich immer noch weit zurück in ihrer Liebe, so glücklich er auch mit jedem Tage stärker vorwärts drang, und hatte endlich, da einer seiner Kollegen gütig genug war, ihm Platz zu machen, das entzükkende Glück, aus Amaliens – seiner Amalien! Munde den nächsten Monat zum Zeitpunkt ihrer Verbindung ernennt zu hören. Jeder seiner wahren Freunde wünscht' ihm nun Glück, jeder seiner Hasser beneidete ihn, und jedes Mädchen von Amaliens Bekanntschaft dachte heimlich bei sich selbst: Wer doch an Amaliens Stelle wäre!

Es sei nun aus Mißtrauen gegen eigne ihm wohlbekannte Schwäche oder aus schonender Achtung für Amaliens ziemlich sichtlichen Hang zur Eifersucht oder aus wahrer Kälte für alles, was nicht *sie* war, genug! er hatte seit dem ersten deutlichen Geständnis ihrer Liebe auch sofort beinahe jeden Umgang mit andern Frauenzimmern abgebrochen, und mit Julien gänzlich. Bei dieser hingegen wuchs eben so die Glut ihrer wirklich ernsthaften Neigung, als wie sein Frost stieg; je mehr er ihrer zu vergessen schien, desto öfter dachte sie an ihn, entwarf manchen allerliebst ausgesonnenen Plan, aber, trotz jeder Feinheit, immer vergebens, und ward es daher endlich, obschon spät, müde, Lockungen, die Tausend mit dem Entzücken eines Ritter Amadis angenommen und mit goldnen Uhren, Perlen und Diamantenschmuck vergolten haben würden, an einen Undankbaren zu verschwenden. – Eine Sinnesänderung, mit der Bendorf wohl zufrieden war.

Einst, als Bendorf, müde von Reskripten und Extrakten, an einem schwülen Sommernachmittage zu seiner Erwählten hineilte, fand er sie ganz allein bei offnen Fenstern, indem sie zu gleicher Zeit in einem Buche las und sich mit Aufmachung einiger vor ihr liegenden Haselnüsse die vielleicht langweiligen Stellen zu verkürzen suchte. Sie empfing ihn aufs zärtlichste; gelehnt an ihren Arm, saß er hier lang und schwatzte von seiner Glut und ihrem Wert und Reize, von tausend innern Gefühlen, von tausend Aussichten für die Zukunft und von allen den Zurückerinnerungen ihrer ersten sich anhebenden Bekanntschaft. So ganz in sich und sein Gespräch verloren, ergriff er jetzt, ohn' es selbst zu wissen, warum? eine Handvoll dieser Haselnußschalen und warf sie zum Fenster hinunter.

»Was machen Sie da, Bendorf?« fuhr Amalia schnell auf; »Sie können ja jemanden auf den Kopf werfen!«

»Das sollte mir leid tun«, erwidert' er, ging lächelnd ans Fenster und fuhr noch weit schneller und erschrockner zurück, denn er sah unten einige Frauenzimmer still stehn und starr hinanblicken.

Amalia, der seine Farbenveränderung nicht entwischte, folgt' ihm gleich unbedachtsam ans Fenster nach, sah eben dasselbe und hörte noch deutlich die Worte: »Ich dank' Ihnen für Ihre Höflichkeit, Bendorf. Sie ist neumodisch, aber eben deshalb vom feinsten möglichen Geschmack. Vielleicht befürchteten Sie, daß ich Sie sonst nicht neben Ihrer liebenswürdigen Gesellschafterin erblickt haben würde.«

»Das war Julie Hilmer!« rief Amalia voll des bittersten Verdrusses aus. »Da haben Sie fürwahr was Feines angerichtet, Sie unbesonnener immer tändelnder Knabe. Sie haßt uns ohnedem schon längst; wird es sicher für eine vorsätzliche Beleidigung halten, wird –« Hier folgten nach gewöhnlicher Art der Frauenzimmer (die nirgends ängstlicher als in Kleinigkeiten sind, ob sie's zwar durch spielende Großmut in wichtigen Dingen oft wieder gleich machen) eine ganze Menge unangenehmer Vermutungen, dichter gereiht als eine Granatenschnur, hinterdrein, und dem armen Bendorf kostete es demosthenische Beredsamkeit, sie nur wieder etwas zu beruhigen. Eben hofft' er, daß es ihm nicht ganz mißlingen sollte, als Amaliens Stubenmädchen ins Zimmer trat. Diese, eine große Günstlingin ihrer Herrschaft, hatte durch ein Ungefähr grade unten an der Haustüre gestanden, als der verzweifelte Wurf Juliens Näschen getroffen hatte; und erzählte nun mit einer Genauigkeit, die den guten Jüngling beinah rasend machte, und mit einer Umständlichkeit, gegen die eine Ohrenbeichte Kleinigkeit ist, alle die Spöttereien her, die Julie sich nachher erlaubt hatte oder erlaubt haben sollte.

Amaliens Hitze stieg mit jedem Worte; aber als sie endlich die boshafte Vermutung ihrer Gegnerin (als habe sie selbst Bendorfen zu dieser Beleidigung aufgefordert, um doch sehn zu lassen, daß sie auch noch einen Liebhaber besitze) vernahm, da loderte sie hell empor; denn das, was ihrem Geschlecht lieber als Leben selbst ist, ihre weibliche Eitelkeit, fand sich durch dies auch noch aufs schmerzlichste gekränkt.

Umsonst bewies der gebeugte Liebhaber, der jetzt zum erstenmal in seinem ganzen Leben seine sanfte Amalia aufgebracht sah, durch mancherlei Gründe den noch nie angefochtnen Satz: daß einmal Geschehnes doch geschehen sei. Umsonst versichert' er ihr: daß die Stimme einer solchen Törin, wie Julie, für nichts zu achten sei; sie fuhr in ihrem Eifer fort, und befahl ihm endlich, sofort zu Julien hinzugehn, sich aufs beste zu entschuldigen und mit der unbefangensten Aufrichtigkeit die Schuld des ganzen Versehens auf sich allein zu nehmen.

Die Wahrheit zu gestehn, in einer so höflichen Welt, wie die heutige ist, wo man selbst den, der uns auf den Fuß tritt oder auf den Kopf spuckt, sobald er nur vornehm und reich ist, noch um Vergebung bittet, war die Forderung, ein gleiches bei einer doch wirklich sonder Schuld und Ursache beleidigten Nase zu tun, gar nicht zu seltsam oder unbillig; nur der Ton, mit dem Amalia solche ergehen ließ, gefiel Bendorfen nicht, der ohnedem Zeit seines Lebens unbedingtes Gebot ungern vertragen hatte. Der Gedanke, daß die, die den Bräutigam allzu nachgiebig fände, auch dereinst von ihrem Manne Beharrung in dieser löblichen Sitte fordern könne, stieg allmählich in ihm empor; er beharrte auf der Einschränkung, bei Gelegenheit Abbitte zu leisten; sie bestand auf sofort, und so trennten sich beide endlich mit Widerwillen, und Bendorf eilte zum erstenmal traurig von Amalien seiner Wohnung zu. – Hier auf seinem einsamen Zimmer begann sein kochendes Blut sich abzukühlen; er fand, daß er zu halsstarrig (der Eitle nannt' es standhaft) gewesen sei; der allerliebste Trost der Männer, daß man dem schwächern Geschlecht nachgeben müsse, ward immer kräftiger in ihm, und er beschloß, Amalien zu folgen, ausbedungen, daß sie's noch einmal und mit etwas besserer Art von ihm begehre.

So ging der kurze Sommerabend hin; er beschlief seinen bessern Vorsatz und wollt' eben ausgehn, als Amaliens Mädchen zu ihm kam und ihm ein Billet von ihrer Gebieterin brachte, worinnen sie ihm meldete: daß die Nachricht von der gefährlichen Krankheit einer ihrer nächsten Muhmen, die ein kleines Gütchen an des B** Grenze besaß, sie zu einer plötzlichen Reise über Land nötige; daß er daher, wenn er sie noch etwa zuvor besuchen wolle, es bald tun müsse; daß aber auch nur unter der Bedingung vorheriger Abbitte bei Julien der Zutritt zu ihr ihm offen stehe. –

Welche sonderbare trotzige Geschöpfe wir Menschen doch sind! Bendorf war schon vorher völlig entschlossen gewesen; aber die Wiederholung des Gebots, die Bedingung, zu welcher es nun wurde, ärgerte ihn von neuem so sehr, daß er nur höchst unwillig auf seine doch so geliebte Amalia zu ihrer ehmaligen Nebenbuhlerin hinging. – Julie schien anfangs über seinen Besuch, dessen sie nun schon seit langer Zeit sich ganz hatte entwöhnen müssen, ein wenig erstaunt zu sein, zumal da sie solchen jetzt zu einer etwas ungewöhnlichen Stunde (es war ungefähr anderthalb Stunden vor 'm Mittagsmahl) erhielt, aber als eine Meisterin in der Verstellungskunst faßte sie sich bald, empfing ihn mit der einnehmendsten Höflichkeit, hörte seine stotternde Entschuldigung wegen der gestrigen unvorsätzlichen Beleidigung mit einem gütigen Lächeln an; versicherte, daß sie schon halb vergessen und nunmehr ganz verziehen sei, und bat ihn, nachdem sie ihrem Mädchen ein paar Worte zugeflüstert hatte, sich bei ihr niederzulassen. Was Witz, Einfälle und die ungekünsteltste Freimütigkeit nur je vermögen können, das bot jetzt Julie gegen ihn zum Kampfe auf, und Bendorf, der sich einen höhnischen Empfang vermutet hatte und jetzt zu seinem Erstaunen eines so gütigen genoß, Bendorf, in dessen Herzen heute die Liebe für Amalien mit etwas gemäßigter Stimme sprach, der Julien lange nicht gesehen hatte und dessen bis jetzt mißvergnügte Laune diese ihr so von ungefähr aufstoßende Zerstreuung willig annahm, Bendorf, sag' ich, fand Juliens Gespräch heute so angenehm, daß sein Witz sich mit dem ihrigen in einen der eifrigsten Wettstreite einließ und daß eine halbe Stund ihm so schnell als eine Minute verflog. – Mittlerweile trat auch der Vater von Julien ins Zimmer; sie hatte keine Mutter mehr, war der einzige Liebling des schon ziemlich bejahrten Mannes und zugleich die unbeschränkteste Gebieterin des ganzen Hauses. Auf ihren Ruf kam jetzt der freundliche Alte, der ohnedem soeben an diesem Tage einige seiner Bekannten zu einem Mittagsmahl eingeladen hatte, aufs Zimmer seiner Tochter, fand Bendorfen allda, den er längst gekannt und vom Anfang her geschätzt hatte, und lud ihn höflichst ein, auch einen von seinen heutigen Gästen abzugeben.

In diesem Augenblicke gedachte Bendorf zuerst, seit

seinem Eintritt in die gefährliche Stube, wieder an seine Amalia, an ihre nahe Verreisung und an seine Schuldigkeit, sie noch vorher zu besuchen und zu versöhnen. Er entschuldigte sich daher aufs höflichste bei der Einladung des alten Hilmers und gestund ihm einige seiner Gründe frei heraus. Aber Julie half so sehr mit bitten, nahm zu Spöttereien über den zärtlichen allzupünktlichen Schäfer, zu Zweifeln an der Richtigkeit der ganzen Verreisung, zu Vorstellungen, daß ihm ja auch noch wahrscheinlich nach der Tafel Zeit genug übrig bleiben würde, und zu andern dergleichen Zuredungen, ihre Zuflucht – und Bendorf, nach langem Widerstreben, beging eine Schwachheit, die allerdings unsern Tadel verdient, das heißt, er ließ sich erbitten und blieb da.

Es kamen bald noch mehrere Gäste; die Gesellschaft war zahlreich, munter und wohlgewählt, der Tisch gut, der Wein köstlich, und Julie ward, als man sich setzte, Bendorfs Nachbarin. Ihr Geist, der sich bereits einen ziemlich kühnen Plan entworfen, hatte durch Vermischung von wahrem und falschem Witze noch nie so hell geschimmert; alle jungen Mädchen nagten zuweilen neidisch an ihrer blässern Lippe; alle jungen Mannspersonen bewunderten und lobten sie. Aber auch beinah alle übersah sie heute gleichgültig; jede ihrer Reden war immer nur hauptsächlich an Bendorfen gerichtet; in jeder Materie fragte sie ihn nach seiner Meinung, und immer traf sich's sonderbar genug, daß solche völlig auch die ihrige war. – Natürlich, daß diese Allianz ihm bald Neider und Gegner genug zuzog; aber jeden dieser letztern widerlegt' ihr

Scharfsinn oder demütigte ihr Spott; mit einer Feinheit, wie man sie nur bei einer Französin suchen sollte, wußte sie jeden seiner eignen Einfälle in helleres Licht zu setzen; seine Eitelkeit hatte noch nie sich so fein geschmeichelt und seine Wenigkeit noch nie sich so hochgeschätzt gesehn.

Man kann leicht denken, wie wohl dem Ehrsüchtigen dies alles gefiel; er ward so heiter und frei, seine Schmeicheleien waren so warm und zahlreich, daß bei einem und dem andern das bedeutende Flüstern sich mehrte und endlich eines von diesen jungen Weibchen, dem Julie nun wohl einmal genug gelobt zu sein dünken mochte, den halbtrunknen Jüngling mit einem Mittelton von Schalkheit und Lachen fragte: ob sie wohl alle die Gespräche des heutigen Gastmahls seiner Amalie Mildau wiedersagen solle?

Kaum war diese boshafte Frage über die Lippe des neidischen Weibchens, als Juliens Auge Bendorfen mit starrer Aufmerksamkeit faßte. Sie sah ihn sich schnell entfärben und ebenso schnell wieder an dunkler Röte mit der Tuberose wetteifern; er stotterte mit kaum sich zwingender Betretung ein kurzes: Warum das nicht, Madame? her, und sprach sofort mit seiner andern Nachbarin von der wichtigen Materie, daß ... daß ihr karmesinrotes Kleid ihm ganz vortrefflich gefalle. – Nichts von allem dem entging Juliens Aufmerksamkeit; auch selbst die Verlegenheit nicht, mit der er sie eine lange Weile hindurch nicht wieder anzureden wagte; sie gefiel ihr mehr als das schmeichelhafteste Kompliment: die Hoffnung, daß noch nicht alles unwiederbringlich verloren sei, bewog sie zu dem Entschluß, alle ihre gefährlichen Waffen wider ihn zu gebrauchen; und ihre dreifach wiederholte Anrede macht' ihn aufs neue so gesprächig und munter, daß er bei allen nachherigen Tischgesprächen die wichtigste Rolle spielte.

Endlich ward die Tafel, schon spät im Nachmittag, geendigt; Bendorf gedachte jetzt wieder an Amalien, und zwar mit demjenigen Ernste, mit dem er's billig längst hätte tun sollen. Vergebens lud man ihn ein, an einem kleinen Spaziergange, nach dem Kaffee, Teil zu nehmen; er schlug's mit höflicher Standhaftigkeit aus; und Julie fand selbst für gut, heute nun genug vorbereitet zu haben und von der Zeit es abzuwarten, ob Ungefähr und Schlauheit ihr vielleicht in der Folge einen bessern Gewinn von ihrer Kriegslist schaffen würden. Sie lud ihn daher bloß dringend ein, bald wieder zu kommen; er versprach's und ging fort.

Kaum war er in der freien Luft, da fühlt' er das ganze Gewicht seiner heutigen Unbesonnenheit und tröstete sich ebenso schnell mit der Hoffnung, daß sie nichts zu bedeuten haben würde; er kam während dieses ungesprochenen Monologs an Amaliens Wohnung, fand einen Wagen an der Tür und das Mädchen seiner Braut noch im Begriff, etwas einzupacken.

»Gut!« rief sie ihm entgegen, »daß Sie doch endlich noch kommen; meine Mamsell hat sehnlich schon, wer weiß wie lange, auf Sie gewartet; der Wagen hält wenigstens eine Stunde lang, und wir werden tief in die Nacht hinein reisen müssen. Gehn Sie nur herauf, ich müßte mich sehr irren, wenn's dasmal nicht einen recht derben Verweis abwerfen sollte.« –

Bendorf flog die Treppe hinan; bestürzt durch die eben gehörte Nachricht, häuft' er Fehler auf Fehler, aus Furcht, für den ersten zu büßen, nahm sich's vor, die wahre Ursache seines Ausbleibens unter einer wichtigern erdachten zu verbergen, und trat eben daher gleich anfangs mit einer etwas verlegnen Miene in Amaliens Zimmer. Sie, schon längst in ihrem Reisehabit, hatt' ihn durch's Fenster kommen sehn und ging ihm langsam entgegen. Ihr Blick zwang sich zum Lächeln der Gleichgültigkeit, aber die Röt' unter'm Auge strafte sie Lügen. – Er umarmte sie feurig; sie duldete seinen Kuß, ohn' ihn zu vergelten, so wie sich ungefähr zwei Ehegatten zur gesegneten Mahlzeit zu küssen pflegen.

Bendorf: Sind Sie vielleicht ungehalten, schönste, teuerste, geliebteste Amalia, daß ich Sie heute so lang' auf mich habe warten lassen?

Amalia (mit gezwungnem Frost): Wer sagt Ihnen, daß ich eben auf Sie gewartet habe?

Bendorf: Mein Herz.

Amalia: Trauen Sie diesem Dinge ja nicht! Bei mir wenigstens hat's den Kredit der Wahrscheinlichkeit verloren. Es schwatzt' und schwur mir sonst so viel von der glühendsten Liebe vor; jetzt seh' ich wohl, daß es mit dem Verbrennen keine Not haben wird. An meinem Dasein oder Nicht-Dasein muß Ihnen doch sehr wenig liegen, Bendorf, weil's Ihnen so gleichviel dünkt, mich auch ohne Lebewohl abreisen zu lassen.

Bendorf: O nein! Vergeben Sie mir, schönste Amalia; ein wichtiges, unvorhergesehenes Hindernis, eine Einladung, die ich unmöglich ausschlagen konnte –

Amalia (spöttisch): Unmöglich? Je, wer war denn dieser Einlader, gegen den jegliche Entschuldigung so unmöglich war? Sind Sie nicht bei Julien gewesen?

Bendorf: Allerdings! Heute früh. – Sie hatten's ja zweimal geboten, und ich befolgte pünktlich Ordre. Nachher aber ...

Amalia (aufmerksam werdend): Nachher? und was nachher noch?

Bendorf: Als ich von ihr ging ...

Amalia: Um Vergebung, wann war denn das?

Bendorf (etwas verlegen): Ungefähr um zwölf Uhr.

Amalia: Schon so zeitig? Sie haben sich also wohl gar nicht lange da aufgehalten?

Bendorf: Nur so lang', als es meine Geschäfte und die Höflichkeit erforderten.

Amalia (mit dem Tone der gezwungnen Lustigkeit): Sonderbarer Mensch! nur so kurze Zeit bei einem der reizendsten Mädchen zu verweilen!

Bendorf: O der, dessen Aug' und Herz Amaliens Reize fesseln, welches Vergnügen kann der, entfernt von Ihnen, noch finden!

Amalia: Was das fein gesagt war! Schade nur, daß ich's schon tausendmal gedruckt gelesen! – Doch, um Ihre Erzählung nicht länger zu unterbrechen, als Sie von ihr gingen, sagten Sie vorhin – nun was da?

Bendorf: Begegnete mir der Herr von Western, redete

mich an und lud mich, da wir Geschäfte von Wichtigkeit gemeinschaftlich unter den Händen haben, mit dem Vorgeben, daß wir besser in seiner Wohnung davon sprechen könnten, zur Mittagstafel ein. Ich lehnt' es höflich ab; aber er bestand drauf, da ich zumal kurz vorher unvorsichtig genug gewesen war, ihm zu sagen, daß ich nach Hause gehn wolle. Ich weiß nicht, liebste Amalia, ob Sie ihn genau kennen; es ist ein braver Mann, der viel bei den Ministern vermag, der seinen Freunden gern, und oft mit eignem Verluste, dient, der aber auch einen vorzüglichen Fehler, allzugroße Empfindlichkeit, an sich hat. Die Ausschlagung des kleinsten Anerbietens macht ihn verdrüßlich, und obgleich sein Zorn nicht eben von allzugroßer Dauer, so ist er doch zuweilen gefährlich.

Amalia: Wollten Sie wohl Ihre Charakterschilderungen *(mit spöttischem Knicks)* indes Bruyeren überlassen und in Ihrer Erzählung fortfahren? Ich steh' auf dem Sprunge, wie Sie sehn.

Bendorf: Dieser Charakter gehörte zu meiner Erzählung. Aus Furcht, wollt' ich sagen, einen so empfindlichen Mann, dessen Freundschaft ich oft bedarf, zu beleidigen, nahm ich endlich seine Einladung an, ging mit und ward bis jetzt, trotz Drängens und Treibens, aufgehalten.

Amalia (mit dem ernstesten Ton): Bendorf, sagten Sie nicht oft selbst zu mir, daß Sie keine Beleidigung schmerzlicher träfe, als wenn man Ihnen zumuten wollte, eine Unwahrheit zu glauben?

Bendorf (betreten): Allerdings! Aber . . .

Amalia: Nun so wissen Sie dann, daß ich hierinnen mit

Ihnen vollkommen einstimmig denke; daß der mich schmerzlicher, als ich's zu sagen vermag, beleidigt, der mir seine fein oder nicht fein erfundnen Märchen aufzuheften sucht. – O umsonst, daß Sie mich so fremd und starr anzuschauen belieben. – Sie sind's, Bendorf, Sie sind's, den ich meine; Sie, von dem ich sicher weiß, daß er heute bei Julien gespeist, bei Wein und Scherz mich vergessen, selbst errötend sich meiner geschämt hat, als mein Name genennt worden. – Unbedeutende Kleinigkeit, als ich's von einem andern Mund erfuhr, aber nicht unbedeutend mehr, da Sie mir's verbergen, mich belügen wollen. – Gehn Sie! – und kommen Sie meinetwegen mir nie wieder vor die Augen. (Will fort.)

Bendorf (sie zurückhaltend): Amalia, teuerste Amalia, hören Sie mich! Ich bin strafbar, ich gesteh's; aber vergeben Sie mir eine Unbesonnenheit, die ich beging, als ich eine kleinere wiedergutmachen wollte.

Amalia: O allerdings sehr klein! Da geht er, der mein Bräutigam heißen will, und flattert mit tausend süßen Schmeicheleien um eine Törin herum, von der er weiß, daß ich sie und sie mich haßt; tut, als ob's ihm wer weiß wie schwer würde, ein kleines unbedeutendes Kompliment bei ihr abzustatten, und bleibt dann Tage lang bei ihr, verlacht nicht nur meine Einladung und Abschied, sondern möchte sogar mir gern ein Geheimnis draus machen. Was wird der Mann tun, wenn das der Liebhaber tut? Was konnten Sie für Ursachen zu Trug und künstlichen Erfindungen haben, wenn nicht Ihr eignes Herz Ihnen sagte, daß Sie ungerecht gegen mich gehandelt? –

Leben Sie wohl und trösten Sie sich bei Julien während meiner Abwesenheit; denn auch ich will alle mögliche Mühe anwenden, mit kälterm Herzen zurückzukehren.

Bei diesen Worten verließ sie ihn schnell und eilte in eine benachbarte Stube. Umsonst wollte Bendorf ihr nacheilen, er fand die Türe verriegelt; umsonst bat und fleht' er vor derselben, ihm nur auf zwei Minuten noch Gehör zu geben; es erfolgte weder Stimme noch Antwort. Er schwur, nicht von derselben hinweg zu weichen; ein höhnisches bittres Lachen, das Lachen des schmerzhaften Spottes, antwortete ihm.

Indem er noch harrt' und flehte, hört' er an der Haustüre ein Geräusch, eilte hin ans Fenster und sah Amalien, die durch eine andre Seitentüre den Saal und die Treppe herabgeschlüpft war, schnell, als ob sie sich vor seinem Nachkommen fürchtete, in den Wagen steigen und fortfahren.

Es wäre vergebne Mühe, Amaliens Betragen ganz zu verteidigen: aber man denke sich ein Mädchen, das zum erstenmal liebt; das von Eifersucht glüht; das sich eben da vernachlässigt sieht, wo sie am ängstlichsten auf ihren Bräutigam harrt, und das noch obendrein durch eine Unwahrheit sich beleidigt und getäuscht fühlt; und man wird sie dann entschuldigen.

Bendorf hingegen, der sich auch wenigstens um die Hälfte minder strafbar dünkte, als er dessen angeschuldigt ward, stand, als er sie entfliehen sah, anfangs einige Sekunden lang starr wie eine Bildsäule da; warf sich dann auf einen nahen Sopha, sprang ebenso schnell, ohne vielleicht dessen Stahlfedern noch berührt zu haben, wieder auf und rief: »Nun, beim Himmel, zu viel bleibt ewig zu viel! Ich will verdammt sein, wenn ich hier wie ein Schoßhündchen kriechend und bettelnd um Vergebung flehe.« – Indem er's noch sagte, war er schon halb die Treppe hinunter; der Wagen war verschwunden, und er ging, aus mechanischem Wunsche, sich durch's Spaziergehen zu zerstreuen, immer fort, der Brücke zu, indem er fruchtlos bei sich überlegte, wer ihn wohl verraten haben könne?

Es war natürlich, daß ein Mann, der ohnedem gewöhnlich nicht viel sah, jetzt beinah gar nichts sehen konnte, an alle Leute anlief, höchstens ihnen auswich, ohn' etwas anders als ihre Schuhschnallen gesehn zu haben, und ebensowenig andre grüßte, als denen dankte, die ihm mit Höflichkeit zuvorkamen.

So schoß er auch, mitten auf der Brücke, bei einer ganzen Menge wohlgekleideter Frauenzimmer vorbei und war schon drei Schritte vorwärts, als er sich laut nachlachen hörte und die Worte vernahm: »Nicht doch, wir wollen den Träumer nicht so ungeneckt lassen!« – »Wenn er aber nun, wie Archimedes, uns bäte, ihm seine Zirkel ungestört zu lassen?« – schnarrte ein halbgelehrter Stutzer drein; und Bendorf, indem er sich umsah, erblickte mit Erstaunen Julien samt ihrer ganzen Gesellschaft, die auf eben dem Spaziergange begriffen war, zu dem man ihn vorhin mit eingeladen hatte; er kehrte daher um und entschuldigte seine Zerstreuung.

»O dessen bedurft's nicht!« fiel ihm Julie lächelnd ein. »Sind Sie nicht ein Bräutigam, wohl gar ein verliebter

Bräutigam, und ein Gelehrter zugleich? Ist das nicht überflüssiger Beruf zur Zerstreuung? – Aber haben Sie sich denn schon bei Amalien beurlaubt?«

Bendorf stotterte ein Ja! indes Julie ihm starr ins Auge blickte und über seine Verwirrung lächelte; er ward von neuem zur Gesellschaft eingeladen und nahm's mit Freuden an. Der Zorn gegen Amalien machte Julien ihm jetzt doppelt reizend; sie faßt' ihn, ob sie gleich schon einen Begleiter hatte, mit der andern Hand, und ihre ganze Gesprächigkeit wandte sich wieder zu ihm. Indes sie so sprachen und gingen, rollte ein Wagen hinter ihnen her; sie sahen sich um. – »Je! das ist ja erst Ihre Mildau?« schrie Julie, »frisch, den Hut geschwenkt, Herr Seladon!« Ein neues Erstaunen für den armen Bendorf, der schüchtern, wie ein ertappter hinter die Schule gegangner Schüler, seinen Hut zog, ohne kaum seinen Augen zu trauen: und doch war sie's nur mehr als zu gewiß. Sie hatte eine Freundin abgeholt und sich bei ihr wieder einige Minuten verspätet. Ihr Weg trug sie dann über die Brücke; sie erkannte ihn jetzt schon von weitem, legte sich mit der höhnischsten Miene, deren nur ihr sonst so sanftes Gesicht fähig war, zum Wagen heraus: »Ich freue mich, Sie in so guter Gesellschaft zu finden; es bleibt bei unsrer Abrede!« rief sie und fuhr davon.

»Stürmt denn heute alles auf mich ein?« brach Bendorf aus, indem er seiner selbst vergaß. – »Auf Sie einstürmen?« fragte Julie hastig. »Wer tut denn das, lieber Freund? Haben Sie etwa Verdruß mit Amalien gehabt? Doch nicht etwa gar meinetwegen?«

»Bewahre Gott!«

»Das sollte mir äußerst leid tun! Wirklich, ich kenn' Amalien in diesem Punkte; sie ist eifersüchtig wie ein Spanier; freilich zwar aus bloßer Liebe, aber doch immer etwas zu eifersüchtig. – Könnt' Ihr Verzug bei mir vielleicht –«

»Nicht doch, schönste Julie! Hätt' ich Streit mit Amalien gehabt, so müßt' ich doch ein wenig verdrüßlich sein; und ich entsinne mich nicht, daß ich je vergnügter gewesen wäre. Sie sollen es selbst erfahren.«

»Gut; ich halte Sie beim Worte!«

Und wirklich hielt sie ihn. Ihr Scherz und Witz verjagten bald die Nebel, die ihn umgaben: er geriet in jene ausschweifende Munterkeit, die wir meistenteils (weil doch Verstellung immer gern eine oder zwo Stufen überspringt) an die Stelle eines verhehlten Grams zu setzen pflegen. Einfall auf Einfall, scherzhafter Wortwechsel und Gelächter folgten dicht aufeinander; ja, er ward endlich, was er nur hatte scheinen wollen – aufgeräumt; so wie es Menschen gibt, die endlich wirklich berauscht werden, wenn sie sich eine lange Zeit so angestellt haben.

Was Wunder, wenn Bendorf daher sich heute den Beifall aller Frauenzimmer von neuem erwarb und Julien mit dem gestärkten Vorsatze belebte, aus möglichsten Kräften um diesen Flüchtling zu kämpfen. – Es gelang ihr mehr, als sie selbst hoffen konnte. Wohin er ging und trat, als er nach Hause kam, stand ihm auch Juliens Bild im schönsten Lichte und Amaliens ihres im Schatten vor Augen. Je mehr er der Geschichte des heutigen Tages nachdachte, desto schimpflicher fand er sich von dieser und desto edler von jener behandelt. Jeder witzige Einfall Juliens war seinem Gedächtnisse gegenwärtig; jeder ihrer Reize neu für ihn. »O, es ist ein herrliches Mädchen!« so endigte sich jedes Selbstgespräch, das er ihretwegen anstellte.

Sie hatte beim Abschied ihn gebeten, des andern Tages sie in das Schauspiel zu begleiten. »Sie sind ja so«, fügte sie lächelnd hinzu, »jetzt ein halber Strohwitwer, und wenn die Sonne sich verbirgt, darf wohl zuweilen der Mond hervorzutreten wagen.«

»O, ich versichere, schönste Julie, daß dieser Mond –«

»Sagen Sie mir das morgen, lieber Bendorf! Punkte fünf Uhr erwart' ich Sie« – und husch! war sie weg. Nichts bekümmerte Bendorfen mehr als diese letzten Worte. Er merkte die Leidenschaft nur mehr als zu gut, die bei ihm aufkeimen wollte, und war so ehrlich, sich's zu gestehen, daß er, trotz des kleinen Zwistes mit Amalien, sie nicht aufkeimen lassen sollte: aber dennoch, sein innerer Verdruß, seine Achtung für die Gesetze der Höflichkeit und seine eigne Begier siegten. Er sah Julien schon 55 Minuten auf fünf Uhr wieder, hörte vom ganzen Schauspiel kaum anderthalb Szenen, führte halb im Rausche seine Begleiterin heim und ward beim Abschiede wieder, obschon ganz nachlässig, gefragt: ob er bei einer morgenden Spazierfahrt mit sein wolle? »Ich hab Ihnen einen Platz in unserm Wagen aufgehoben«, fügte sie hinzu und faßt' ihn nachlässig bei der Hand; »Sie können doch rücklings fahren? denn unter meiner Aufsicht muß ich Sie behalten, damit Sie mir nicht Schaden nehmen.« Er bejaht' es, versprach's halb, ging zwei Stunden unentschlossen in seinem Zimmer auf und ab, sagte endlich zu sich selbst: »Nur diesmal noch!« und spielte so das ganze liebe Spiel, obgleich mit einigen geringen Veränderungen, sechs oder sieben Tage hindurch.

Doch war Bendorf keineswegs so äußerst flatterhaft, daß er nicht auch oft mit Besorgnis an Amalien und an die Besänftigung ihres Unwillens dachte. Ein gütiges Wort von ihr hätte den Irrenden auf den rechten Weg zurückgebracht; nur schade, daß sie sich dies zu sprechen weigerte und, durch den letzten Vorfall auf der Brücke noch mehr in ihrem Argwohne bestärkt, steif auf ihrem Trotzköpfchen zu beharren geruhte. Ein ehrfurchtsvoller und mit aller möglichen Kunst geschriebener Abbittebrief, den er ihr durch einen eignen Boten nachgeschickt, blieb ohne schriftliche Antwort; ein spöttisches: sie lasse ihm für das schöne Gedicht danken, war alles, was sie dem Boten zur Gegenvermeldung auftrug und was Bendorfen noch mehr erbitterte. Juliens Witz war hingegen sich immer gleich; ihr Reiz ward ihm täglich gefährlicher; oft schon schwebte auf seinen Lippen ein feuriges, obgleich ebensooft wieder verschlucktes Liebesgeständnis, und eben wollt' er sich ein Herz fassen und reden, als er endlich hörte, daß Amalia wieder in die Stadt gekommen sei. Sein guter Schutzengel erwachte nun mit neuer Kraft; er flog hin und ward nicht angenommen; er wiederholt' es dreimal und allemal vergebens.

Es ist hier unmöglich, umständlich fortzuerzählen, ohne weitläuftig oder vielmehr ohne langweilig zu werden. – Genug, daß nun bereits jene Pest des menschlichen Lebens, jene unselige Zunft von Zwischenträgern, sich auch hier eingeschlichen hatte und Amaliens Unwillen durch tausenderlei Erzählungen, wie oft und unter welchen bedenklichen Umständen Bendorf bei Julien indes gewesen, zu vermehren wußte! Genug, daß sie ihn nun exemplarisch zu prüfen beschloß! Genug, daß er dessen bald müde ward und von einer Türe ganz wegzubleiben begann, die er ohnedem immer für sich verschlossen fand. Genug, daß dies bei Amalien für Hochverrat und Meineid galt und daß Julie sich bald als erklärte Beherrscherin seines Herzens erblickte. – Er gestand ihr nun seine Liebe, sie ihm ihre Gegenneigung; ihr Vater freute sich dessen, und binnen wenig Wochen waren ihre Hände vereinigt.

Die Nachricht von dieser Heirat setzte den andern Morgen die ganze Stadt in Verwunderung; Amalia, schon im voraus darauf gefaßt gemacht, war eine der ersten, die Bendorfen dazu Glück wünschen ließ und ihm ein starkes Paket Papiere, begleitet von nachstehendem Zettelchen, übersendete.

»Mein Herr!
Es gab einst eine Zeit, wo wir gewisser Verbindungen wegen oft Briefe zusammen wechselten. Diese Zeit ist nun hin; ich will alles tun, Ihrer zu vergessen, und um nichts mehr zu haben, was mich daran erinnere, sende ich Ihnen hier Ihre Briefe zurück, indem ich von Ihrer Großmut auch die Zurückgabe der meinigen erwarte.

Amalia Mildau

N. S. Ein ehmals erhaltnes Briefchen Ihrer nunmehrigen Gemahlin liegt beigeschlossen. Es ist ja nun ebenso viel, als ob Sie es selbst geschrieben hätten.«

Bendorf durchlief schnell die ganzen Briefe, um Juliens ihren zu finden; er erstaunte, als er ihn traf und folgendes las:

»Liebste Mildau,
Sie haben mich sehr überrascht, da Sie mich einer Kleinigkeit wegen um Verzeihung bitten lassen, die sich von selbst verzeiht; und noch mehr durch die Person überrascht, der Sie diese Entschuldigung aufgetragen haben. Ihr Bendorf, der, indem ich dieses schreibe, bei uns speist und von dem ich mich nur ein paar Augenblicke mühsam weggestohlen habe, macht durch seinen Witz und seine Munterkeit Ihrer Wahl Ehre; die ganze Gesellschaft ist seines Lobes voll. Wir haben ihm soeben Ihre Gesundheit zugebracht, und denken Sie einmal, der blöde Schäfer ward rot und wollte seine Liebe wohl gar noch leugnen. – Vergeben Sie es mir und meinem Vater, wenn wir Sie heute um ein paar Stunden seiner Gesellschaft bringen; bald besitzen Sie ihn ja ohnedem ganz. – Wenn Sie heute noch, wie er uns gesagt, wegreisen sollten, so reisen Sie glücklich und seien Sie versichert, daß Sie mit wahrer Schwesterliebe in Gedanken küßt

Ihre
Julie Hilmer

N. S. Vielleicht trag' ich Bendorfen auch selbst dies Küßchen für Sie auf: darf ich das? Oder sind Sie eifersüchtig, liebes Mädchen?«

Zweimal durchlas Bendorf dies fatale Billet. – Nun stand alles, was ihm bisher in Amaliens Betragen dunkel gewesen, sonnenklar vor seinen Augen; nun erklärt' er sich ihre Eifersucht und Hitze bei der letzten Unterredung; nun wußt' er, wem er's zu danken habe, daß er der Unwahrheit überführt worden sei; auch war er scharfsichtig genug, Juliens ehmalige Absicht bei Schreibung dieses Briefchens zu erraten.

Der arme Bendorf! Nur eines wußt' er nicht: ob er zürnen oder zufrieden sein solle. Beschämung wegen seines Betragens, Unwillen über Juliens Hinterlist und Stillschweigen, sprach auf der einen Seite; aber eine andre Stimme: daß Amaliens Eifersucht ihn wahrscheinlicher Weise unglücklich gemacht haben würde; daß Juliens heiße Liebe sich deutlich in diesem Schritte zeige; daß er ihm allein sein gegenwärtiges Glück zu danken habe, setzte sich jenen Einwürfen laut entgegen.

Indem er noch so überlegt' und wankte, trat seine junge Gattin herein. Ihr Reiz, durch das Vergnügen der vorigen Nacht zwar etwas geblaßt, aber mehr vermehrt als gemindert, ihr schimmerndes liebevolles Auge, ihr Kuß, ihr sich so dicht und feurig ihm anschlingender Arm und Busen verdrängten jetzt alle anderen Ideen. – Zwar zeigte er ihr den Brief; aber ihr freimütiges Geständnis, daß der

Wunsch nach seinem Besitze ihn ihr in die Feder gesagt habe, ihre halb scherzende, halb feierliche Versicherung, daß dieser Tausch ihn nie reuen solle, machten seine Vorwürfe stumm. Er dankt' ihr mit Handkuß und Umarmung; zagte, ob er so viel Zärtlichkeit verdiene; und bot dem Himmel selbst Trotz, ihm einen glücklichern Mann zu zeigen.

Der Verblendete! Er bedachte nicht, daß jedes Frauenzimmer wenigstens zwo Seiten habe; daß die Geliebte, die Braut und die junge Ehefrau zwar immer weislich die bessere Seite ins helle Licht zu setzen wisse; daß aber Zeit genug die Reih' auch an die andre komme. Als Bräutigam hatte er Tag für Tag bald in dieser, bald in jener Gesellschaft mit Julien herumgeschwärmt und sich die Menge Bekanntschaften, die er durch sie erhielt, recht wohl gefallen lassen; dem Ehemanne fingen sie bald an zur Last zu werden. Nicht nur, daß sie ihm die Zeit zu nötigern Geschäften raubten; o nein! der so oft weggebetene Herr Sekretär mußte nun, da er, nach dem Sprachgebrauche, ein eignes Haus machte, oft auch wieder bitten, und fand, daß er wenig oder nichts erspare, wenn er auswärts esse, und doch sehr viel vertue, wenn Fremde bei ihm speisten. – Julie kleidete sich mit vielem Geschmack; der Bräutigam hatte ihr manche Lobrede desfalls gehalten; der Gemahl seufzte nun über die Putzmacher und Schneiderzettel und biß sich noch mehr in die Lippen, als er ihre Neigung zum Spiele wahrnahm, die oft in *einem* Abende zu zehn, zwölf und mehr Louisd'oren durchbrachte, als wären es eben so viele Pfennige gewesen.

Sein Haus ward jetzt ein Sammelplatz für vornehme Müßiggänger, für Spielgelag' und Pickenicks, und er selbst, der nie viel innere Neigung zu seinen Amtsgeschäften gehegt, versäumte sie jetzt täglich mehr und mehr, und seine Einnahme minderte sich in eben dem Grade, als seine Ausgabe stieg. Zwar erstaunt' er nicht wenig, als er beim Schlusse des ersten Jahres Rechnung hielt; zwar nahm er sich's fest vor, auf Einschränkung seiner Wirtschaft zu denken: aber es blieb immer nur beim Denken; eine einzige Bitte seiner Julie, eine einzige versteckte Erinnerung an ihr ziemlich ansehnliches Eingebrachte, und sein eigner Hang rissen ihn immer wieder hin; er lebte fünf Jahr durch so trefflich, daß er im sechsten, außer seinen sparsamen Amtseinkünften, nichts mehr zu leben hatte.

Wenn ihm der Mangel ein heimliches Murren abpreßte, so brachte er Julien beinah zur Verzweiflung. Kein Spielgeld mehr, wenn sie spielen wollte; kein Röllchen mit Dukaten, wenn ein neuer seidner Zeug aufkam; keinen Zuschuß weiter, wenn sie Gäste bitten wollte. O das war viel zu traurig, als daß Madame Bendorf nicht hier auf Rettungsmittel hätte denken sollen. – In einer Residenz, mit begüterten und müßigen Weichlingen so überreichlich versehn, kann es einer jungen, schönen, eiteln Frau nicht lang an Gelde gebrechen, sobald sie nur welches verdienen will. Ein Graf von Starrberg besuchte und sah Julien oft. Er hatte das Glück, den Frauenzimmern, vorzüglich denen von der höhern Gattung, sehr zu gefallen; denn was er sprach, war Persiflage; seine Komplimente waren fade, aber süß; seine Kleider nach dem neuesten Schnitt und seine Goldbörse reichlich gefüllt. Er hatte sich lange um die junge Bendorf bemüht, aber immer vergebens; jetzt schien man ihm zu winken, und Starrberg war nicht der Mann, der sich zweimal winken ließ. Prächtige Geschenke sollten ihm den Sieg erleichtern, und wer weiß, ob nicht die Festung wirklich schon auf Übergabe dachte, als ein unvorhergesehener Zufall alles mit einem Male vernichtete.

Bendorf, so sehr er's fühlte, daß seine Gattin allein sein Elend mache, fuhr dennoch fort, sie mit einer Treue zu lieben, die sonst, wie man es uns (vermutlich aus Haß) nachsagt, nicht eben das alltägliche Erbteil der Männer sein soll. Die Absichten des Grafen entgingen seinen scharfsichtigen Blicken nicht, und seine Furcht erhob sich zum Argwohn, als er sah, daß man die Geschenke desselben annahm. – Mit der liebevollsten Zärtlichkeit macht' er sofort seiner Julie desfalls Vorwürfe, und sie war noch billig genug, darauf zu hören.

Die Tausendkünstlerin, die alles, nur nicht sparsam leben konnte, warf ihm gleich zärtlich, als er geendet hatte, den Arm um den Nacken und schwur, daß ihre Treue gegen ihn niemals gewankt hätte noch je wanken würde. – »Du bist mir noch immer so teuer als in jenem Augenblicke, wo zuerst die Hoffnung, dich Amalien zu stehlen, wieder in mir erwachte; bist mir alles, mein Stolz und mein Glück, und wirst es ewig bleiben. Aber warum wollen wir uns ein Bedenken draus machen, einen reichen Gecken zu plündern? Ist nicht unverdienter Überfluß auf seiner Seite und Bedürfnis auf der unsrigen? Überlaß mich meiner Tugend und meiner Klugheit. Jene wird mich dir treu erhalten; diese dir auf Jahr und Tag den lästigen Artikel meines Putzes und mancher andern Nebenausgabe ersparen.«

»Nein, nein, liebe Julie! – Wenn ja eines von uns zu List und Unterschleif wegen dieses elenden Lebens seine Zuflucht nehmen soll, so will ich's sein. – Hier sind vierhundert Taler; schalte darüber! Wende die eine Hälfte zu deinem Vergnügen und die andre zu Notdürftigkeiten an.« – Julie stutzte; achtzig hellspiegelnde Friedrichsd'or war mehr, als sie seit langer Zeit bei ihrem Manne gesehn hatte, und weit mehr, als sie, wenigstens jetzt, bei ihm vermutete.

»Je, Männchen, liebes Goldmännchen! wo hast du denn so viel Geld her?«

»Sei das meine Sorge, Julchen! Nimm und gebrauch es. Nur mit dem Bedinge, daß von Stund' an dem Grafen jeder Zutritt abgeschnitten werde.«

»Von Herzen gern, mein Engel! – *(mit etwas lauterer Stimme)* – Johann! gebt Tinte, Feder und Papier her!« – Der gute Mann, ohne auf den langsamen Johann zu warten, flog selbst, holt' es, und ein höhnisches Billet sandte dem Grafen sein letztes Geschenk mit der Versicherung, daß man seine Absichten merke und verachte, zurück. – Zwar erstaunte dieser, der, voll Zuversicht auf seinen nahen Sieg, schon einem Dutzend seiner Bekannten die ganze Bendorf, Stück für Stück, nach ihren Reizen, selbst Busen und Hüfte unvergessen, so pünktlich abgemalt hatte, als wenn sie ihm Modell gesessen hätte, nicht wenig über diesen unerwarteten Brief; aber er faßte sich bald. Mit dem Ausruf: Die bürgerliche Kanaille! floh er zu einer benachbarten Freundin, deren platter Wuchs ihn zwar minder schadlos hielt, deren Gunstbezeugungen aber, die höchste und geringste im Durchschnitt gerechnet, ihm auch minder schwer und kostbar zu stehn kamen.

Bendorf und seine Frau lebten indessen von neuem einige Wochen im fröhlichsten Rausche. Sie beschäftigte jetzt wieder eine Menge Krämer und Handwerker und sah in der nächsten Woche wieder dreimal eine Tafel von fünfzehn Menschen bei sich zu Gaste. – Die Unbesonnene! sie gedachte nicht dran, wie teuer vielleicht ihrem Manne dies ihr preisgegebene Geld zu stehn kommen konnte; und doch wäre hier Argwohn so leicht, und leider! auch so wohlgegründet gewesen.

Bendorf hatte bei seinem Amte eine sogenannte Sportelkasse unter sich gehabt und ihr bis jetzt mit möglichster Genauigkeit vorgestanden; selbst das dringendste eigne Bedürfnis würd' ihn nie dazu gebracht haben, sie anzugreifen; aber Eifersucht war stärker als Mangel; unter nichtigen, beinah kindischen Entwürfen baldigen Ersatzes griff er sie jetzt an: die vierhundert Taler, die er Julien gab, waren aus ihr hergenommen, und der Termin ihrer Auszahlung erschien, ohne daß ein Pfennig zurückgelegt worden war. – Da sein ganzes Glück und sein guter Name von der Verheimlichung dieses Schrittes abhing, so sah er sich nun zu einem andern, nicht minder wichtigen genötigt. Er hatte von jeher nichts eifriger vermieden als

. . . ein höhnisches Billet sandte dem Grafen sein letztes Geschenk mit der Versicherung, daß man seine Absicht merke und verachte, zurück.

Wechselschulden; jetzt mußt' er zu ihnen fliehn, und da sein Kredit schon mehr als zu sehr gesunken, fiel er Männern in die Hände, an welchen, außer ihrer Kleidung, nichts Christliches war und die eben deshalb desto mehr an Zinsen zu gewinnen suchten, weil sie das ganze Kapital zu verlieren wagten.

Tausendmal faßte Bendorf den Entschluß, sein ganzes Hauswesen umzuformen; aber die verzweifelte Furcht, die Liebe seiner Gattin zu verlieren, verschloß ihm immer wieder den Mund. – Oft, wenn er sie eben bitten wollte, doch etwas minder teure Spitzen zu tragen oder doch nicht täglich Whist, die Marke zu einem halben Gulden, zu spielen, kam sie mit der freundlichsten Miene und erzählte: daß ihre Nachbarin ganz ein vortreffliches neues Kleid zum Geburtstagsgeschenke bekommen; daß die heutige Komödie ein ganz allerliebstes Stück sei; daß sie nun schon zweimal wieder bei der oder jener Familie zu Gaste gewesen wären. Der arme Mann stand dann mit einem so ungewissen Blicke da, als ob er Senf gegessen hätte und dessen Wirkung auf seine Nerven verheimlichen wollte. – Noch schwieg er; aber kam vollends ein einziges Küßchen, ein einziges: Was meinst du wohl, Herzchen? hinzu, so gab er seinen letzten Heller – der oft noch weniger als sein letzter Heller war – hin, brachte die Nacht in vergeblichen Sorgen schlaflos zu und schrieb am nächsten Morgen – einen neuen Wechsel.

Lange konnte eine solche Wirtschaft sich nicht erhalten; der Mangel, durch Mittel, die noch schlimmer als er selbst waren, auf kurze Fristen entfernt, brach nun, gleich einer übelgedämmten Wasserflut, mit doppelter Gewalt herein. – Zwar fehlt' es Bendorfen nicht an gutem Willen, noch mehr zu borgen; es fehlt' ihm nur an dem andern zum Borgen gleich unentbehrlichen Stücke – an einem Leiher. Vergebens forderte jetzt Julie Geld von ihm; was er lange gesollt hätte, mußt' er nun – es ihr abschlagen. Sein Herd ward kalt und seine Spieltische leer. – Doch eben diese Einschränkung machte seine mißtrauischen Gläubiger noch mißtrauischer; ihre Wechsel drängten ihn täglich, und er sah einem baldigen Arrest und, nach den Landsgesetzen, bei Ausbrechung des Konkurses auch dem Verlust seines Amtes entgegen.

Versunken in jene Unempfindlichkeit, zu der uns endlich der äußerste Kummer verhilft, saß er einst einsam in seinem Zimmer; seine Gattin hatte sich unter dem Vorwand heftiger Kopfschmerzen in ihr Kabinett begeben und gebeten, sie da ungestört einige Stunden schlummern zu lassen. – Hastig eröffnete Weller, Bendorfs letzter übriggebliebener Freund, die Türe. – »Freund«, rief er, »Sie müssen fliehen! Zwei Stunden noch verweilt, und Sie sind in Verhaft genommen. Ich habe den Befehl dazu in Erlachs, des unbarmherzigsten Advokaten, Händen gesehen. Er mutmaßte, ich weiß nicht, aus welchem Grunde, ein Mißverständnis zwischen uns und glaubte mir ein Vergnügen zu machen, indem er dies fatale Papier mir zeigte. Fliehn Sie, ich beschwöre Sie. Hier in dieser Börse ist alles Geld, was ich jetzt entbehren kann, nehmen Sie es und fristen Sie sich damit!«

Bendorf stand lange Zeit wie versteinert da. Umsonst

fuhr Weller fort, mit der freundschaftlichsten Wärme in ihn einzudringen; alles, was er von ihm erzwang, war: daß er sich erst mit seiner Gattin darüber besprechen müsse. – Er eilte in ihr Kabinett, an ihr Bette; keine Julie da. Er durchrief das ganze Haus, es erfolgte weder Stimme noch Antwort. »Was ist das?« brach er wütend aus und ging so fürchterlich auf Juliens vertrautes Mädchen los, daß die arme Erschrockne ihm zitternd zu Füßen fiel. – »Ich will ja gern alles gestehen, was ich weiß und kann, liebster, bester Herr! Nur schonen Sie meiner! Die Frau Sekretärin ist nicht krank, sie ist ausgegangen.« – »Und wohin?« – »Um, wie sie schon einigemal getan, mit jemandem am dritten Orte zu sprechen.« – »Und wer ist der Jemand, Bestie?« – »Der Graf von Starrberg.«

Bendorf, als ob ein Degen sein Herz durchstieße, sank starr auf den nächsten Stuhl und schlug sich wild mit geballter Hand gegen die Stirne; erst nach einigen Minuten, als die Sprache wiederkam, erhob er sich. – »Auch das? Auch das?« rief er. »Alles, alles, ihretwegen verloren, und noch entehrt und hintergangen. – Soll ich sie erwarten und strafen? Soll die Treulose von meinen Händen ... Nein! Nein! Armut, Schande und Gewissen strafe sie. Ich will dessen Rache nicht vorgreifen, der selbst Unbesonnenheiten so strenge an mir gerächt hat.« – »Wohlan«, fuhr er nach der Pause von einigen Minuten fort, »hier an dieser Stelle, wo ich den Tod zweier meiner Kinder beweinte, dank' ich dir jetzt, ewige Vorsicht, daß du sie mir nahmst. Nun brauch' ich keine Vaterpflicht zu verletzen; die Pflichten des Gatten werf' ich hier von mir: die

Treulose ist nicht mehr wert, mein Weib genannt zu werden. – Gern, gern erfüllt' ich die Obliegenheiten des Schuldners und des Bürgers, wenn's meine Armut vermöchte.«

Mit diesen Worten ergriff er Wellers Hand (der dies alles angesehn, etwas Ärgers befürchtet hatte und dieses klügern Entschlusses sich freute), steckte einige wenige ihm noch übriggebliebene Kostbarkeiten zu sich und stürzte zu seinem Hause hinaus; in minder als einer Viertelstunde saß er zu Pferde und verließ seine Vaterstadt auf immer.

Nur bei einem Hause, indem er floh, hielt er eine Minute still; bei Amaliens Wohnung. – Lange war sie bereits die Gattin eines würdigen Mannes, eine glückliche Mutter und eine wert gehaltne Freundin mancher Redlichen. Sie hatte längst des Kummers vergessen, den ihr Bendorf gemacht hatte; aber sie bedauerte aufrichtig sein Geschick und machte sich heimlich zuweilen gelinde Vorwürfe wegen ihrer Eifersucht. – Hier harrte Bendorf und rief: »Da, Elender, da standst du sonst; glücklich in Gegenwart und noch glücklicher in Hoffnung baldiger Zukunft. – O verdammt sei der Augenblick, wo ein unglücklicher Wurf deiner Unbesonnenheit die Gelegenheit gab, alle Wonne deines Lebens zu zertrümmern!«

Tränend floh er weiter und lebte seine kurze übrige Lebenszeit im Dunkeln und in Armut unter einem fremden Himmel hin.

Friedrich Schiller

EINE GROSSMÜTIGE HANDLUNG,

aus der neusten Geschichte

Schauspiele und Romanen eröffnen uns die glänzendsten Züge des menschlichen Herzens; unsre Phantasie wird entzündet; unser Herz bleibt kalt; wenigstens ist die Glut, worein es auf diese Weise versetzt wird, nur augenblicklich und erfriert fürs praktische Leben. In dem nämlichen Augenblick, da uns die schmucklose Gutherzigkeit des ehrlichen Puffs bis beinahe zu Tränen rührt, zanken wir vielleicht einen anklopfenden Bettler mit Ungestüm ab. Wer weiß, ob nicht ebendiese gekünstelte Existenz in einer idealischen Welt unsre Existenz in der wirklichen untergräbt? Wir schweben hier gleichsam um die zwei äußersten Enden der Moralität, Engel und Teufel, und die Mitte – den Menschen – lassen wir liegen.

Gegenwärtige Anekdote von zween Teutschen – mit stolzer Freude schreib ich das nieder – hat ein unabstreitbares Verdienst – sie ist *wahr.* Ich hoffe, daß sie meine Leser wärmer zurücklassen werde als alle Bände des »Grandison« und der »Pamela«.

Zwei Brüder – Baronen von Wrmb. – hatten sich beide in ein junges vortreffliches Fräulein von Wrthr. verliebt, ohne daß der eine um des andern Leidenschaft wußte. Beider *Liebe* war zärtlich und stark, weil sie die erste war. Das

Fräulein war schön und zur Empfindung geschaffen. Beide ließen ihre Neigung zur ganzen Leidenschaft aufwachsen, weil keiner die Gefahr kannte, die für sein Herz die schröcklichste war – seinen Bruder zum Nebenbuhler zu haben. Beide verschonten das Mädchen mit einem frühen Geständnis, und so hintergingen sich beide, bis ein unerwartetes Begegnis ihrer Empfindungen das ganze Geheimnis entdeckte.

Schon war die Liebe eines jeden bis auf den höchsten Grad gestiegen, der unglückseligste Affekt, der im Geschlechte der Menschen beinah so grausame Verwüstungen angerichtet hat als sein abscheuliches Gegenteil, hatte schon die ganze Fläche ihres Herzens eingenommen, daß wohl von keiner Seite eine Aufopferung möglich war. Das Fräulein, voll Gefühl für die traurige Lage dieser beiden Unglücklichen, wagte es nicht, ausschließend für einen zu entscheiden, und unterwarf ihre Neigung dem Urteil der brüderlichen Liebe.

Sieger in diesem zweifelhaften Kampf der Pflicht und Empfindung, den unsre Philosophen so allzeit fertig entscheiden und der praktische Mensch so langsam unternimmt, sagte der ältere Bruder zum jüngern: »Ich weiß, daß du mein Mädchen liebst, feurig wie ich. Ich will nicht fragen, für wen ein älteres Recht entscheidet. – Bleibe du hier, ich suche die weite Welt, ich will streben, daß ich sie vergesse. Kann ich das – Bruder! dann ist sie dein, und der Himmel segne deine Liebe! – Kann ich es nicht – nun dann, so geh auch du hin – und tu ein gleiches.«

Er verließ jählings Teutschland und eilte nach Holland

– aber das Bild seines Mädchens eilte ihm nach. Fern von dem Himmelstrich seiner Liebe, aus einer Gegend verbannt, die seines Herzens ganze Seligkeit einschloß, in der er allein zu leben vermochte, erkrankte der Unglückliche, wie die Pflanze dahinschwindet, die der gewalttätige Europäer aus dem mütterlichen Asien entführt und fern von der milderen Sonne in rauhere Beete zwingt. Er erreichte verzweifelnd Amsterdam, dort warf ihn ein hitziges Fieber auf ein gefährliches Lager. Das Bild seiner Einzigen herrschte in seinen wahnsinnigen Träumen, seine Genesung hing an ihrem Besitze. Die Ärzte zweifelten für sein Leben, nur die Versicherung, ihn seiner Geliebten wiederzugeben, riß ihn mühsam aus den Armen des Todes. Halbverwest, ein wandelndes Gerippe, das erschröcklichste Bild des zehrenden Kummers, kam er in seiner Vaterstadt an – schwindelte er über die Treppe seiner Geliebten, seines Bruders. »Bruder, hier bin ich wieder. Was ich meinem Herzen zumutete, weiß *Der* im Himmel. – Mehr kann ich nicht.« Ohnmächtig sank er in die Arme des Fräuleins.

Der jüngere Bruder war nicht minder entschlossen. In wenigen Wochen stand er reisefertig da: »Bruder, du trugst deinen Schmerz bis nach Holland. – Ich will versuchen, ihn weiter zu tragen. Führe sie nicht zum Altar, bis ich dir weiter schreibe. *Nur diese* Bedingung erlaubt sich die brüderliche Liebe. Bin ich glücklicher als du – in Gottes Namen, so sei sie dein, und der Himmel segne eure Liebe. Bin ich es nicht – nun dann, so möge der Himmel weiter über uns richten! Lebe wohl. Behalte dieses versiegelte Päckchen, erbrich es nicht, bis ich von hinnen bin. – Ich geh nach Batavia.« – Hier sprang er in den Wagen.

Halb entseelt starrten ihm die Hinterbleibenden nach. Er hatte den Bruder an Edelmut übertroffen. Am Herzen dieses zerrten beide, Liebe und Verlust des edelsten Manns. Das Geräusch des fliehenden Wagens durchdonnerte sein Herz. Man besorgte für sein Leben. Das Fräulein – doch nein! Davon wird das Ende reden.

Man erbrach das Paket. Es war eine vollgültige Verschreibung aller seiner teutschen Besitzungen, die der Bruder erheben sollte, wenn es dem Fliehenden in Batavia glückte.

Der Überwinder seiner selbst ging mit holländischen Kauffahrern unter Segel und kam glücklich in Batavia an. Wenige Wochen, so übersandte er dem Bruder folgende Zeilen: »Hier, wo ich Gott dem Allmächtigen danke, hier auf der neuen Erde denk ich *deiner* und unsrer Lieben mit aller Wonne eines Märtyrers. Die neue Szenen und Schicksale haben meine Seele erweitert, Gott hat mir Kraft geschenkt, der Freundschaft das höchste Opfer zu bringen, *dein* ist – Gott! hier fiel eine Träne – die letzte – ich hab überwunden – *Dein ist das Fräulein.* Bruder, ich habe sie nicht besitzen sollen, das heißt, sie wäre mit mir nicht glücklich gewesen. Wenn ihr je der Gedanke käme – sie wäre es mit mir gewesen – Bruder! Bruder! Schwer wälze ich sie auf deine Seele. Vergiß nicht, wie schwer sie dir erworben werden mußte. – Behandle den Engel immer, wie es itzt deine junge Liebe dich lehrt. – Behandle sie als ein teures Vermächtnis eines Bruders, den deine Arme

Ein Jahr dauerte die seligste der Ehen. – Dann starb die Frau.

nimmer umstricken werden. Lebe wohl. Schreibe mir nicht, wenn du deine Brautnacht feierst. Meine Wunde blutet noch immer. Schreibe mir, wie glücklich du bist. – Meine Tat ist mir Bürge, daß auch mich Gott in der fremden Welt nicht verlassen wird.«

Die Vermählung wurde vollzogen. *Ein Jahr* dauerte die seligste der Ehen. – Dann starb die Frau. Sterbend erst bekannte sie ihrer Vertrautesten das unglückseligste Geheimnis ihres Busens: sie hatte den Entflohenen stärker geliebt.

Beide Brüder leben noch wirklich. Der ältere auf seinen Gütern in Teutschland, aufs neue vermählt. Der jüngere blieb in Batavia und gediehe zum glücklichen glänzenden Mann. Er tat ein Gelübde, niemals zu heiraten, und hat es gehalten.

Anton-Wall

ANTONIE

Aus der geheimen Geschichte einer Residenz

»Antonie« – sagte der Oberkammerherr, Graf von O**, zu seiner Tochter, als er eines Mittags von Hofe kam –, »soviel ich weiß, ist dein Herz noch frei. Oder sollt' ich mich irren?«

»Gnädiger Papa« – stotterte das errötende Mädchen von siebzehn Jahren –, »Ihre Frage – ich begreife nicht – Ihre Frage ...«

»Hat ihre Ursachen, so wie – setze dich her zu mir, liebe Tochter – meine Frage hat ihre Ursachen, so wie von jeher mein ganzes Betragen gegen dich. Du weißt, Antonie, daß du das Unglück hast, die einzige Erbin eines Vaters zu sein, der einer von den ersten Großen des Hofs und ein Günstling des Monarchen ist.«

»Unglück, gnädiger Papa?«

»Mich däucht. Wenigstens gibt es einen wichtigen Punkt, in welchem die Erbin des Privatmanns immer glücklicher ist als du. – Wenn du nun zum Exempel dich einmal vermählen müßtest, ohne dein Herz um Rat fragen zu dürfen?«

Antonie blickte in die Höhe, sah, daß er eine Antwort erwartete, machte eine stillschweigende Verbeugung und zupfte an einer Rose, die sie in der Hand hielt.

»Liebe Tochter« – fuhr er fort –, »ich sah voraus, daß dieses ganz gewiß einmal dein Fall sein würde. Meine Pflicht war, dafür zu sorgen, daß du dann wenigstens keinen *Geliebten* aufopfern müßtest. Deine Mutter starb, da du acht Jahr alt warst: und sogleich entfernte ich dich von der Residenz und ließ dich auf meinem entlegensten Landgute von einer Freundin erziehn, deren Klugheit mir bekannt war. Ich hoffe, daß du noch keine männliche Bekanntschaft gemacht hast, die dir deinen Gehorsam erschweren könnte. – Oder hast du? – Sprich mit deinem Vater offenherzig.«

»Gnädiger Papa, ich – mir ist niemand bekannt – ich kenne keinen.«

»Ganz gewiß, Antonie?«

»Gewiß, liebster Papa!«

»Desto besser! – So wird dir das, was du bald tun sollst, um so viel leichter fallen, und ich selbst habe einen Jammer in der Welt weniger.«

»Was ich bald tun soll?« – wiederholte sie, eh er noch ganz ausgeredet hatte, und sah ihm mit den hellen klaren blauen Augen betroffen ins Gesicht.

»Sieh nur, liebe Antonie« – sagte der Oberkammerherr –, »daß ich dich vor vier Wochen aus deiner Einsiedelei an den Hof berufen habe, ist nicht ohne Absichten geschehn. Ein Vizepräsident in dem ersten Kollegium einer entfernten Provinz hat sich durch Talente und Diensteifer dem Monarchen so sehr empfohlen, daß dieser vor kurzem geruht hat, ihn seiner Person näher zu bringen und ihn in den Staatsrat zu ziehen. Du wirst ihn heute sehn und ihm als einem Manne begegnen, den der Monarch schätzt, den ich ehre und dem du bestimmt bist.«

»Ich?« - fragte sie mit einiger Freude und schlug den Augenblick darauf die Augen nieder, daß sie das Ich nicht langsamer gesagt hatte.

»Der Monarch selbst ist zuerst auf diese Verbindung gefallen, er hat seine Gedanken dem Minister mitgeteilt, dieser hat mit mir gesprochen, und ich habe dich ihm zugesagt. Die Sache ist dem Interesse unseres Hauses gemäß und gleichsam vom Monarchen selbst projektiert. – Also in vier Wochen, Antonie, änderst du deinen Namen.«

Antonie saß da, wollte reden und konnte nicht.

»Bilde dir nicht ein, liebe Tochter«, fing der Oberkammerherr wieder an, »daß wir etwas von dir fordern werden, das nicht in deinem Vermögen steht. Der Monarch, der Minister und ich setzen voraus, daß du bloß deine Hand vergibst. Kann das Herz der Hand nicht folgen, so steht dir frei, es zurückzubehalten. Man wird sich nie ein Recht anmaßen, dir Vorwürfe zu machen, wenn du einmal nach deinem Wohlgefallen disponieren solltest. Du wirst in diesem Punkte völlig dir selbst überlassen sein.«

»Und dennoch seine Gemahlin?« fragte Antonie erstaunend.

»Dennoch!«

»Versteh' ich Sie auch, gnädiger Papa?«

»Lebe ein halbes Jahr unter uns: und du verstehst mich. – Gutes Mädchen, die Männer, die deine moralischen

Bücher gemacht haben, passen meistens den Zirkel auf das Dreieck, schreiben den Großen vor, was sie tun *sollen,* und wissen nicht, was sie tun *können,* nennen uns *sittenlos,* wo wir bloß *unglücklich* sind, und *schmähen,* wo sie *weinen* sollten. - Deine Hand, Antonie, daß du dich ohne Widerstreben nach dem Willen des Monarchen, nach den Wünschen deines Vaters und nach der Konvenienz deines Hauses fügen willst!«

Antonie hatte den Minister nie gesehn, aber sie hatte auch nie geliebt. Überrascht von dem väterlichen Ansehn, gab sie die Hand, daß sie gehorchen wollte.

Einige Stunden darauf erschien der Minister, ein kleiner zusammengewachsner Mann, der ein gläsernes Auge und eine hohe Seite hatte.

Antonie trat herein und wollte in Ohnmacht sinken. Sie mußte sich auf einige Augenblicke entfernen, um sich zu sammeln. – An einem Mädchen, das in der Einsamkeit erzogen war, das die große Welt erst seit vier Wochen sah und itzt ein Ja von sich geben sollte, von dem sie gestern kein Wort gewußt hatte, war das zu entschuldigen. Der Minister hielt ihr Erschrecken für eine Wirkung der Blödigkeit und fand sich durch ihr Betragen nicht beleidigt. – Sie kam wieder: der Minister berief sich auf das, was ihr Vater ihr gesagt hätte, ergriff ihre zitternde Hand und fragte. Mit einem eiskalten Schauer sagte Antonie Ja; aber sogleich ging sie hinaus, und keine Vorstellungen konnten sie bewegen wiederzukommen.

Tags darauf fiel sie ihrem Vater zu Füßen und beschwor ihn, sie ihres Worts zu entlassen. »Soll ich befehlen, Antonie?« sagte er und verließ sie mit einem Blicke, in welchem der Zorn funkelte. – Sie ergab sich in ihr Schicksal.

Vater und Bräutigam haßten das Zeremoniell. Um ihm zu entgehen, hatten sie verabredet, daß außer dem Monarchen und zwei Zeugen von jedem Teile niemand etwas von der Sache erfahren sollte, als bis sie vorüber wäre. Auf einem Landgute des Vaters, einige Meilen von der Residenz, wurde die Trauung vollzogen, ohne daß selbst die Bedienten wußten, was geschähe.

Nach der Zeremonie stand Antonie mit ihrem Gemahl in einem Fenster, bat ihn das Billet zu lesen, das sie ihm gab, und ging hinaus. – Er las:

»Herr Graf, ich habe meinem Vater gehorcht und bin nun Ihre Gemahlin. Nehmen Sie hiemit meine Versicherung an, daß mir die Rechte, die Sie auf mich erhalten haben, beständig heilig sein werden. Aber zugleich bitt' ich Sie mit dem gepreßtesten Herzen um die Gnade, daß Sie meinen Vater bewegen, mich noch heute mit meiner bisherigen Gesellschafterin, die hier als Zeugin zugegen ist, in meine Einsamkeit zurückkehren zu lassen. Durch eine abschlägliche Antwort werden Sie nichts bewirken, als daß Sie mein Elend vergrößern. Die Willfahrung meiner Bitte aber wird die Ehrfurcht noch vermehren, die ich für Ihre Verdienste habe und deren ich Sie hiemit ausdrücklich versichere.«

Der Minister stutzte und überlegte. Er ging zu Antoniens Vater, zeigte ihm das Billet, legte selbst für sie eine Fürbitte ein und beteuerte, daß durch diese Trennung das gute Verständnis beider Häuser nicht gestört werden

Mit einem eiskalten Schauer sagte Antonie Ja;
aber sogleich ging sie hinaus . . .

sollte. Der Vater wollte toben, gestand sich, daß Antonie überrascht worden wäre, gab seine Einwilligung zu ihrer Entfernung und nahm mit allen, die um das Vorgefallne wußten, die Abrede, daß man von dem, was geschehn war, so lange schweigen wollte, bis Zeit und Umstände einmal Antoniens Gesinnung änderten.

Antonie reiste mit ihrer Freundin nach ihrem einsamen Landgute, während die übrigen zur Residenz zurückkehrten. Alles blieb verschwiegen, und der Monarch tröstete seine Lieblinge mit der Zukunft. – Man machte zwar einige Versuche, Antonien zur Rückkehr zu bereden: aber jeder vergrößerte ihren Abscheu vor der Person ihres Gemahls.

Sie befand sich in ihrer Einsamkeit weder wohl noch übel. Die wenigen Wochen, die sie im Getümmel der Residenz zugebracht hatte, waren nicht hinreichend gewesen, ihr den Geschmack an ihrer bisherigen Stille zu verleiden. Ihre alte Freundin, einige Bücher, die Spaziergänge in einer ziemlich angenehmen Gegend und überdem die weiblichen Künste, in denen sie durchgängig Meisterin war, vertrieben ihr die Zeit. Die letzten waren ihre liebsten Beschäftigungen und nahmen ihr die meisten Stunden weg. Sie hatte in einem ihrer Büchlein gelesen, der Anblick einer schönen Figur in einem gut gewählten Gewande mache auf eine gewisse Art glücklich. Antonie sah niemanden um sich als Bediente, Pachter, und Pachterinnen; aber auch diesen zu Gefallen glaubte sie sich gut kleiden zu müssen. Ihr Anzug ward ihr Studium; ihr Negligé war immer neu und immer natürlich; man hatte ihr gestern nachgesehn, heute sah man ihr wieder nach. Der Städter, der sie in ihrem allernachlässigsten Morgenhabit traf, mußte glauben, sie ginge einem Liebhaber entgegen, den sie bestellt hätte.

Antonie hatte keinen bestellt, aber bisweilen kommt etwas ungerufen. – Ihr Lieblingsort in den heißen Sommertagen war ein Lusthaus an der Gartenmauer, dessen Fenster nach Mitternacht gingen. Eines Abends in der Rosenblüte saß sie da am offnen Fenster und garnierte sich ein Kleid.

Sie hörte den Trott eines Pferdes, sah hinaus, um sich etwa von einem Landmanne grüßen zu lassen, der vom Felde käme, und war wie versteinert, als ein Offizier vor ihr den Hut abzog – der erste, den sie jemals in dieser Gegend gesehn hatte. Sein Pferd war so wild, daß ihr angst und bange darüber ward. Sie sah ihm nach, so weit sie konnte, und machte am Ende bei sich selbst die Anmerkung, daß ein guter Reiter auf einem mutigen Pferde eine bessere Figur mache als auf einem gelassenen. Sie hätte gewünscht, ihm länger nachsehn zu können.

Sie setzte sich wieder zu ihrer Arbeit, aber ihr Blut war von dem Schrecken über das wilde Pferd noch so sehr in Wallung, daß die Nadel keinen Stich recht machte. Sie warf das widerspenstige Werkzeug hin und spazierte im Garten herum. Mit eins bemerkte sie, daß es finster geworden war, und ihre Uhr repetierte dreiviertel auf zehn. Sie eilte noch zur Frau von F**, ihrer Gesellschafterin, die seit einiger Zeit von ihren Augenschmerzen in ein halbdunkles Zimmer eingesperrt war, wünschte ihr eine gute Nacht und ging in ihr Kabinett. – Die zwei folgenden Tage regnete es fast beständig. Antonie war sehr mißvergnügt, daß sie um zwei Tage Rosenblüte käme.

Den dritten Tag war das Wetter schön. Unterdessen ward ihr der Morgen unausstehlich lang, obgleich die Tauben, die sie an sich gewöhnt hatte, vergessen worden wären, wenn sie nicht endlich ziemlich grob um ihr Futter gemahnt hätten. Gleich nach Tische ging sie auf ihr Lusthaus und nahm ein Buch mit, das sie beim ersten Durchlesen sehr unterhaltend gefunden hatte. Sie las einige Seiten und bemerkte, daß der Verfasser wirklich sehr langweilig wäre. Sie warf es hin und trat ans Fenster. In der Länge war auch da nichts zu sehn. Sie ging herunter und hatte eben den Riegel von der Türe aufgezogen, die ins Feld ging, als sie ein Pferd hörte. Sie flog hinauf ans Fenster und hätte beinahe einen Schrei getan, als sie das wilde Pferd mit seinem Offizier wieder sah.

Sie wäre gern weggelaufen, aber die Kniee zitterten ihr so sehr. Er grüßte, und sie machte ihren Knicks so ungeschickt, daß ein weißes Tuch, das sie ins Fenster gebreitet hatte, herunter in den Weg fiel. Der Herr in der roten goldgestickten Uniform war mit einem Sprunge vom Pferde, hob das Tuch auf, hing sein Pferd an die Tür und stand im Garten. Antonie ging ihm entgegen und dankte ihm mit so vieler Verlegenheit, daß er beinahe selbst nicht wußte, was er sagen sollte. Er bat um die Erlaubnis, den Garten zu besehn. Sie führte ihn herum und erfuhr von ihm, daß er der Baron von A**, Rittmeister von der Garde, wäre und vor kurzem das benachbarte Rittergut gekauft hätte, wo er wegen der Nachlässigkeit der vorigen Besitzer viele Anstalten machen müßte, die ihn noch einige Zeit hier aufhalten würden. Der Garten gefiel ihm: er nannte ihn bezaubernd; unterdessen sah er öfter in Antoniens Augen als auf den Garten.

Man kam wieder zur Tür: er bat sich die Erlaubnis aus, Antonien und der Frau von F** aufzuwarten, und erhielt sie. Da er ihr die Hand küßte, versicherte er noch, das Gerücht habe ihm gesagt, daß eine Gräfin Antonie von O** diesen Aufenthalt verschönere, aber itzt habe das Gerücht zum erstenmale zu wenig gesagt. Er schwang sich auf sein Roß und war fort.

Antonie ging wieder hinauf, nahm ihr Buch, las ein paar Zeilen und warf es hin. Sie kam herunter ins Freie, ging durch die Alleen, ritzte sich hier an einem Rosenstrauch, trat dort in den Buxbaum, setzte sich aus einer Laube in die andere und ging endlich zur Frau von F**. Diese war heute so langweilig, als sie nie gewesen war. Antonie verließ sie, ging zu Bette und träumte sich endlich ein.

Den Tag darauf kam der Rittmeister von A**, um als neuer Nachbar seine Visite zu machen. Die Frau von F** nahm ihn mit vieler Artigkeit und Antonie mit einiger Kälte auf. Er hatte etwas Edles in Miene, Figur und Betragen, das beim ersten Anblicke für ihn einnahm. Da er fort war, sagte die Frau von F** etwas zu seinem Vorteil. Antonie hatte es gestern für zu zeitig gehalten, ihr etwas von ihm zu sagen, und heute hielt sie es für zu spät. Die Frau von F** sah es gern, daß man ihrer Meinung war. Der kalte Beifall, den ihr Antonie wegen der Vorzüge des Rittmeisters gab, reizte die gute Frau zu einer Apologie ihrer Lobeserhebungen, und Antoniens Zweifel gegen die Apologie brachten die Sache so weit, daß der Rittmeister endlich zu einem der vollkommensten Männer erklärt wurde. Man sprach zwei Stunden lang von dem neuen Nachbar, und Antonie schien ihre Freundin heute nicht so langweilig zu finden als gestern.

Zufälligerweise brachte itzt Antonie selbst in Regentagen ihren Nachmittag auf dem Lusthause zu. Sie hatte teils ein Buch zu lesen, das sich in der Stille am besten lesen ließ, teils an einem Anzuge zu arbeiten, der von einer ganz neuen Erfindung war und den niemand eher sehn sollte, als bis sie ihn trüge. – Zufälligerweise traf sich's auch, daß der Baron alle Tage zu einer gewissen Stunde vorbeiritt. Sein Pferd war kein so widerspenstiges Tier, als es anfangs geschienen hatte; denn es stand oft eine Viertelstunde lang unter dem Fenster und ließ seinen Reiter ungestört sich mit Antonien unterhalten.

Der neue Habit war endlich fertig und angelegt: das Buch war – so gut als gelesen, wenigstens für heute. Antonie hatte lange Weile. Sie sah ins Feld hinaus. Aber Menschen und Tiere hatten sich verschworen, heute diese ganze Gegend zu meiden. Weder ein Bauer noch eine Bäuerin noch jemand zu Pferde war zu hören oder zu sehn. Sie rufte endlich ihr kleines Windspiel, ging heraus ins freie Feld, folgte dem ersten Fußsteige, auf den sie der Zufall führte, versank in tiefe Gedanken, ging so immer ziemlich emsig vor sich hin und wachte endlich über dem

Anschlagen ihres Hündchens auf, das einem Hasen nachsetzte.

Ein Jäger sprang aus einem Gebüsch und legte auf den Hund an. Ein langer Herr in einem grünen Kleide hielt ihn zurück und lockte das Windspiel an sich. Man haschte das Hündchen: der Herr nahm es unter den Arm, kam auf das Fräulein zu und legte den Verbrecher, der in seinem Revier hatte jagen wollen, zu ihren Füßen. Antonie tat einen Schrei, als sie unter dem Jagdkleide den Rittmeister erkannte. Die Nachricht, daß sie auf einem schmalen Streifen von seinem Grund und Boden wäre, setzte sie außer sich. Konnte der Mann nicht denken, sie hätte ihn aufgesucht, weil er nicht zu der gewöhnlichen Stunde vorbeigeritten wäre? – Unterdessen war ihr Gewissen unschuldig. Aber Herz und Gewissen treiben bisweilen jedes seine besondere Wirtschaft.

Man folgte dem Rittmeister mit einem Pferde: er befahl, es nach Hause zu führen, und bat Antonien, die bald blaß, bald rot ward, um die Erlaubnis, sie auf einem angenehmern Wege zurückzubegleiten. Er gratulierte sich zu dem Glücke, das er so unerwartet fände, war entzückt, daß er sich heute zur Jagd hatte verführen lassen, und sagte so viel schöne Sachen mit so vieler Innigkeit, daß Antonie nicht wußte, ob es Tag oder Nacht wäre, und daß der Ritter sich am Ende selbst auf einem falschen Wege fand. Man half sich wieder zurecht; allein vielleicht meinte der Baron nicht, daß man den kürzesten Weg gehn müßte, wenn man den angenehmsten gehn wollte. Die Sonne ging unter, und man war noch einige hundert

Schritte vom Garten. In der Gartentüre küßte er Antoniens Hand und nahm Abschied.

Erst als man einander gegenüber saß, bemerkte man, daß man über der Herzlichkeit des Abschiednehmens sich in eine dichte duftende Jelängerjelieber-Laube geführt hatte. Antonie konnte die Augen nicht in die Höhe heben: der Baron stand auf und warf sich zu ihren Füßen.

»Antonie!« sagte er und ergriff ihre duldende Hand, »Antonie, könnten Sie mich lieben?«

Das Feuer seiner Augen war entzündend, die schöne Biegung seines Körpers war bezaubernd. In dem roten Kleide mit dem prahlenden Golde war der Rittmeister bloß blendend gewesen, das einfache bescheidene Grün machte ihn schön.

»Könnten Sie mich lieben, Antonie?« fragte er noch einmal und schlang einen Arm um sie.

»Ferdinand!« sagte sie mit einer unbeschreiblichen Grazie und – bekam einen Kuß auf ihre Wangen. Sie wußte den Namen Ferdinand aus einer Erzählung, die er ihr gemacht hatte, und vielleicht war ihr im stillen der Name geläufig geworden.

»Verlassen Sie mich!« fing sie mit erstickter Stimme wieder an, »verlassen Sie mich, wenn Sie mich lieben!«

Er hatte Ehrfurcht für Antonien. Noch einen Kuß auf ihre Hand, und er taumelte fort. – Sie träumte sich in ihr Kabinett zurück und schlief den Schlaf der Liebenden.

Sie erwachte, als der Tag graute. Der Morgen war schön; der Gesang der Vögel hatte heute etwas ganz Neues. Das Zimmer war ihr zu enge: sie schlich leise hinunter und in den Garten. Sie näherte sich der Laube, in der sie gestern gesagt hatte: »Ferdinand!« Ein heimlicher Schauer bebte durch alle ihre Glieder, als sie hinankam. Sie wendete sich, um hineinzugehn, und fuhr plötzlich mit Entsetzen zurück. Ferdinands Gestalt mit halbverschloßnen Augen, mit verschlungnen Armen und in tiefen Betrachtungen versunken, saß in der Laube, an das duftende Gesträuch gelehnt; und einige Blüten des Jelängerjeliebers beugten sich über die glatte Stirn und über die glühenden Wangen. Die Gestalt erseufzete, sah auf, sprang in die Höhe und lag zu ihren Füßen.

»Verzeihung, Antonie!« rief er, »Verzeihung! Seit gestern bin ich unstet.«

Sie reichte ihm die Hand, daß er aufstehn sollte. Ein Kuß, den er auf diese Hand drückte, setzte das erschrokkene Mädchen ganz außer Stande zu fliehn. Sie *mußte* bleiben, und endlich *wollte* sie auch.

»Noch vor Tage mußt' ich ins Feld«, sagte er, während er einen Arm in ihren Nacken legte und mit dem andern ihre Hand an seinen Mund hielt, »ich fand mich endlich an diesem Garten. Sie hatten die Türe nicht verschlossen – und hier bin ich – hier in der Laube, die nun auf ewig Ferdinands Laube ist. – Komm, Antonie, laß mich sie an deinem Arme in Besitz nehmen!«

»Ferdinand«, sagte sie, »ich denke, daß Sie ein edler Mann sind.« – Und so ließ sie sich von ihm hineinführen. Sie saßen nebeneinander.

Antonie wußte nicht, daß ihr Gewand das Gewand einer Verführerin wäre. Die lieblichen zarten Formen, an die es sich anschmiegte, um sie nicht zu verbergen – das jungfräuliche Atmen des Busenschleiers – die errötenden Wangen – der schüchterne Blick des schwimmenden Auges – das blonde unbestäubte Haar, das sich vorn verschnitten über die Stirn herabbiegte und hinten unversehrt auf die Schultern niederfloß, um in zwei Zöpfen wieder hinauf unter das schwarze runde Hütchen zu steigen, das zu seinem ganzen Schmuck eine bescheidene Perlenschnur hatte – der Maler, der diese Figur hätte in dem Augenblick kopieren sollen, als sie so auf den Sitz in der Laube hingegossen war, unter dem Gesange von allen Nachtigallen der Gegend, bei dem Morgendufte des blühenden Gesträuchs – der Ruf des Malers wäre auf immer verlorn gewesen.

Ferdinand schlang beide Arme um Antonien und beugte sich, um seinen Mund auf den ihrigen zu drücken. Sie machte sich los, und ein ernsthafter Blick, voll des höchsten Adels und der innigsten Liebe, sagte ihm, daß man Ferdinanden liebte, so lange er bescheiden wäre.

»Vergib, Antonie!« sagte er, »die Ehrfurcht selbst möchte sich bei dir vergessen, Verführerin. – Aber ich entsage diesem Kusse, bis Ihr Vater mir geantwortet hat, an den ich heute schreibe.«

»An meinen Vater? – Ferdinand! Ferdinand! Um Gottes willen nicht!«

»Und warum nicht?«

»Ach, um eines Geheimnisses willen!«

»Geheimnis?«

»Das niemand weiß als einige Freunde.«

»Und das ich nicht wissen darf, Antonie?«

»Ja«, sagte sie nach einigem Besinnen, »Sie sollen es wissen: Sie müssen es wissen – – Ferdinand, ich bin vermählt.«

»Vermählt? – Sie vermählt, Antonie?«

Sie erzählte ihm die Umstände ihrer Vermählung und die Ursache ihres hiesigen Aufenthalts. Sie verschwieg nichts als den Namen ihres Gemahls.

»Gut, Antonie!« – sagt' er endlich nach einem langen Nachdenken – »*könnten* Sie mich lieben, wenn Sie *dürften*?«

Ein unwillkürlicher Seufzer und ein paar Augen, die zur Erde niederfielen, waren sein ganzer Bescheid.

»Nun, so *sollst* du dürfen, himmlisches Mädchen. Sind die Richter nicht gerecht, so ist es der Monarch. Ich wende mich an ihn: er kennt mich, er hört mich, und wir sind glücklich.«

»Der Monarch? Gott, der hört Sie nicht. Mein Gemahl ist sein Liebling.«

»Liebling? – Welcher Liebling? – Seinen Namen, Antonie!«

Sie nannte ihn, und der Baron war wie von einem Blitze getroffen. Er überlegte einen Augenblick, ergriff dann seinen Hut, fiel vor ihr auf ein Knie, ruhte lange mit dem Munde auf ihrer Hand, sagte: »Nachmittags komm' ich wieder!« und eilte fort.

Sie saß mit vorwärts gesenktem Haupte, den Blick auf die Erde geheftet. Ein tiefer Seufzer erleichterte ihr das Herz. Sie überlegte, ob sie diese geheimen Unterredungen fortsetzen dürfte, fürchtete ihre Schwäche und verbot sich, künftig mit dem Baron ohne Zeugen zu sprechen. Unterdessen, er konnte sich von seiner Leidenschaft verführen lassen, einen unvorsichtigen Schritt beim Monarchen zu wagen: sie mußte ihn also noch einmal beschwören, für ihr Geheimnis Ehrfurcht zu haben. Sie beschloß, ihn dasmal noch zu erwarten.

Er kam und überreichte ihr etwas Geschriebnes. Dann band er ihr ein Porträt um den Hals, drückte sie an seinen Busen, preßte einen erstickten Kuß auf ihren Mund, sagte: »Lebe wohl!«, sprang auf sein Pferd und jagte davon. Sie erschrak über dieses sonderbare Betragen, nahm zitternd das Blatt und las:

»Ich war dreizehn Jahr alt, Ihr Gemahl zwanzig: unsere Eltern sahen sich oft. Ihr Gemahl war Offizier von der Garde: sein feiner Wuchs zeichnete ihn unter dem Corps aus, und das Feuer, das seine Augen hatten, war bei meinen Schwestern ein Sprichwort. – Mir waren die Armbrüste weggenommen, weil ich Schaden gestiftet hatte: aber ich besaß noch eine wider Befehl. Eines Nachmittags war ich allein zu Hause: ich wollte aus meinem Zimmer im Hofe nach einem Sperlinge schießen; der Pulsen fuhr durch ein Fenster an der Treppe; Ihr Gemahl kam just herauf; ein Splitter von dem zerschmetterten Glase flog ihm ins Auge. Ich lief ihm entgegen und fiel ihm zu Füßen. – »Seien Sie ruhig, Ferdinand!« – war alles, was er sagte. Er wußte eine glaubwürdige Geschichte zu erzählen, in der meiner nicht gedacht wurde, verlor nach einer schmerzlichen Kur das Auge und nahm seinen Abschied. Um sich von einer andern Seite geltend zu machen, ging er auf die Akademie, vermied die Gesellschaft, weil er als Einäugiger ihr gleichgültig zu sein glaubte, arbeitete Tag und Nacht an seinem Schreibepulte, erwarb sich Kenntnisse, die wenige im Reiche haben, und – bekam am Pulte die hohe Seite, die, wo nicht Ehrfurcht, wenigstens keine Verabscheuung verdient.

Ich war auf dem Punkte, ohne mein Wissen ein Verbrecher zu werden: aber der Augenblick, in dem sie mir sagten, Antonie, wessen Gemahlin Sie wären, löschte auf einmal die Flammen des Liebhabers aus und machte meine Geliebte zu meiner Schwester, zu einer liebenswürdigen Schwester, die ich bei allem, was groß und edel ist, beschwöre, einen Mann nicht zu fliehen, welcher verdient von ihr gekannt zu werden. Wüßten Sie die vielen vortrefflichen Züge, die mir von der Güte seines Herzens bekannt sind, Sie würden ihn lieben *können,* würden ihn lieben *müssen.* – Ein Porträt von ihm, das kurz vor jenem unglücklichen Zufalle gemacht war, hab' ich bisher als ein Heiligtum aufgehoben. Lassen Sie mich es um Ihren Hals hängen; betrachten Sie es und gestehn Sie, daß die Natur das Original in einem hohen Grade geadelt hatte.

Wagen Sie es, ihn kennenzulernen; und in kurzer Zeit werden Sie sagen: Man kann einäugig, man kann schiefgewachsen, und doch der liebenswürdigste unter allen Menschen sein. Das sagt Ihnen ein Mann, Antonie, ein Mann, der Ihren Besitz einem Monarchen streitig gemacht hätte, der aber sich die Rechtschaffenheit nicht streitig gemacht haben will.«

Antonie saß ohne Bewegung: ihr Busen schien so viel Größe fassen zu wollen: er schwoll hoch empor. Ein tiefer Seufzer mußte ihn endlich entledigen. Sie warf einen schüchternen Blick auf das Porträt an ihrem Halse und erschrak vor dem Funkeln der großen, vollen, freundlichen Augen, wie man vor einem abgeschiedenen Geiste erschrickt.

Bewunderung, Scham, Erstaunen, Unwille, Mitleiden durchkreuzten einander in ihrer Seele: sie wußte nicht, was sie tun oder lassen sollte. Ihre Gedanken konnten zu keiner Richtung kommen: sie fragte sich bisweilen, ob sie wirklich wachte.

Sie saß eine halbe Stunde so da, sammelte sich ein wenig, kehrte zu dem Blatte zurück und las es mit etwas mehr Bedacht als das erstemal. Itzt kam ihr der Baron als ein Wesen von einer höhern Klasse vor: es war ein Halbgott, den sie bewundern und verehren mußte, aber zu dessen Besitz sie ihre Wünsche nicht erheben durfte. Die Ehrfurcht bemächtigte sich ihrer, und die Liebe fing an sich zurückzuziehn.

Antonie verließ den Garten, befahl, daß man sie allein lassen sollte, und verschloß sich in ihr Kabinett. Es war Nacht geworden, als sie von einem tiefen Nachdenken erwachte, das sich in eine gedankenlose Stille verloren hatte. Sie fand sich noch in dem nämlichen Sessel, in den sie sich beim Hereintreten geworfen hatte, wußte kaum deutlich mehr, was sie eigentlich hatte überlegen wollen, fühlte sich unbeschreiblich müde und ging schlafen.

Am Morgen schlug sie die Augen auf, und das erste,

was sie erblickte, war das Bildnis ihres Gemahls, das sich auf ihrem Busen wiegte und das sie gestern Abend vergessen hatte abzunehmen. Sie zog plötzlich die Augen zurück, heftete sie ein Weilchen auf die Erde und richtete sie dann langsam wieder nach dem Porträt. Sie betrachtete es schüchtern, und sie bekannte, daß es eins der schönsten männlichen Gesichter darstellte. Stand auf, band es ab und verwahrte es neben ihren Juwelen.

Des Nachmittags fiel ihr der Brief des Rittmeisters wieder in die Hände. Sie las ihn, ging einigemal im Garten auf und nieder, kehrte zurück in ihr Zimmer, nahm das Porträt heraus, betrachtete es und legte es wieder an seinen Ort. Sie konnte weder essen noch trinken und hatte nirgends eine bleibende Stätte. Die Liebe entfernte sich allgemach aus ihrem Herzen: aber Antonie schied von ihr, wie man von einem teuren Freunde scheidet, den das unerbittliche Schicksal von uns losreißt. Man ruft diesen Freund immer wieder zurück, man drückt ihn in die Arme, man küßt ihn und hält ihn fest: endlich muß man ihn loslassen und sieht ihm mit blutendem Herzen nach.

Einige Tage drauf war Antonie ruhiger geworden. Sie trug den Brief des Barons in ihrem Busen, aber sie trug ihn, damit sie sich vor jedem Rückfall sicherte. Sie wußte alle Worte des Briefs auswendig, aber ein einziger Blick in denselben hatte mehr Kraft als alles. Sie ging an das Schränkchen, in welchem sie ihre Kostbarkeiten hatte, stand einige Augenblicke unentschlossen, öffnete es endlich und nahm das Porträt ihres Gemahls heraus. Sie setzte sich auf ihren Sopha und untersuchte die Züge des Bildnisses mit der gesetzten Gelassenheit, mit welcher man das Bildnis eines Bekannten untersucht, um zu entscheiden, ob es getroffen ist. Der Anblick fing sie an zu rühren: sie seufzete einigemal, und endlich flossen ihr helle Tränen aus den Augen.

»Armer Graf!« sagte sie wehmütig, »ein solches Auge auf eine solche Art zu verlieren!«

Und mit diesem Augenblicke verwandelte sich der Ekel, den sie vor ihrem Gemahl hatte, in das zärtlichste Mitleiden. Sie saß noch lange mit nassen Augen und betrachtete das Gemälde.

»Und«, fing sie wieder an, »nicht einmal demjenigen ein Scheltwort zuzuziehn, der dich um das Auge brachte!«

Sie zog den Brief des Barons aus ihrem Busen, las ihn noch einmal, stand auf und legte ihn zu ihren Juwelen. Das Porträt des Grafen nahm sie und hängte es um den Hals.

Antonie trug es von nun an Tag und Nacht auf ihrem Busen und wurde nach und nach vertrauter mit demselben. Bisweilen, wenn sie sich die unbeschreibliche Güte des Herzens überdachte, mit welcher das Urbild einst gehandelt hatte, widerfuhr ihr sogar, daß sie das Porträt an ihren Mund zog und es küßte.

Gegen das Ende des Herbstes kam der Oberkammerherr, um seine Tochter auf einige Tage zu besuchen. Er fragte die Frau von F**, ob sich Antoniens Gesinnungen änderten: er hörte, daß vor der Hand noch nichts zu hoffen wäre. Er zuckte die Achseln und ließ während seines Aufenthalts nicht ein Wort vom Minister fallen. Erst an dem Nachmittage, den er zu seiner Abreise bestimmt hatte, fragte er seine Tochter scherzweise, ob sie ihm Gesellschaft leisten wollte.

»Ich bin nicht im Stande, die Gemahlin des Grafen zu sein«, sagte Antonie, »aber wenn mich der Graf als eine vertraute Freundin in sein Haus aufnehmen will, so begleit' ich Sie.«

Der Vater sah das Mädchen erstaunt an, umarmte sie, verlängerte seinen Aufenthalt um ein paar Tage und nahm sie mit sich in die Residenz. – Die Vermählung des Grafen mit Antonien wurde deklariert, und Antonie wohnte von nun an in des Grafen Hause. Er war ihr Gemahl, wenn sie Zuschauer hatten, und er war ihr Bruder, wenn sie allein waren.

Aber nach und nach wurde die Schwester dem Bruder gefährlich. Antoniens reizende Bescheidenheit, ihr sittsames Betragen gegen alle, die sich ihr näherten, ihre Aufmerksamkeit auf alle Winke ihres Gemahls, ihre Ordnung, ihr guter Geschmack, ihr bezauberndes Wohlwollen gegen jedermann, machten in kurzer Zeit aus dem Gemahl zum Scheine einen Liebhaber im Ernste. Aber er hatte als Gemahl geschwiegen: um so viel mehr schwieg er, da er Liebhaber war.

Antonie fand an dem Grafen einen Mann, der von Hohen und Niedrigen geliebt wurde, der Minister war, und dennoch Freunde hatte, der trotzig die Rechte eines Gemahls verlangen konnte und dennoch bescheiden mit den Rechten eines Bruders zufrieden war, der sie beobachtete, ohne sie zu bewachen, und der ihr Zärtlichkeit bezeigte, ohne ihr beschwerlich zu fallen. Sie fing an zu bedauern, daß der Mann keine Gemahlin hätte, die ihn liebte: sie gewöhnte sich an das gläserne Auge und an die hohe Schulter und liebte endlich den Grafen selbst.

Der Graf blieb, wie immer, bescheiden und ehrerbietig. Antonie glaubte, daß sie verachtet würde, und hielt diese Verachtung für gerecht. Sie zog sich in ihre Einsamkeit zurück und sah den Grafen nur in den Augenblicken, da sie ihn sehn mußte. Er wurde unruhiger und aufmerksamer, als er jemals gewesen war, und bemerkte eines Tages, daß Antonie ein Porträt zu verstecken suchte, das sie an ihrem Halse trug und das ihr aus dem Busen entfallen war.

»Ich liebe Antonien«, sagte der Graf, als er allein war, »aber sie ist unglücklich. – Ich liebe sie, aber ich muß sie glücklich zu machen suchen.«

Des Morgens darauf ging er auf ihr Zimmer, welches er nie getan hatte. Sie saß an der Toilette. Er befahl der Kammerfrau, daß sie sich auf einige Augenblicke entfernen sollte, und küßte Antonien die Hand. Sie war so erschrokken, daß sie nicht wußte, was sie tat. Sie präsentierte endlich einen Sessel, und der Graf setzte sich neben sie.

»Teure Gräfin«, fing er an, »Sie lieben: ich weiß es gewiß, daß Sie lieben, und ich mache Ihnen deswegen diesen Besuch.«

Antonie saß und rang die Hände.

»Lieben Sie den Mann, Gräfin, dessen Porträt Sie tragen?«

»Ja!« sagte sie leise und schlug die Augen nieder.

»Gut!« sagte er. »Ich kann Ihren stillen Leiden nicht länger zusehn; und es ist mir wichtig, daß Sie glücklich sind. Seien Sie von diesem Augenblicke an frei. Ich gehe jetzt zu Ihrem Vater und dann zum Monarchen; und die Erlaubnis zu unsrer Trennung soll morgen unterzeichnet sein. – Nehmen Sie hiemit das Geständnis meiner Liebe und Aufopferung derselben zu gleicher Zeit an. Leben Sie wohl, Gräfin, und denken Sie in den Armen des Glücklichen, den Sie lieben, bisweilen an einen Freund, der Sie beständig verehren wird.«

Er stand auf und wollte sich entfernen, als ihm Antonie mit eins um den Hals fiel.

»Graf«, sagte sie, »ich verlasse Sie nicht. Hier ist das Porträt.«

Er sah es und warf sich zu ihren Füßen. Sie erzählte ihm ihre Geschichte; und ich muß es meinen Lesern überlassen, sich den Erfolg hinzuzudenken. Ich merke weiter nichts an, als daß der Monarch, als er den Rittmeister von A** zum erstenmale wiedersah, ihn vor der ganzen Parade umarmte und zu ihm sagte: »Obrister, Sie sind ein sehr edler Mann!«

August Friedrich Ernst Langbein
DER KREBS

Felßer, ein alter Kapitalist, hielt den Reichtum wie mehrere Pfleglinge des Glücks für eine Art von Adel und verachtete jeden Erdensohn, der nicht so gemächlich wie er auf der faulen Bärenhaut liegen und von Renten zehren konnte. Wer zur ehrwürdigen Klasse tätiger Menschen gehörte und im Schweiß seines Angesichts sein Brot aß, ward von diesem Glückspilz über die Achsel angesehn. Trat er in eine Gesellschaft, wo er ein fremdes Gesicht erblickte, so war immer seine erste Frage: »Hat er Geld?«

Mildere Gesinnungen hegte, dem eisgrauen Sprichwort vom Stamm und Apfel zum Trotz, seine einzige Tochter, Juliane; denn sie schätzte einen gewissen jungen Sekretär, Horst, der nichts im Vermögen hatte und auch zur Zeit noch ohne Besoldung angestellt war, tausendmal höher als alle Geldrollen ihres Vaters.

Der brave Jüngling verdiente die Auszeichnung, von dem schönsten Mädchen der Stadt geliebt zu werden. Kopf und Herz waren bei ihm ohne Tadel, und der leidige Geist der Spekulation, der oft Amors Gestalt annimmt, hatte ihm nicht den Weg zu Julianen gewiesen. Er glühte für sie, eh er wußte, daß sie einst eine reiche Erbin werden würde.

Beinah ein Jahr trugen die heimlich Liebenden den

Wunsch ihrer Vereinigung im Herzen herum, ohne sich damit an den Alten zu wagen. Auf Horsts Bitte übernahm endlich ein Mann, der mit Felßern täglich umging und sich seines Vertrauens rühmte, das Vermittlungsgeschäft.

Am Abende, da der Antrag gelegentlich auf einem Kaffeehause geschehen sollte, erwartete Julchen mit Herzklopfen die Heimkunft des Vaters. Gegen zehn Uhr schritt er barsch und hastig herein, warf dem zitternden Mädchen einen finstern Blick zu, schleuderte Hut und Stock auf den Tisch, stopfte sich eine Pfeife und dampfte, starr an die Wand sehend, wie die Feuermauer einer Prälatenküche.

Nachdem er fünf bange Minuten so den Stummen gespielt hatte, rief er endlich aus: »Schöne Sachen! Herrliche Neuigkeiten! Eher hätt' ich mir des Himmels Einsturz versehen! Du, ungeratene Tochter, hast dich also verplempert?«

Julchen bedeckte ihr schamrotes Gesicht mit dem Schnupftuch, und Tränen entstürzten ihren Augen.

»Besser, das Kind weint als sein Vater!« – fuhr er fort. »Daß doch immer das Ei klüger sein will als die Henne! Konntest du denn nicht erwarten, bis ich für dich einen schicklichen Bräutigam wählte? Nein, da denkt ihr Gänschen, das Heiraten wird verboten werden, und verlobt euch frisch weg hinter der Tür!«

Diese harten Ausdrücke durchbohrten Julianens Herz, und sie schluchzte laut. Der alte Murrkopf schien dadurch ein wenig gerührt zu werden und sprach in etwas sanfterem Ton also fort:

Der brave Jüngling verdiente die Auszeichnung, von dem schönsten Mädchen der Stadt geliebt zu werden.

»Heiraten in Eile bereut man mit Weile. Glatte Worte machen den Kohl nicht fett, und mit einem Pfund Sorge bezahlt man kein Lot Schulden. Wie kann so ein Guckindiewelt, so ein von Gottes und des Königs Gnaden Supernumerar-Sekretär, schon an eine Frau denken? Will er dich mit Papierspänen füttern? – Ich habe sonst nichts wider ihn. – Er mag ein guter, ehrlicher Mensch sein und sich auch auf seine Feder verstehn; mit solchen Federn fliegt man nur nicht. Und verläßt er sich auf meine Fettfedern, so hat er die Rechnung ganz ohne den Wirt gemacht. Gehorsamer Diener! Ich werde nicht so einfältig sein und sie mir ausrupfen lassen. – Wenn du deinen Vater lieb hast, so denke nicht mehr an den jungen Fant, höre nicht mehr auf sein süßes Geschwätz! Es ist wahr, er spricht wie ein Buch; aber leere Fässer schallen am weitesten. Was hilft alle spitzfindige Weisheit, wenn man nichts Rundes hat? Auf runden Rädern rollt man durch die Welt, und die besten Freunde hat man im Beutel.«

»Überdies begreif ich nicht, warum du dich jetzt schon verschleudern willst? Wer langsam geht, kommt auch fort. Ein Mädchen, das zwanzigtausend Taler Aussteuer mitbringt, ist eine gute Ware, die immer Käufer findet. Warte nur, es ist noch nicht aller Tage Abend. Über lang oder kurz meldet sich gewiß ein reicher Kauz, der dir mit einem Federzuge mehr verschreiben kann als jener Dieb, und wenn er hundert Jahr' alt würde, mit tausend und abermal tausend Gänsekielen erkritzeln wird. Nach solchen Fischen mußt du dein Netz auswerfen. Gleich und gleich schickt sich für einander. Merk dir das, Julchen, und beschlafe meine guten Lehren! Besserer Rat kommt über Nacht.«

Bei Julianen nicht. Sie schrieb am nächsten Morgen mit weinenden Augen einen Brief an ihren Geliebten, worin sie ihm, des väterlichen Verbots ungeachtet, Standhaftigkeit und Treue gelobte.

Die Aussichten der Liebenden trübten sich indessen von Tag zu Tage. Sie unterhielten zwar einen geheimen Briefwechsel; doch persönliche Zusammenkünfte machte die Wachsamkeit des mißtrauischen Vaters unmöglich. Horst hatte sonst freien Zutritt; seitdem aber der unglückliche Antrag geschehen war, ließ sich Felßer alle künftigen Besuche verbitten. Er selbst ging auch, um heimliches Einschleichen zu verhindern, von jetzt an nicht mehr auf das Kaffeehaus, wo er vorher keinen Abend fehlte.

Die Gesellschaft dort verlor nichts an ihm; denn seine ewige Unterhaltung von Geldgeschäften war so trocken als das Einmaleins. Unerträglich aber ward er, wenn er sein politisches Streitroß tummelte. Er besaß eine der feinsten Nasen in Europa, um Jakobiner zu wittern, wo – keine waren. Der unbescholtenste Biedermann roch ihm nach Sansculottismus, sobald er nicht jeden dummen Zeitungsschnack, wie ein Evangelium, glaubte und nur den geringsten Zweifel dagegen laut werden ließ. Gewisse Journalisten und Zeitungsschreiber, die bei der vernünftigen Welt so übel berüchtiget sind, daß man die armen Sünder gar nicht zu nennen braucht, hätten seinen vor kurzen erfolgten Tod in Trauerblättern mit schwarzem Rande beweinen sollen; denn sie haben an ihm einen so warmen Verehrer und rüstigen Kämpen verloren, als sie unter den Legionen intoleranter Jakobiner-Schnüffler, die bis dato, bei sehr kleinem Verstande, das große Wort führen, kaum noch antreffen möchten. –

Von diesem Abstecher zu Julianen zurück! Die Not zwang sie, eine Heuchlerin zu werden. Sie fügte sich scheinbar in des Vaters Willen und tat, als ob sie Horsten ganz vergessen habe. Dieser war indessen nicht müßig, sich nach einem neuen Sachwalter seiner Liebe umzusehen.

Hierzu schickte sich nach seiner Meinung niemand besser als ein benachbarter Landedelmann, Herr von Willow, der ein vertrauter Freund von Horsts verstorbenem Vater gewesen war und auch gegen den Sohn sehr freundschaftlich dachte. Vorzüglich aber versprach der Umstand, daß er über Felßern, mit dem er seit vielen Jahren bekannt war, mehr als hundert andere Menschen vermochte, einen glücklichen Erfolg.

Der alte, biederherzige Ritter vernahm kaum, wo seinen jungen Freund der Schuh drückte, so versprach er ihm auch mit einem kräftigen Handschlag, wider den alten Drachen (wie er den Kapitalisten nannte) zu Felde zu ziehn.

In dieser Absicht ließ er kurz nachher ihn und seine Tochter zu sich einladen. Felßer nahm sich die Freiheit, den Bedienten zu fragen: Ob etwa der Sekretär, Horst, von der Partie sein würde? – Nach erhaltener, verneinender Antwort versprach er zu kommen.

Die Gesellschaft bestand aus einigen benachbarten

Familien, und der gefürchtete Mann war wirklich nicht da. Dies setzte den alten Argus, der sich mit Julianen richtig eingefunden hatte, in ziemlich gute Laune, und er zechte tapfer. Nach der Tafel zog ihn der Edelmann in ein Nebenzimmer.

»Hör', Alter, du hast eine Tochter – –«

»Leider! Mannbare Mädchen und Glaswerk sind zerbrechliche Sachen.« –

»Die Tugend eines so guten Kindes doch nicht?« –

»Den Baum erkennt man an seinen Früchten, und diese sind bei dem Bäumchen, das ich so sorgsam gepflegt und gewartet habe, eben nicht die besten.« –

»Wieso?« –

»Fragen Sie doch nicht! Sie wissen lange, woher der Wind bläst. Ich weiß es auch.« –

»Nun, was weißt du denn?« –

»Daß Sie dem Sekretär, Horst, dem mein Geld und mein Mädchen ins Auge sticht, die Brücke treten wollen.« –

»Zwei Wahrheiten und – mit Erlaubnis – eine Lüge. Es ist wahr, daß ich dem guten Jungen versprochen habe, für ihn ein Wörtchen zu reden; es ist ferner wahr, daß er Julianen liebt; aber ganz falsch ist dein Verdacht, daß er um deine Geldsäcke buhle.« –

»Dem sei, wie ihm wolle. Zum Tanzen gehört mehr, als ein Paar neue Schuhe zu haben, und zum Heiraten und Haushalten mehr als Liebelei.« –

»Mit einer mäßigen Aussteuer müßtest du freilich herausrücken.« –

»Da liegt der Hund begraben.« –

»Versteh' mich nur recht! Ich meine bloß ein paar tausend Tälerchen vor der Hand.« –

»Das ist leicht gesagt. Ich wollte sie auch mit Freuden geben, wenn Horst Vermögen oder eine Bedienung mit erklecklichen Einkünften hätte; denn um einen Lachs zu fangen, verliert man gern einen Angelhaken. Das gute Sekretärchen heißt aber noch Urben und ist weder geraten noch verdorben. Für einen Schwiegersohn Habenichts, den ich füttern muß, bedank' ich mich. Wer einen Sperling teuer bezahlt, muß einen Vogel sehr notwendig brauchen.« –

»Hum! Junge Männer, wie Horst, sind unter den Menschen nicht so gemein als die Spatze unter den Vögeln.« –

»Wenn auch; ich kann nichts entraten. Wer seinen Kindern gibt das Brot und leidet selbst im Alter Not, den schlage man mit der Keule tot!« –

»Geh mir mit deinen alten Reimchen, die aus zwei Ursachen gar nicht auf dich passen. Erstens bist du, Gott sei Dank, in den Umständen, daß du in der Maße, wie ich dir vorschlug, zwanzig Töchter ausstatten könntest und immer noch keine Not leiden würdest. Zweitens zielt jenes Denksprüchlein wahrscheinlich bloß auf die Geschichte eines unglücklichen Vaters, der vielleicht eben so bösartige Töchter und Eidame hatte wie der König Lear.« –

»Ich kenne weder Ihro Majestät noch Dero Sippschaft. Wer steht mir aber dafür, daß ich mir nicht auch eine Schlange und einen Basilisken im Busen erziehe?« –

»Ich bürge mit Hab und Gut.« –

»Haben Sie schon einen Scheffel Salz mit Horsten gegessen, daß Sie für seine Rechtschaffenheit gut sagen wollen?« –

»Ich kenn' ihn von Kindesbeinen. Sein Vater war einer der rechtschaffensten Männer im Lande, und der Sohn tritt ganz in seine Fußstapfen. Nie hört' ich von ihm ein böses Gerücht. Er hat auch etwas gelernt und arbeitet mit so vielem Beifall, daß er gewiß von Zeit zu Zeit höher befördert werden wird.« –

»Wer immer fortrutscht, wird nirgends warm.« –

»O du lebendiges Sprichwörter-Magazin! Du zweiter Sancho Pansa! Mußt du mir denn immer mit deinem lahmen Steckenpferde querfeldein galoppieren? Warum soll er denn nicht warm werden? Du bist ja auch von einem Tausend zum andern fortgerutscht und sitzest nun so warm wie eine Bruthenne. He, was antwortest du darauf?« –

»Ei, ich mag von der ganzen Sache nichts weiter hören, und damit Lied am Ende.« –

»Nicht Lied am Ende. In deinem Hause werden die Klagelieder nun erst recht angehen. Deine Tochter wird sich die Augen ausweinen.« –

»Mein geringster Kummer. Wenn ein Frauenzimmer weint, verdient es deswegen gerade so viel Mitleid als eine Gans, weil sie barfuß geht.« –

»Schäme dich, Alter! – Doch diese Härte ist dir nicht natürlich; du erkünstelst sie bloß, um mir die Rolle, die ich übernahm, ein wenig schwer zu machen. Hör' auf, mich zu necken, und sprich zu meiner Brautwerbung ein kurzes, ehrliches Ja!« –

»O bis dahin ist noch ein langer Weg voll Bedenklichkeiten!« –

»Was willst du dir den Kopf mit unnützen Grübeleien zerbrechen? Ich bin ein ehrlicher Mann, in dessen Herzen kein Falsch ist, und wollte mir eher die Zung' abschneiden, als dich zu einem Schritt überreden, den ich nicht für gut hielte. Schlag ein!« –

»Lassen Sie mir noch Zeit! Aufgeschoben ist nicht aufgehoben.« –

»Es sagt aber auch ein Sprichwort: Man muß das Eisen schmieden, wenn's warm ist. – Doch ich will vor der Hand zufrieden sein und dich jetzt nicht länger trillen. Wir müssen uns ohnedem sputen, wenn wir zu einer kleinen Fischerei, die ich zum Vergnügen der Gesellschaft angeordnet habe, nicht zu spät kommen wollen.« –

Sie eilten an den Teich, der neben der Landstraße lag, und die Netze wurden ausgeworfen. Nachdem man einige Züge getan hatte, rief plötzlich der Edelmann: »Seht, was kommt denn da für ein Stadtherrchen auf uns zugeritten? Wenn ich nicht halb blind bin, so ist es der Sekretär Horst!« –

Juliane ward rot und ihr Vater blaß. Er zog geschwind den Edelmann bei Seite und raunt' ihm ins Ohr: »Sie tun mir doch wohl den Gefallen und nötigen Horsten nicht zum Absteigen?« –

»Lange nötigen will ich ihn nicht«, versetzte Willow, »ein Ehrenwort muß ich ihm aber gönnen.« –

Indessen kam der Reiter immer näher und begrüßte schon die Gesellschaft.

»Willkommen im Grünen!« rief ihm der Edelmann zu, »Sie machen's recht, Horst, daß Sie einmal die leidige Hypochondrie, die sich euch Stuhlsitzern wie eine Klette an den Hals hängt, durch einen tüchtigen Trab von sich abschütteln. Wollen Sie nicht unserm Fischfang ein wenig zusehn?« –

»Wenn Sie erlauben« – sprach der Sekretär und sprang vom Pferde.

Felßer zog dem Edelmann ein schiefes Gesicht und kehrte Horsten den Rücken.

Der feine, junge Mann nahm von diesem unschicklichen Betragen keine Notiz, sondern nahte sich dem Isegrimm mit unbefangener Höflichkeit und bahnte sich einen Weg zu seiner Gunst, indem er ihm von dem glücklichen Ausgang eines bösen und schon verloren geachteten Prozesses die erste Nachricht gab.

Felßers umwölkte Stirn klärte sich jetzt plötzlich auf. Er rief seine Tochter herbei, stellte ihr Horsten als den Überbringer einer sehr angenehmen Botschaft vor, mischte sich dann wieder unter das fröhliche Gewimmel am Ufer des Teichs und schielte nur dann und wann nach den Liebenden, die viel miteinander zu sprechen hatten.

Auf einmal erscholl ein Jubelgeschrei: »Ha, welch ein Krebs! Der Großvater aller Krebse!« – Alles drängte sich hin, den merkwürdigen Gefangenen zu sehen. Julchen und ihr Freund waren nicht die letzten.

Sie erstaunten über die seltene Größe des alten Knaben,

den man aus einer Steinkluft, die er vielleicht ein halbes Jahrhundert ruhig bewohnte, soeben hervorgezogen hatte. Die mutwillige Juliane konnte sich nicht enthalten, seinen roten Panzer zu berühren. Der Riese lag ein Weilchen wie tot. Plötzlich aber öffnet' er seine mächtigen Scheren und schnapp! war ein Finger des unbehutsamen Mädchens gefangen.

Man denke sich das Zetergeschrei, denn der Grobian verstand keinen Spaß, sondern knipp tüchtig zu. Horst wollte seine Geliebte retten; doch er nahte sich kaum, so hatte sich auch schon die zweite Schere seines Zeigefingers bemächtigt.

Diese lustige Begebenheit verursachte natürlich ein erschütterndes Gelächter. »O du ehrlicher Krebs!« rief Willow, »du machst uns einen königlichen Spaß und siehst selbst so ernsthaft dabei aus, als ob du die Leutchen verlobtest und den Segen über sie sprächst! Herbei, Felßer, und lerne von ihm, was du zu tun hast!« –

Der Alte kam ängstlich getrippelt und gab sich viel Mühe, die ihm mißfällige Paarung zu zerstören und den unberufenen Kuppler loszureißen. Dieser aber wich und wankte nicht. »Ich wollte«, sprach Willow, »daß er noch eine Schere hätte, um dich so lange festzuhalten, bis du Ja sagtest!« –

Die ganze Gesellschaft stürmte jetzt in den Alten, das gute Werk des Krebses durch seine Zustimmung zu krönen. Übertäubt durch dieses Geschrei, rief er halb lachend, halb zürnend: »Ei, wären sie jetzt nur erst wieder voneinander; alsdann mag's meinetwegen werden, wie es will.« –

»Gut, ich halte dich beim Wort«, sprach Willow, »und nun will ich gleich Rat schaffen.« – Er kitzelte hierauf den Krebs so lange, bis er seine Scheren auftat und die Gefangenen losließ.

Nun begann ein neuer Sturm auf Felßern. Man ließ ihn gar nicht mehr zum Wort kommen, sondern überschrie ihn mit Lobeserhebungen seines großmütigen Nachgebens, wozu er sich eigentlich noch gar nicht verstanden hatte.

In diesem Wirrwarr und Getümmel ergriff er endlich die Hände der jungen Leute, fügte sie hastig zusammen und sagte: »Nun, wenn es denn durchaus sein soll und muß, da habt ihr euch!« –

Dies war das Signal zu einem allgemeinen Händeklatschen. »Alter, drolliger Mann!« rief Willow, »ich möchte fast mit dir zanken! Gegen mich hast du eine Stunde lang mit Sprichwörtern gefochten, und nun streckst du deine Waffen vor einem Krebse.« –

»Ich bitte für dessen Leben!« – sprach der liebeschwärmende Horst und trug ihn sofort wieder in den Teich. »Geh'«, rief er ihm nach, »geh' in deine ruhige Steinhöhle zurück und sei der Stammvater einer zahlreichen Nachkommenschaft, die ebenso glückliche Paare vereinigen möge wie du!« –

Karl Grosse

DER GRAUSAME BETRUG

Nachdem Karl Barrymore sich ein anständiges Vermögen erworben hatte, faßte er den Entschluß, sich nach Europa einzuschiffen und seinen Aufenthalt künftig in London zu nehmen. Die Geschäftsverbindungen, welche er mit einigen der ersten Handelshäuser in der Hauptstadt geknüpft hatte, führten ihn bald in diesen Kreis von Gesellschaften ein, und in wenig Monaten war er der Hausgenosse von Herrn Drayton, dessen einzige Tochter er heiratete.

Im Anfange war diese Verbindung mit allen äußerlichen Merkmalen von Vergnügen und Glückseligkeit begleitet. Miß Henriette Drayton war von seinen Talenten und Vollkommenheiten gänzlich gefesselt; sie liebte ihn nach ihrer Vermählung mit der außerordentlichsten Zärtlichkeit, und diese Zuneigung war von seiten des Ehemannes ebenso heftig. Kurz, Herr und Mrs. Barrymore waren das glückseligste Paar, das die Sonne jemals beschienen hatte, bis daß sie Mutter von einem Sohne und sechs Töchtern war. Nach diesem Zeitraume wurden sie beide gegeneinander sichtbarlich kalt und gleichgültig. Einige meinten, Herr Barrymore sei vom Ehestande übersättiget; andere wollten wieder behaupten, Mrs. Barrymore sei kokett geworden; das heißt: sie war etwas ausschweifend in ihrer Lustigkeit. – Die reine Wahrheit aber war, daß wirklich alle beide Ursachen stattfanden.

Herrn Barrymores Zuneigung zu seinem Weibe hatte sich also merklich verringert, und Madam gab ihm dies Kompliment mit Interessen zurück. Dies brachte den Gemahl dahin, ernstlich auf eine Reise zu seinen Besitzungen in Antigua zu denken. Mrs. Barrymore ward leicht dahin vermocht, ihre Einwilligung zu dieser Trennung zu geben, und die Kinder, damals noch sehr jung, wünschten dem Papa eine glückliche Reise. Die schuldlosen Geschöpfe! Sie ahndeten nicht, daß diese Reise niemanden anders als ihnen nachteilig sein würde.

Die älteste von den Töchtern befand sich damals im zehnten Jahre und versprach einen feinen Körperbau und ein reizendes Gesichtchen. Sie hatte die Züge ihrer Mutter, mit dem Vorzuge einer schönern Gesichtsfarbe. Miß Laura und ihre Schwestern wurden überdem in einer der ersten Erziehungsanstalten gebildet, als Frauenzimmer von Stande und Vermögen.

Barrymore schickte nach seiner Ankunft in Antigua seiner Gemahlin und seinen Kindern sehr beträchtliche Geschenke und Summen. Nach diesem schrieb er nur selten, und endlich benachrichtigte er sie: wie sein Kapital sich so schlecht verzinse, daß sie auf eine Zeitlang von ihrer Mitgift leben müßten. Unglücklicherweise war Mrs. Barrymore in den Geheimnissen der Wirtschaftlichkeit von jeher uneingeweihet gewesen, und als kein Geld mehr von Antigua kam, so war es natürlich, daß sie eine beträchtliche Schuldenlast aufhäufte; und diese Unordnung in ihrem Hauswesen dauerte zehen Jahre lang.

Man könnte mich aber nun fragen, womit sich indes unser Pflanzer in Westindien beschäftigte?

Es scheint, daß er daselbst ein anderes Frauenzimmer heiratete und daher für eine zweite Familie zu sorgen bekam. Dies machte ihn mit der Zeit seines westindischen Weibes so überdrüssig, als er es vorher nur immer seines europäischen gewesen war. Er ließ ihr und ihren Kindern daher ungefähr drei Viertel seines Vermögens zurück und machte sich hierauf mit dem Reste auf den Weg nach Europa.

Er wußte damals noch nichts von dem traurigen Zustande seiner Familie und bildete sich ein, Mrs. Barrymore in recht bequemen Umständen zu finden. Der Brief, welcher seine baldige Ankunft verkündigte, erregte einen allgemeinen Jubel, besonders unter seinen ältesten Töchtern, die nicht ohne Bewunderer gewesen waren. Sie fingen daher an, eine mehr als jemals glänzende Figur zu machen.

Endlich langte denn dieser so lange Zeit erwartete Ehemann, dieser teure Papa an und wurde gleich einem Gotte empfangen. Entzückt, sich von sechs liebenswürdigen Mädchen umgeben zu sehen, war er jeder andern Empfindung, außer der, welche sie ihm einflößten, unempfänglich.

Hierauf ward schnell ein Bote an den jungen Herrn Barrymore nach Fatonschool abgesandt; aber der Anblick seines Sohnes erweckte bei ihm Betrachtungen von der allerunangenehmsten Art, und er umarmte ihn mit Tränen in den Augen. Diese Tränen hatte man die Güte, für ein Merkmal von des Vaters Fühlbarkeit anzusehen. Als er aber hierauf seine Augen auf seine übrigen Kinder warf und an die Lage seiner Angelegenheiten dachte, so versank er noch tiefer in eine finstere Träumerei nach der andern.

Seine Freunde und die ganze Familie waren indes vor Freude ganz außer sich. Nachdem er reiflich über die zu ergreifenden Mittel und vorzüglich über die, welche er auf der Stelle anwenden könne, nachgedacht hatte, so nahm er seine gewöhnliche Fröhlichkeit und heitere Laune wieder an. Man bestellte eine zierliche Abendmahlzeit, und die jungen Leute wurden mit einem Konzerte und Balle beglückt. Nach dem Abendessen sprach Herr Barrymore von seinen Reichtümern, Negern und weitläuftigen Pflanzungen, und diese Erzählungen schienen die Gesellschaft höchlich zu erfreuen, während daß seine Frau sich der Entzückung sehr nahe befand.

Am nächsten Morgen brachte Barrymore in einer geheimen Konferenz mit seiner teuren Ehehälfte das Gespräch auf den Artikel ihrer Finanzen. Madam errötete; begann mit einer wehmütigen Neigung des Haupts eine Erzählung der Begebenheiten; und indem sie voraussetzte, ihres Mannes Reichtümer würden alles wieder ins Gleiche bringen, beichtete sie alle ihre Schulden heraus.

»Ewiger Himmel!« rief Barrymore aus, »dies macht das Maß meines Unglücks voll. Ist es möglich, daß Sie so große Summen verwenden, und indem das Glück mich auf einer Seite verfolgt und auf der andern das Meer den Rest meiner Reichtümer verschlingt, mich so meiner letzten Zuflucht berauben konnten?«

Diese unerwartete Erläuterung machte Mrs. Barrymore beinahe zur Salzsäule. Dies war für ihre Empfindlichkeit ein zu harter Stoß, und sie fiel ohnmächtig ihrem Gemahl in die Arme. Wie sie aber wieder zu sich selbst gekommen war, sagte er:

»Ich weiß nur ein einziges Mittel, den Einfluß unsers drohenden Elendes auf unsere Kinder zu hindern. Sind Sie einer unerschütterlichen Festigkeit und Entschlossenheit fähig?« –

»Ja, jedes – jedes Dinges; ja selbst, wenn Sie es verlangen, mich an mir selbst zu vergreifen.« –

»Ich bedarf nichts als Klugheit. Verbirg unsere elende Lage und laß die Welt sich einbilden, unsere Reichtümer haben dich äußerst geizig gemacht. Ich will deine Schulden mit den kleinen Trümmern meines Glückes bezahlen, und das, ohne vorher darum gemahnt zu sein, indem ich zugleich eine Miene von Verschwendung und Gleichgültigkeit annehme. – Meine nächste Frage betrifft jetzt die Verfassung von dem Herzen unserer Kinder; da sie so artig sind und so viele Vollkommenheiten besitzen, so kann es nicht fehlen, daß sie Anbeter haben, und ich fürchte ihre Neigungen auf einem so schlimmen Wege als unsere Glücksumstände zu finden.«

Mrs. Barrymore gestand ihm aufrichtig, daß Laura seit einiger Zeit vom Herrn Artamont sichtbare Huldigungen erhalten hätte.

»Ist er reich?« –

»Ja, er hat ein sehr artiges Vermögen.« –

»Gut, und Charlotte?« –

»Herr Careysfond hat ihr den Kopf verrückt. Maria ist der Abgott ihres Vetters Dellamore, dessen artiges, unabhängiges Vermögen Sie kennen müssen. Amalia hat neulich an Herrn Egerton eine Eroberung gemacht; und was Letitia und Luise betrifft, so sind sie zwar noch sehr jung, werden aber dessen ungeachtet von dem jungen Furnival und Bellamonde mit parteiischen Augen angesehen.«

Nach dieser Nachricht bat er Mrs. Barrymore, ihn damit zu unterstützen, daß sie die Härte des absoluten Verbotes, das er jetzt ergehen lassen wolle, etwas mildere.

Nachdem er so den Plan seines Verfahrens genau entworfen hatte, begann er seine Ausführung damit, daß er seines Weibes Gläubiger kommen ließ und ihre Forderungen auf der Stelle befriedigte. Dieser unerwartete Akt von Gerechtigkeit gab seinen Nachbarn eine sehr hohe Idee von seinen Schätzen. Sobald dies nur einmal erst in Umlauf gesetzt war, so flog es auch, gleich einem Blitze, durch den ganzen Kreis seiner Bekannten, und die Summen, welche er so großmütig bezahlt hatte, wurden um zwanzigmal vergrößert. Außer diesem wurden noch verschiedene reiche Schiffe mit dem Einkommen seiner Pflanzungen erwartet.

Der nächste Schritt, den er tat, war, seine ganze Familie

zu versammeln, und in Gegenwart seiner Verwandten und vertrautesten Freunde verbot er seinen Töchtern, jemals Besuch von ihren Liebhabern anzunehmen. Dies Ereignis ward ebenso schnell als das erste ganz allgemein bekannt, mit einigen zufälligen kleinen Zusätzen gewisser Personen, welche behaupten wollten, seinen Töchtern müßte jetzt etwas größeres geboten werden, und daß man Herrn Barrymore habe behaupten gehört, er wolle seinen Töchtern alle die Summen zur Mitgift geben, welche er von seinem Vater erhalten hatte.

Durch diesen Befehl befand sich die ganze Gruppe von Liebhabern auf einmal in die schrecklichste Bestürzung versetzt, und einige Tage hindurch erkühnte sich keiner von ihnen, Herrn Barrymores Haustür zu nahe zu kommen. In diesem Zwischenraume schien Mrs. Barrymore indes zu Gunsten ihrer Töchter völlig Partei zu nehmen, und da sie Gelegenheit fand, einige von den jungen Herren an einem dritten Platze zu sprechen, so äußerte sie die größten Merkmale von Hochachtung und Teilnahme gegen sie. Auch gab sie ihnen Gelegenheit, einige wenige Worte im Geheim mit ihren Damen zu wechseln, welche nicht ermangelten, der Nachsicht von Mama alle möglichen Lobsprüche zu erteilen.

Natürlich diente dies Verbot nur dazu, die Heftigkeit ihrer Leidenschaft zu verstärken, und da noch ein zweiter Eigennutz hinzukam, so ging sie ohne Zweifel bis zur Ausschweifung. So aufgemuntert und in Eifer gesetzt, erfuhren sie, Herr Barrymore würde nicht zu Hause sein, und ergriffen daher sogleich diese Gelegenheit, alle zugleich bei ihren Schönen einen Besuch abzustatten. Hier wurden sie von Mrs. Barrymore mit ihrer gewöhnlichen Artigkeit aufgenommen, und ihnen wurden gelinde Vorwürfe gemacht, daß sie sich ganz als Fremdlinge in ihrer Familie bezeigten. Ihre Entschuldigung war, daß sie die ersten Momente, eine so glückliche Wiedervereinigung mit dem Vater der Familie zu stören, befürchtet hätten. Einer von ihnen ließ sich sogar einfallen, des Verbotes Erwähnung zu tun.

Hierauf antwortete Mrs. Barrymore mit einer ernsthaften Miene, zärtlich ihre Kinder anblickend und seufzend: »Rechnen Sie meine Freundschaft für gar nichts? – Glauben Sie, daß ich gar kein Recht über meine Kinder besitze? – oder« – – Hiermit hielt sie inne. Einen Augenblick nachher fragte sie: ob ihre Verwandten sich geneigt fänden, ihre Wünsche zu begünstigen, und nachdem man ihr noch dies bejahend geantwortet hatte, setzte sie hinzu: es sei das Geschäft ihrer Verwandten, die Sache bei ihrem Gemahle in Gang zu bringen; sie habe für ihr Teil eine heftige Abneigung dagegen, ihre Töchter mit Fremden verheiratet zu sehen, welche Herr Barrymore aus Indien erwarte. »Seien Sie überzeugt«, sagte sie, »daß wenn Ihre Verwandten sich Ihre künftige Glückseligkeit angelegen sein lassen wollen, sie auf meine Teilnahme rechnen können. – Ja, ich getraue mir, meinen Gemahl durch Ungestüm und anhaltende Bitten zur Einwilligung zu bewegen. – Ich liebe Sie alle gleich meinen Kindern, und für ihre Glückseligkeit arbeiten heißt für meine eigene sorgen.«

Die Liebhaber nahmen völlig entzückt Abschied für diesmal, und der glückliche Erfolg ihres Besuchs ward auf der Stelle im ganzen Zirkel ihrer zahlreichen Bekanntschaften ausposaunt. Ein jeglicher erhob Mrs. Barrymore bis zu den Sternen, daß ihr vermehrter Reichtum sie ihre alten Freunde nicht habe vergessen gemacht. Man sprach mit Entzücken von diesem Betragen, und sie ward bei jedem Anlasse zitiert.

So wurden die jungen Herren stufenweise in ihren Besuchen kühner gemacht und dazu von Mrs. Barrymore durch den süßen Beinamen ihrer teuren Kinder nur noch mehr angefeuert; oft pflegte sie hinzuzufügen: daß sie dieselben allen denen, welche aus der neuen Welt erwartet würden, bei weitem vorzöge. Sie sagte, sie habe zu viel durch die lange Abwesenheit ihres Gemahls gelitten, um ihre Kinder einem gleichen Ungemache auszusetzen. »Weniger Reichtum und mehr Glückseligkeit«, wiederholte sie öfters, »ist meine Maxime.«

Mitten in diesem Gespräch trat urplötzlich Herr Barrymore herein. Er erkundigte sich mit anscheinendem Zorn: wer diese jungen Herren wären? – Mrs. Barrymore stellte sie ihm hierauf einen nach dem andern vor.

»Meine Herren«, sagte er, »ich finde mich sehr von Ihren Besuchen gerührt, wenn solche mir gelten sollen; wenn sie aber meine Töchter angehen, so muß ich mir die Freiheit nehmen, Ihnen zu sagen, daß ich sie mir verbitte.«

Er bat sie indes doch, ihr Vergnügen seinethalben nicht zu unterbrechen, und zeichnete ihnen im Laufe des Abends auf seine Art den Despotismus, mit dem er seine

Neger beherrschte. Die Erzählung war so beschaffen, daß sie der Gesellschaft eine Idee davon gab, er sei in seinen Entschließungen nicht zu erschüttern; und er besitze viele Gewalt und großes Ansehen, folglich sehr weitläuftige Pflanzungen.

Sobald er ihnen die Vorstellungen gegeben hatte, welche er ihnen mitzuteilen wünschte, gebot er seinen Töchtern, sich in ihre Zimmer zu begeben. Herr Artamont begleitete hierauf seine Schwester Karoline nach Hause und kehrte dann wieder zur übrigen Gesellschaft zurück, welche indes Herr Barrymore eingeladen hatte, ein Glas vom besten Madeirawein in der Welt zu kosten, der, wie er versicherte, sein tägliches Getränk sei. Er zog die Glocke und befahl Wein und Gläser zu bringen.

Ein jeder von ihnen ergriff sein Glas auf den Wink des Wirts, und alle gehorsamten ihm so unbedingt, als sei er der Kapitän eines Salenischen Raubschiffes. Nachdem jeder von ihnen seine Flasche ausgeleert hatte, rief Herr Barrymore nach Pfeifen und Toback, bot sie seinen Gästen dar und sagte: »Wenn Sie meine Freunde sein wollen, so müssen Sie Ihrer Flasche den Hals brechen und Ihre Pfeifen rauchen können; ich verabscheue alle die Milchsuppengesichter, welche keinen Toback vertragen können.«

Die Gläser wurden daher wieder nebst den Pfeifen gefüllt, und man bemühte sich, dem Herrn Barrymore, der wie ein Großsultan Wolken Rauches von sich blies, nachzuahmen. Nachdem ein jeder seinen gehörigen Teil zu sich genommen hatte, wurden sie sämtlich von ihrem

Wirte beurlaubt, mit dem Zusatze: er hoffe, niemand von ihnen werde sich auf Mrs. Barrymores Schwachheit für ihre Töchter verlassen, und er wolle durchaus von keinen andern Anträgen wissen, welche nicht unmittelbar von seiten ihrer Verwandten herkämen.

Den folgenden Tag wartete er geruhig auf den Erfolg dieser Aufnahme. Jeder Umstand zeigte sich seinen Wünschen günstig. Die jungen Leute sagten ihren Eltern wieder, was Herrn Barrymore zufällig entwischt sei, und diese freueten sich von ganzem Herzen über die Aufnahme und das gute Glück ihrer Söhne. Das Resultat von allem war endlich, daß man den Plan zu einem Besuche entwarf, und als Herrn Artamonts Vater denselben eröffnete, sagte er: er wisse, Herr Barrymore sei ausnehmend lakonisch, und er glaube daher, bald mit ihm zum Schlusse seines Geschäfts zu kommen.

»Mein Sohn«, fuhr er fort, »liebt Ihre älteste Tochter; und ich glaube, sie haßt ihn nicht. Hätten Sie etwas gegen ihre Verbindung?« –

»Nichts.« –

»In diesem Falle, mein Herr, wollen Sie belieben, den Tag dazu zu bestimmen?« –

»Nächsten Donnerstag.« –

»Wie? nächsten Donnerstag?« –

»Ja.« –

»Dies scheint mir ein wenig übereilt zu sein.« –

»Hierin, Sir, ist meiner Gemahlin Ungestüm schuld. Sie ist in Ihren Sohn völlig verliebt und hält ihn für ein Wunder, für einen Phönix. – Und wenn ich mich einmal nach jemandes Wünschen bequeme, so bin ich hundertmal tätiger, als wenn es meine eigenen Angelegenheiten beträfe.« –

»Ich bewundere Ihren Verstand, mein Herr.« –

»Das ist so meine Art. – Ihr Sohn oder Sie selbst, Herr Artamont, sind Sie sehr geldbegierig?« –

»Sir, die Ehre Ihrer Verwandtschaft ...« –

»Das ist keine Antwort auf meine Frage, Herr Artamont.« –

»Sir, ich bin nichts weniger als habsüchtig.« –

»Desto besser. – Meine Töchter werden von meinem Vermögen nicht eher etwas als nach meinem Tode erhalten.« –

»Dieser Zeitraum ist wohl zu lang, Sir?« –

»Wollten Sie ihn kürzer haben?« –

»Das will ich damit nicht sagen.« –

»Gut, ich will sehen, wie sich meine Töchter nach der Heirat benehmen – und was Ihren Sohn betrifft, so muß ich mich meiner Frau wegen etwas nach ihm erkundigen. – Aber Herr Artamont, Sie haben eine liebenswürdige kleine Tochter, und Sie müssen wissen, daß ich zeitig im Frühjahre wieder nach Antigua zurückkehren muß, um den Rest meiner Angelegenheiten in Ordnung zu bringen. – Die See ist ein schreckliches Element – ich sehe den Tod näher vor meiner Tür als Sie – ich habe einen Sohn, Sir; er ist in der Tat noch sehr jung; aber das Meer könnte ihn schon jetzt, so gut als manchen andern, seines Vaters berauben.« (Tränen kamen zum Vorschein.) –

»O! Herr Barrymore, Sie sind ein vortrefflicher Vater!

Dies Beispiel Ihrer Fühlbarkeit macht Ihnen die größte Ehre und mir eine sehr hohe Vorstellung von Ihrem Werte und Ihren Verdiensten. Ich nehme daher Ihren Vorschlag von Herzen an. Mein Weib wird vor Freude sterben – ja, ich will eilen, um selbst der Überbringer einer so freudigen Botschaft zu sein.« –

Nachdem diese Anordnung festgestellt war, so gab sich das Übrige von selbst, und man fing an, zu dem kommenden Feste große Zubereitungen zu machen. Es wurden Advokaten geholt, die Heiratsartikel in Ordnung zu bringen, und jedem von seinen Kindern ward darin zehntausend Pfund und seinem Sohne doppelt so viel ausgesetzt. Herr Barrymore schob aber sorgfältig eine Klausel ein, nach welcher die Mitgiften nicht eher als nach der Ankunft seiner Schiffe oder nach seiner Rückkehr von Antigua, wenn er eine Reise dahin für unumgänglich nötig halten sollte, ausgezahlt werden durften. Dies alles, mitten unter einer anscheinenden Größe, Eile und Hastigkeit hingeworfen, ward von Herrn Artamont sehr leicht übersehen, und nachdem dieser einmal gewonnen war, folgten die andern blindlings.

Der so heiß ersehnte Tag kam endlich heran, und nach der Zurückkunft aus der Kirche nahm Herr Barrymore ganz andere Manieren an. Er ward auf einmal artig, freundlich und zuvorkommend. Jeder nahm diese Veränderung mit dem höchsten Wohlgefallen wahr. Hierauf nahm er sein Weib und seine Kinder in sein Kabinett und begann folgende Rede:

»Meine teuersten Kinder! jetzt seid ihr nun alle verheiratet. Eure Glückseligkeit ist die Wirkung von List und Verschmitztheit, und ihr habt sie in der Tat etwas auf Unkosten von meiner und eurer Mutter bekannten Redlichkeit erhalten; denn wir haben die Eltern eurer Ehemänner getäuscht. – Hört! meine besten Kinder, ich bin ein ruinierter Mann – und ihr wisset, daß Mrs. Barrymore, indem sie auf mich rechnete, ihre Mitgift völlig aufgezehrt hat. Es gibt für euch daher nur einen einzigen Weg, euch eurer Ehemänner Zuneigung und die zärtliche Liebe der ganzen Familie zu erhalten, und dieser ist, euch so zu betragen, daß alle Welt euch anbeten muß. Eure Tugend sei eure Mitgift. Seid gefällig, sanft, nachgebend, haushälterisch, klug und zärtlich gegen eure Gemahle und ehrerbietig gegen ihre Eltern.

Auf eine Zeitlang kann ich den unglücklichen Zustand meiner Angelegenheiten noch verbergen; benutzet diesen glücklichen Umstand. – Euer künftiges Glück oder Elend hängt davon ab. Jetzt glaubt noch die Welt, daß ihr sehr reich seid: dieser Gedanke wird eure Tugenden in das höchste Licht setzen; träte Armut an die Stelle derselben, so würden sie unmittelbar verdunkelt werden oder zum wenigsten unbemerkt bleiben. Folgt ihr diesem Unterrichte, so werden meine Maßregeln zu eurer Glückseligkeit ausschlagen. Der Himmel erhalte und segne euch alle, meine besten Kinder! – Kehrt jetzt in das Visitenzimmer zurück, aber denkt daran, das Geheimnis, welches ich euch anvertraut habe, heilig zu halten. Vielleicht bin ich selbst noch im Stande, meinen gescheiterten Glücksumständen in Indien wieder aufzuhelfen. Außerdem habt ihr alle Reiz, Tugend und Verdienste – daher ein natürliches, wahres Vermögen.«

Herr Barrymore schloß von dieser Mitteilung seinen Sohn aus, wozu er zwei wichtige Bewegungsgründe hatte. Zuerst wollte er nicht, daß ein Ehemann seinem Weibe untertan würde, und zweitens hatte er sich vorgesetzt, die letzten Trümmer seines Vermögens in Antigua für ihn zu sammeln, um es ihm zu überliefern, sobald er volljährig sei.

Nachdem die durch diese Heiraten verursachten Festlichkeiten und Besuche vorüber waren, machte Herr Barrymore alle Anstalten, um sich von neuem nach Westindien einzuschiffen. Er verließ seine Schwiegersöhne mit großen Hoffnungen von Dingen, welche nie wirklich werden konnten. Die Töchter folgten genau dem Rate des Vaters, und wir setzen mit Vergnügen hinzu, daß ihre Glückseligkeit durch die einige Jahre nachher erfolgende Katastrophe keine wesentliche Änderung erlitt.

Die Ankunft eines Kaufmanns von Antigua veroffenbahrte endlich den wahren Zustand von Herrn Barrymorens Glücksumständen. Im Anfange war das Erstaunen nicht auszudrücken. Da aber schon sechs Jahre verflossen waren, so waren nun Kinder vorhanden, zu Gunsten des Großvaters zu sprechen; und diese Wiedervereinigung ward noch mehr durch die dem jungen Barrymore übermachten Summen erleichtert. Die Welt ist sehr geneigt, dies Verfahren einen *grausamen Betrug* zu nennen; die Schwiegersöhne aber erklären nach einem zehenjährigen Ehestande, daß er alles Glück ihres Lebens gemacht hat.

Christian Heinrich Spieß
PRINZESSIN SOPHIE VON…

Wilhelm war ein guter Fürst und seine einzige Tochter, die Zierde seines Hofes, die größte Schönheit ihrer Zeit. Personen, die sie noch gekannt haben, versicherten mich, daß sie nie ein schöneres Frauenzimmer gesehen hätten.

Die Augen des Greises, dem ich beinahe die ganze Geschichte zu danken habe, funkelten bei ihrer Beschreibung. Sie war, sagte er, schlank und schön gewachsen. Majestät und Güte malten sich auf ihrem Rosengesichte und stritten sichtbar um den Vorzug. Ihr großes blaues Auge entzückte, und ihr goldgelbes Haar floß wie Seide bis zu ihren Füßen herab. Ihr Gang war der Gang der Grazien, und ihr Ton! (Hier weinte der Alte!) Ich hörte sie einst im Schloßgarten ein Lied singen, ich und, Gott weiß es, alle Vögel horchten, und wenn mir in meinen letzten Augenblicken eine solche Stimme ein solches Lied sänge, ich würde, anstatt die Todesangst zu fühlen, schon im Himmel zu sein glauben! Wie herablassend sie nicht mit jedem sprach! Wie liebreich sie auch den Ärmsten anhörte und Hunderten half, weil sie der Liebling ihres Vaters war. Herr, ich versichere Sie, beschloß er endlich, daß des Gärtners Kinder oft zu ihren Füßen spielten, ihr manches schöne Kleid beschmutzten und doch wieder bei ihr spielen durften.

Sehr natürlich war's also, daß die Prinzessin schon in ihrer frühen Jugend von Anbetern umgeben war, daß sogar Jünglinge, deren Stand und Charakter weit unter den ihrigen waren, hingerissen von den Reizen dieses Engels, sie hoffnungslos liebten. Unter diesen letzten zeichnete sich N**, ein armer Edelmann und Lieutenant der Garde, besonders aus. Gute Sitten und Schönheit machten ihn jedem Frauenzimmer angenehm, und nannten die Männer ihre Prinzessin Venus, so gab's viele Frauenzimmer, welche behaupteten, Lieutenant N** sei so schön wie Adonis. Täglich sah N** die Prinzessin, und täglich liebte er sie mehr, liebte sie endlich so heftig, daß er die wahre Unmöglichkeit, sie einst zu besitzen, gewiß zu überwinden glaubte. Vorher war er untätig, weinte nur im stillen und klagte sein Leiden den Wänden und Wäldern, jetzt, da seine Liebe grenzenlos wurde, war er tätig und unternehmend. Sein Dienst berechtigte ihn, oft um die Prinzessin zu sein, seine Liebe machte ihn zu ihrem Schatten, und wo Sophie war, da war auch N**. Durch das größte Kennzeichen der Liebe, durch äußerste Dienstfertigkeit, suchte N** die Prinzessin aufmerksam zu machen. Entfiel ihr ein Handschuh, ein Fächer, so bückten sich hundert, aber N** erhaschte ihn gewiß am geschwindesten, und wenn er bei dieser Gelegenheit ihr Kleid oder wohl gar ihre Hand berühren konnte, so war's eine Wonne für ihn, die er um kein Glück vertauscht hätte. N**s Unternehmen gelang, die Prinzessin wurde aufmerksam. Hievon einen Beweis: Sophie saß einst an ihrer Toilette, eine Nadel – der schönste Stein ihres Schmucks –

entfiel ihr, Kammerfrau und Zofen suchten um die Wette und fanden sie nicht.

Prinzessin (ungeduldig über das lange Suchen). Wäre doch der Lieutenant N** hier!

Kammerfrau. Und was sollte er?

Prinzessin. Die Nadel suchen, die ihr Langsamen nicht finden könnt.

Kammerfrau. Er würde sie ebensowenig finden.

Prinzessin. O gewiß! (Lächelt.)

Kammerfrau. Euer Durchlaucht müssen selbst über den Einfall lachen.

Prinzessin. Nicht über den Einfall, aber wohl über den dicken Baron R**. Lieutenant N** schleuderte ihn gestern so stark an die Wand, daß der arme Mann den ganzen Abend über Kontusion klagte.

Kammerfrau. Jawohl, der arme Mann!

Prinzessin. Aber der Unbehülfliche stand ihm im Wege, als er meinen Fächer aufheben wollte. Laßt euch doch nach dem Wohlbefinden des Barons erkundigen!

Nachmittags ging Lieutenant N** im Schloßgarten spazieren, er wußte, daß die Prinzessin um diese Zeit ihre Schwäne fütterte, und nur der Dienst konnte ihn abhalten, dabei gegenwärtig zu sein. Die Kammerfrau der Prinzessin saß in einer der nahen Alleen. Lieutenant N** machte ihr ein tiefes Kompliment, und sie erzählte ihm aus Dankbarkeit das heutige Toilettengespräch. N** war außer sich für Freuden, er sah Dämmerung, wo er sonst nur undurchdringliche Finsternis erblickte. Hoffnung – die Seele der Liebe – erwachte in seinem Busen, klopfte in seinem Herzen, und noch konnte er das große Glück, von der Prinzessin bemerkt zu sein, nicht fassen, als sie in den Garten trat. Sie bestieg die Brücke, die quer über den Kanal ging, hing ihre Handschuhe aufs Geländer und fütterte die herbeieilenden Schwäne. N** stand, wie gewöhnlich, hinter ihr, und als sie einem der hintersten Schwäne auch etwas zuwerfen wollte, so streifte sie an ihre Handschuhe und warf sie in den Kanal hinunter. Ohne sich lange zu bedenken, ohne zu überlegen, was er tat, sprang N** nach. Die Prinzessin, und mit ihr der ganze Hofstaat, erschrak über dies kühne Unternehmen, und Sophie schrie heftig, als N** die Handschuhe wohl erhaschte, aber, des Schwimmens ungewohnt, zu sinken anfing. Man eilte ihm so schnell als möglich zu Hülfe, aber der Kühne hatte schon zu viel Wasser verschluckt und sank, als er der Prinzessin die Handschuhe überreichte, ohnmächtig zu ihren Füßen hin. Als tot wurde er in ein Zimmer des Schlosses getragen, als tot beweinte ihn die Prinzessin den ganzen Abend. Der gute Fürst nannte die Tat schön; aber die Fürstin, eine stolze, herrschsüchtige Dame, mißbilligte sie. N** wurde erst nach zehn Stunden durch die geschicktesten Versuche der chirurgischen Kunst zu sich gebracht. Die schlaflose Prinzessin bekam sogleich Nachricht davon und zeigte das reinste, lebhafteste Vergnügen darüber. N** erschien nach vier Tagen gesund am Hofe. Der Fürst ließ ihn rufen. »Sie sind Hauptmann der Garde«, sagte dieser edle Mann, »und hier ist eine kleine Summe zu Ihrer Equipierung!« (Es waren tausend Dukaten.) »Sie haben«, fuhr er fort, »zwar nur meiner Tochter Handschuhe gerettet, aber sie retteten solche mit Gefahr Ihres Lebens und überzeugten mich dadurch, daß Sie es für meine Person, für mein ganzes Haus ebenso kühn wagen würden.« Die Fürstin war unzufrieden mit dieser Belohnung, manche Hofschranze rümpfte die Nase darüber, aber die Prinzessin liebte nach dieser Begebenheit den Hauptmann N** ebenso stark, ebenso grenzenlos wie er sie. Dies ist gewiß, dies beweiset die Folge meiner Geschichte; aber wie die Verliebten sich sahen, wo sie sich fanden, ist ein dunkles Rätsel, das vielleicht kein Mensch auflösen kann, keine Zeit auflösen wird. Sie hatten keinen Vertrauten, keine Vertraute, und sprachen sich doch oft allein, wachten, sehr wahrscheinlich, ganze Nächte beisammen. Freilich war's dem kühnen, unternehmenden N** ein leichtes, Mauern zu übersteigen und Strickleitern anzulegen, aber wie er – wenn man's auch annehmen wollte – dies alles tat, ohne daß es ein menschliches Auge gewahr wurde, ist abermals ein Rätsel, das ich ohne Verletzung der Wahrheit nicht auflösen kann. So viel kann ich mit Gewißheit erzählen, daß die Prinzessin dem Hauptmann N**, als er wieder bei Hofe erschien, sehr auszeichnend begegnete, oft mit ihm sprach, oft ihre Hand auf seine Schulter legte und oft im Garten mit ihm spazierte. Schon zischelte man sich am Hofe allerhand in die Ohren, schon nannten die Hofdamen den Hauptmann N** nicht mehr Adonis, als die Prinzessin sich auf einmal gegen ihn wieder sehr gleichgültig betrug und er oft Tage lang nicht in ihrer Antichambre erschien. Ungefähr ein Jahr danach, als das ganze

... wie die Verliebten sich sahen, wo sie sich fanden, ist ein dunkles Rätsel...

Gerüchte schon vergessen war, rief die Prinzessin eine ihrer Kammerfrauen früh vors Bette. Sophie benetzte ihre Hand mit Tränen. »O Freundin, helfen, raten Sie mir! Ich werde – o schweigen Sie ja! – ich werde in wenig Augenblicken Mutter sein! Stehen Sie mir bei! Retten Sie meine Ehre!« Die Kammerfrau erschrak aufs heftigste, wußte nicht zu raten, nicht zu helfen, und rannte außer sich – ohne zu bedenken, was sie tat – zur fürstlichen Mutter hin. Diese kam, einer Furie gleich, zur Prinzessin. Wie sie ihr begegnete, weiß ich nicht; aber eine Stunde darauf trat sie wutschäumend aus dem Zimmer, erzählte – so unwahrscheinlich es auch vielen scheinen wird – den ganzen Vorfall der Wache, der vollen Antichambre, und schrie endlich gar zum Fenster hinaus: Meine Tochter ist mit N** zur Hure worden!*

N** stand an der Spitze seiner Kompanie im Schloßhofe, hörte die schrecklichen Worte, eilte nach Hause, warf sich auf sein Pferd und jagte über die Grenze. Der alte Fürst weinte bitterlich, als man ihm die Sache erzählte, schalt seine Frau eine unnatürliche Mutter, trauerte Monate lang um sein gefallenes Kind, und die ganze Stadt trauerte mit ihm. Die Frucht dieser so geheimnisvollen Liebe, ein schöner, holder Knabe, wurde durch eine Vertraute der Fürstin aufs Land gebracht, und niemand weiß von seinem Schicksale weiter etwas zu erzählen. Vermut-

* Einige meiner Freunde halten das für unwahrscheinlich, und doch ist's wahr! Viele alte Leute haben es mir erzählt und mit Zeugen bestätiget.

lich ist er gestorben, denn er wurde zwei Monate zu früh geboren und überraschte seine Mutter in einer sorglosen Sicherheit. Wäre dieses nicht geschehen, so lagen gewiß schon Pläne fertig, die seine Geburt so wie seiner Eltern Liebe dem Auge der Menschen verborgen hätten; aber die Prinzessin hatte den Abend zuvor, an dem Geburtsfeste ihres Vaters, sehr heftig getanzt, empfand die halbe Nacht schon Geburtsschmerzen und rufte nur dann um Hülfe, als sie um das Leben ihres Kindes besorgt wurde.

Sechs Wochen darnach wurde sie um Mitternacht nach dem festen Schlosse S** gebracht. Der schlaflose Fürst hörte den Wagen vorrollen und trat ans Fenster. Er sah beim Scheine der Fackeln sein einziges Kind nach dem Wagen führen, sah, wie sie trostlos die Hände rang, hörte, wie sie den Umstehenden den Abschied an ihren alten Vater befahl, und sank ohnmächtig zurück. Unterdessen fuhr der Wagen fort, und wie der Fürst beim Erwachen sein Kind sehen wollte, so bewiesen ihm harte und unempfindliche Herzen die Unschicklichkeit so lange, bis er sich in sein Schicksal fügte, seine Tochter noch oft beweinte, aber nie mehr sah. Die Prinzessin wurde in ihrem Staatsgefängnisse streng bewacht, ihr Schlafzimmer war im zweiten Stockwerke, vor ihrer Tür schlief die ganze Schar weiblicher Domestiken, an deren Türen Wache stand. Ein großer, tiefer Graben, über den man nur auf einer Zugbrücke kam, ging um das Schloß herum, und ein hoher Wall, mit Wachen besetzt, schien jede Flucht, jede Entführung unmöglich zu machen. Und doch verzweifelte die heftig liebende Sophie nicht. Worte,

Ausdrücke, die ihr dann und wann entfielen, bewiesen deutlich, daß sie noch mit gleicher Stärke liebte und ihren N** einst wieder zu sehen hoffte: Einst sagte sie zu ihrer Oberhofmeisterin: »Könnte ich nur noch einmal das Kind sehen, das ich unter den grausamsten Schmerzen, unter dem Fluche meiner Mutter gebar! Kann ich, o beste Freundin, kann ich nicht?« Die Oberhofmeisterin zuckte die Achseln und schwieg. »So sagen Sie mir wenigstens, ob der holde Engel ein Knabe oder ein Mädchen war? ob er noch lebt? Eine Mutter darf, kann, muß ja dies wissen!« Auch diese Fragen blieben auf den ausdrücklichen Befehl der Fürstin unbeantwortet. An einem andern Morgen, als sie den Abend zuvor viel geweint hatte, zog sie eine ihrer Kammerfrauen ans Fenster, faßte ihre beiden Hände, sah ihr starr ins Gesicht und fragte:

»Lebt N**? Ist er in Sicherheit?« Die Kammerfrau wollte nicht antworten.

Prinzessin. Antwort will ich, reine, wahrhafte Antwort, oder, Gott im Himmel hört meinen Schwur, Sie weinen morgen über meiner Leiche!

Kammerfrau. Er lebt!

Prinzessin. Lebt, um vielleicht bald bluten zu müssen?

Kammerfrau. Nein! Er flüchtete über die Grenze!

Prinzessin. Kann ich es glauben, können Sie's beschwören?

Kammerfrau. So wahr mir Gott helfe! Es ist so!

Prinzessin (im Ausbruche der Freude). Bist du gerettet, guter N**, so sehe ich dich wieder, so gewiß wieder, als der da oben deine Schwüre aufzeichnete und billigte.

Dies war das einzige und erste Mal, daß sie ihrer Liebe Worte gab. Sie war, von dieser Stunde an, oft freudig, oft sogar lustig, und Hoffnung besserer Zeiten thronte in ihrem Auge. Ihr Vater, der beste Fürst, wurde in einem Monat drauf krank. Die Ärzte kündigten ihm den Tod an, und er wollte sein Kind, seine Sophie, noch einmal sehen, ihr Verzeihung aus seinem Munde ankündigen; aber die Fürstin und, ihr zu Gefallen, die Ärzte protestierten gegen diesen zu erschütternden Auftritt, und Wilhelm starb, ohne sein einziges Kind gesehen, gesegnet zu haben. Die Trauerpost erscholl schon früh im Schlosse, die Prinzessin erfuhr's, und der Schmerz, einen so guten Vater verloren zu haben, vielleicht an seinem Tode schuld zu sein, überwältigte sie ganz. »Gott ließ mir ihn«, sagte sie zur Oberhofmeisterin, »nicht mehr lebendig sehen, aber tot muß ich ihn noch sehen!« Sie aß und trank nichts, weinte, schrie, heulte und wütete in ihrem eignen Körper. Die Oberhofmeisterin machte an die Fürstin eine Vorstellung und erhielt eine verneinende Antwort. Endlich, als sie um das Leben der Prinzessin besorgt wurde, beschloß sie, das Verlangen derselben eigenmächtig zu erfüllen. Sie zog solche als eine Magd an, ließ sie, um allen Verdacht zu vermeiden, hinter den Bedienten aufs Kutschbrett sitzen, und fuhr unter dem Vorwande, den Fürsten auf dem Paradebette zu sehen, nach der Residenz. Die Prinzessin hatte versprochen, sich still zu halten, ihn nur zu sehen, dann wieder heimzukehren. Sie traten in die Schloßkirche. Sophie sah ihren Vater tot daliegen, vergaß ihre Verkleidung, ihr Versprechen, sah nicht die Menge des Volks, das den Sarg umgab, drängte sich durch, stürzte auf ihn hin und küßte sein bleiches Gesicht, seine gefalteten Hände. Die Wache wollte die Verwegne wegreißen; aber die Oberhofmeisterin verbot's. »Laßt sie!« und viele der Anwesenden erkannten nun die Prinzessin und weinten mit ihr. Sophie gab endlich ihrem Schmerz Worte: »Hast du mir vergeben? Kannst du mir vergeben?« schrie sie unaufhörlich! Ein alter Kammerdiener, der traurig an dem Sarge seines Fürsten stand, trat hinzu. »Prinzessin«, sagte er, »ich bin in den letzten Stunden unsers Fürsten nicht von seinem Bette gewichen! Oft hat er Ihren Namen genannt, oft und laut Ihnen alles vergeben! Schon als der Tod mit ihm kämpfte und Todesangst seine Sinne schwächte, führte die Einbildungskraft Sie vor sein Bette. Er richtete sich zum letztenmal in die Höhe, meine Hand unterstützte ihn. ›Sophie, nimm meinen Segen!‹ sprach er und verschied.« Die Prinzessin warf sich am Sarge nieder! »Dank, mein Vater, Dank!« rief sie, und unter der großen Menge war keiner, der nicht, von ganzem Herzen, dem gewiß gegenwärtigen Geiste des Fürsten mitdankte. Mit Gewalt mußte man sie vom Sarge wegreißen, mit Gewalt zur Kutsche führen, und als der Wagen schon durch die Gassen eilte, streckte sie noch immer ihre Hände aus und schrie: »Mein Vater! Mein Vater!« – Die ganze Residenz wußte diesen Vorfall, der ganze Hof sprach davon, und – man erkenne daraus die Liebe des Volks zu dem letzten Zweige seines guten Regenten – die Fürstin erfuhr's doch nicht!

Die Prinzessin trauerte nun über einen Monat im stillen. Ihr Schmerz war noch groß, aber gemäßigt. Die Oberhofmeisterin, eine sanfte gute Frau, hielt sie nicht mehr so eingekerkert, ging oft mit ihr im Garten spazieren und suchte sie auf alle Art zu zerstreuen. Vielleicht wär's ihr nicht so bald gelungen, vielleicht hätte die Prinzessin ihr ganzes Leben vertrauert, wenn nicht folgende Begebenheit ihr Herz ermuntert, ihre Seele erheitert hätte:

Ein alter Bauer, der schon von lange her das Schloß mit verschiedenen Viktualien versah und nun bei der größren Anzahl seiner Bewohner täglich dahin wanderte, wurde um diese Zeit im Walde von einem Fremden angehalten. Ich will ihr Gespräch, das ich aus dem Munde seines Sohnes habe, wörtlich wiederholen:

Fremder. Guten Morgen, Alter! Wohin so früh?

Bauer. Ins Schloß! Trag meine Ware zu Markte.

Fremder. Ist ziemlich schwer, wie ich sehe! Ruht ein wenig! (Hier hob er ihm den Korb vom Rücken.) Wer wohnt denn im Schlosse?

Bauer. Seid gewiß ein Fremder? Unsre Prinzessin Sophie residiert da.

Fremder (verwundernd). Prinzessin Sophie? Ist die nicht mehr in der Residenz?

Bauer. Ja, Herr, es gehet manchmal kurios in der Welt! Leider ist sie's nicht mehr! Es hat sich so etwas zugetragen, wovon unsereins nicht gerne spricht, aber Ihm kann ich's schon vortragen! Sie hatte sich da mit einem Hauptmanne verplempert. – 'S ist – er versteht mich schon – etwas ganz Natürliches drauf gefolgt, und nun muß sie, wie man hört, ewig auf dem Schlosse gefangen sitzen.

Fremder. Ewig? Das wäre hart!

Bauer. Sehr hart; aber's ist doch so! O Ewigkeit, du Donnerwort! O Schwert, das durch die Seele bohrt! singen wir in unsrem Gesangbuche! Er hat recht, 's ist hart, und doch wird's nicht anders werden. Man hat bis itzt immer auf den neuen Fürsten gehofft, aber der soll gesagt haben: Seinetwegen könnte sie ewig sitzen.

Fremder. Die arme Prinzessin! (Sich die Augen wischend.)

Bauer. So ist Er mir ein lieber Mann! Sieht Er, man darf nicht reden, wie man denkt, und ob ich gleich nur ein Bauer bin, so wollte ich doch erst sehen, wie Er's nehme. Jawohl, die arme Prinzessin! Ich und meine Frau haben schon was Ehrliches um sie geweint. 'S Herz möchte mir springen, wenn ich dran denke! Ich weiß auch, was Liebe ist, ging in meiner Jugend bei meiner Frau auch weiter, als ich gehen sollte; aber meine Eltern nahmen's, wie's zu nehmen war, und gaben ihre Einwilligung zur Hochzeit. Hätten sie uns getrennt, ich hätte mich, meiner Seele, an den ersten besten Baum aufgehängt, und hängen will ich noch, wenn sich meine Liese nicht neben mir gehängt hätte. In der Stadt spricht man freilich vom Unterschiede des Standes, aber das verstehen wir Bauern nicht recht, und ich denke: Liebe hat kein Gesetz! Nicht wahr, lieber Herr?

Fremder. Jawohl! jawohl! – Ihr habt also wahres Mitleiden mit der Prinzessin?

Bauer. Frag Er mich nicht! Ich muß hernach den ganzen Weg weinen, und wenn ich ins Schloß komme, so fragt mich jeder Schuhputzer: ob mich meine Frau geprügelt hat?

Fremder. Sagt mir einmal! (Hier sah er sich sorgfältig um.) Wenn Ihr dem guten Paare einen Dienst erweisen könntet, tät Ihr's wohl gerne, wohl mit Freuden?

Bauer. Herr, wenn ich die Prinzessin aus dem Schlosse heraus und ihrem Hauptmanne zuführen könnte, ich ließe Haus und Hof im Stiche, packte meine Frau und Kinder zusamm' und ging mit ihnen auf und davon bis in die neue Welt. Und, glaub Er's oder glaub Er's nicht, ich fühl's ordentlich, wie mir's wohl tun würde, wenn sie sich so bei mir bedanken, mich ihren Erretter nennen, meine alte Hand drücken, mich segnen. – – Doch ich komme zu weit im Text, ich muß gehen. (Packt seinen Korb an und will fort.)

Fremder. Einen Augenblick noch! Habt Ihr die Prinzessin schon gesehen?

Bauer. Gesehen und gesprochen! Ich kram meine Waren im Schloßhofe aus, da kömmt sie denn gemeiniglich mit ihrer Oberhofmeisterin aus dem Garten und tritt allemal an meinen Korb hin. Gestern erst fragte sie mich, ob ich eine Frau, ob ich Kinder hätte? Das Wort Kinder sprach sie so wehmütig aus, daß ich noch weinen möchte, wenn ich dran denke! Sieht Er da an meinem Korbe die schwarzen Kreuzeln! – Da – und da! Überall hat ihre Hand geruht! Ich zeichne es allemal meiner Frau zu Gefallen an, die tascht denn dran rum und weint ein Stückel dazu.

Fremder (küßt die bezeichneten Stellen).

Bauer. Ja küß Er's nur! Es ist, mein Seel, die schönste

Hand, die ich in meinem Leben gesehen, und -- (hält ein). Sag Er mir einmal, kennt Er die Prinzessin?

Fremder. Ja, ich kenne sie; aber wünscht wohl Ihr den Hauptmann N** zu kennen?

Bauer. Warum nicht, wenn's möglich wäre! Aber der wird's wohl bleiben lassen, hieher zu kommen, denn, glaub Er mir's, wenn sie ihn erwischen, sie hieben ihm den Kopf herunter.

Fremder. Wenn er aber doch vor Euch stünde?

Bauer. So würde mich's herzlich freuen, den Mann gesehen zu haben, den unsre Prinzessin so gern hat. Ist Er's etwar gar selbst?

Fremder. Ja, ich bin's.

Bauer. So sei Er mir schönstens willkommen! Aber Herr, ich bitte Ihn recht schön, nehm Er sich in acht.

Hauptmann. Sorgt Euch nicht, ich bin hier sicher, kann ganz glücklich werden, wenn Ihr mir Euren Beistand nicht versagt.

Bauer. Herr, was ich vorher versprach, das werde ich halten. Sag Er nur, was ich tun soll.

Hauptmann. Traut Ihr Euch wohl, der Prinzessin einen Brief zu übergeben?

Bauer. Wird schwer halten! Die Alte steht immer ganz nahe bei ihr. Doch probieren will ich's. Laß Er einmal sehen! Wie groß ist der Brief?

Hauptmann. Sehr klein! Auch könnt Ihr ihn so oft zusammfalten, als Ihr wollt.

Bauer. Nur stille! Will einmal etwas probieren. Sieht Er, da hab ich ein recht großes Ei, das will ich der Prinzessin zum Geschenke machen. Den Brief will ich so drunter stecken! Sieht Er itzt etwas vom Briefe?

Hauptmann. Nein!

Bauer. Nun, so will ich ihr mit dem Eie den Brief in die Hand stecken! – Aber Blitz, wenn sie das Ding nicht verstünde, und mich fragte, was sie mit dem Wische machen soll?

Hauptmann. Sie versteht's sicher.

Bauer. Wenn's nur gewiß ist! – Denn bedenke Er meine arme Frau und Kinder!

Hauptmann. Ich stehe für alles, auch soll's in keinem Falle Euer Schade sein. Hier, zum Beweise! (Gibt ihm zwölf Dukaten.)

Bauer. Bezahl's Ihm Gott, lieber Herr! Ich nehm Sein Geschenk an, kann's zum Besten meiner Frau und Kinder brauchen; aber wenn Er glaubt, ich tät's bloß des Geldes wegen, so irrt Er sich. Ich kann's nicht so recht sagen; aber ich liebe die Prinzessin, bin auch Ihm gut, und deswegen tu ich's.

Hauptmann. Auch nehm ich's so, auch soll dies Geld keine Vergeltung Euers Dienstes sein, den ich nie vergelten kann. Morgen, lieber Alter, gebt auf jede Bewegung der Prinzessin acht, sie wird Euch gewiß eine Antwort geben. Geschieht dies, so legt den erhaltenen Zettel nur in diesen hohlen Baum, Ihr werdet dort wieder etwas für Euch finden. Itzt geht! Gott segne Euer Unternehmen!

Bauer. Amen, Herr, Amen! Es ist mir selbst nicht recht wohl! Ordentlich angst und bange! Ich will unterwegs ein paar Vaterunser beten. Leb' Er wohl, Herr Hauptmann!

Er hat einen schönen Schatz; aber, Gott weiß es, ich und meine Frau gönnen Ihm solchen von Herzen.

So ging der Bauer nach dem Schlosse, spielte der Prinzessin den Brief richtig in die Hände, erhielt den andern Morgen von ihr ein Geschenke und mit diesem ein mit Bleistift beschriebnes Papier. Dieses legte er in den hohlen Baum, fand dort wieder einige Dukaten und war so, ohne den geringsten Verdacht, durch vierzehn Tage der Briefträger der Liebenden. Als er am funfzehnten Tage wieder nach dem Schlosse wanderte, stand an der Stelle, wo er sonst immer den Hauptmann fand, ein Bauer mit einem Korbe, der ihm, ohne ein Wort zu sagen, nachfolgte. »Wo geht Ihr denn hin, Landsmann?« sagte der schon bekannte Bauer. »Kennt Ihr mich nicht«, antwortete jener, »ich bin ja der Hauptmann!« Nach langem Untersuchen erkannte erst der Bauer seinen Freund und trug daher um so weniger Bedenken, ihn als Knecht mit aufs Schloß zu nehmen. »Nur«, sagte er unterwegs, »macht nicht dumme Streiche und fallt einander um den Hals, ich könnt's Euch, mein Seel, nicht verdenken, aber tun dürft Ihr's doch nicht!« Der Hauptmann erzählte ihm dann, daß die Prinzessin von seiner Ankunft und Verkleidung schon unterrichtet sei, ihn zu sehen ausdrücklich verlangt hätte und sich also auch in acht nehmen würde. So kamen sie ungehindert ins Schloß und hatten beinahe alle ihre Ware verkauft, als die Prinzessin mit ihrer Oberhofmeisterin aus dem Garten trat. Sie ging, ohne die Bauern anzusehen, vorbei, kehrte aber wieder um und sagte: »Ach, da ist ja mein Bauer! Nun, wie geht's, guter Alter? Habt Ihr heute einen Kameraden mitgebracht?« – »'S ist mein Knecht, Ihro Durchlaucht, 's wird mir der Bestellung zu viel, kann's nicht mehr allein tragen.« – »Und was hat denn Euer Knecht? Auch Käse? Auch Eier?« Hier trat sie zu dem Korbe ihres Geliebten hin, drückte, indem sie in dem Korbe herumsuchte, zum letzten Male seine Hand, sah ihn zum letzten Male, als sie sich auf der Schloßtreppe noch einmal nach ihm umkehrte.

N** hatte in seinen Briefen mit der Prinzessin ihre Entführung verabredet. Sie willigte mit Freuden in diesen Vorschlag. »Ich habe«, schrieb sie ihm, »keinen Vater mehr zu kränken. Meine Mutter liebt mich nicht, und so hoffe ich an deiner Seite, auch in der elendsten Hütte, das Glück der Liebe ganz zu genießen.« Der Bauer mußte einst seinen Korb unter der Schloßtreppe stehen lassen. Eine Strickleiter lag darin, die Prinzessin trug solche abends auf ihr Zimmer, stieg glücklich auf den Wall herab und erwartete sehnsuchtsvoll ihren N**, der sie in einem Kahne über den Schloßgraben abzuholen versprochen hatte. Schon hörte sie den Kahn plätschern, schon streckte sie ihre Hände nach ihm aus, als die nahe Wache, durch das Geräusch aufmerksam gemacht, Feuer gab. Es wurde Lärm, Fackeln brannten in der Nähe. Sophie, mehr um ihren N** als um sich besorgt, schrie ihm zu, sich zu entfernen. Er wollte zu geschwind umlenken, und der Kahn schlug um. Zweimal rief er noch: »Sophie!« und sank unter. Die Prinzessin sah beim Scheine der Fackeln ihren Geliebten sinken und sank mit ihm. Ohnmächtig wurde sie auf ihr Zimmer getragen, erholte sich dort zwar, aber sprach kein Wort mehr. Der Vorfall wurde der Fürstin berichtet, und Sophie sollte nach ihrem Befehle den Tag nachher auf eine andere Festung gebracht und dort eng eingekerkert werden. Um zwölf Uhr in der Nacht stand sie auf, suchte etwas in ihrem Schreibtische, legte sich auf Befragen still wieder nieder und wurde am andern Morgen tot gefunden. Ein Gläschen lag bei ihrem Bette, die Ärzte erkannten den darin befindlichen Überrest für Gift, und Merkmale desselben zeigten sich auch an ihrem Körper. Sie ruht jetzt an der Seite ihres Vaters, und manche gute Seele schenkt ihr noch eine Träne!

N**s Körper wurde erst nach ihrem Tode im Schloßgraben gefunden und an der Stätte der Missetäter verscharrt; aber die Nachkommen des alten Bauern wallfahren noch immer aus Dankbarkeit zu seinem Grabe, pflanzen bei nächtlicher Zeit Blumen darauf, und wo am Rabensteine Rosen blühen und Veilchen durften, dort liegt der treue, unglückliche Liebhaber einer Prinzessin.

August Lafontaine

DIE STÄRKE DES GEWISSENS

Der junge Herr von Raßdorf kehrte von seiner Reise durch Frankreich und England auf seine Güter zurück. Er hatte in Paris und London das Leben wie ein Philosoph (so sagte er selbst) genossen; das heißt, er war so glücklich gewesen, seine Gesundheit mitten im Strudel der Ausschweifungen zu erhalten. »Ja, ich bin meines Lebens froh geworden«, sagte er; »aber nie haben meine Freuden andern Tränen gekostet. In meinen Adern fließt warmes Blut; und der ist ein Tor, der sich die Freude versagt, wenn sie ihm winkt. Ich bin glücklich *gewesen* und habe zuweilen sogar glücklich *gemacht* oder doch meine Freuden ehrlich bezahlt. Die Unschuld eines Mädchens – nun ja, ich gestehe, sie ist ein Schatz, den ich nicht rauben darf; wenn aber das Mädchen dieses unsichere Besitztum gegen bares Geld vertauschen will: warum nicht? Ist der Käufer dann ein Verbrecher?«

»Doch ein Betrieger, denk' ich, mit Eurer Gnaden Erlaubnis!« sagte der alte Bediente Jakob, der den jungen Raßdorf von Kindheit an gleichsam erzogen und durch unbegrenzte Liebe, durch erprobte Treue sich das Recht zu Freimütigkeit erworben hatte. »Denn«, setzte er hinzu, weil sein Herr ihn spöttisch lächelnd ansah, »er kauft da etwas, worauf der Mut im Leben und Tode beruhet, und kauft es für Münze, die nur in *diesem* Leben gilt.«

»Und wäre das auch, was du da faselst, Alter – wenn sie es nun verkaufen wollen?«

»Hm!« sagte der Alte wehmütig; »ich möchte einem Kinde einen kostbaren Diamant nicht für einen Gulden oder so etwas abkaufen, weil es den Wert des Steines nicht kennt.« Raßdorf lachte; der alte Jakob seufzte und dankte dem Himmel, als er den Turm von Randeln, dem Wohnorte seines Herrn, endlich wiedersah.

In England hatte Raßdorf Geschmack an dem Leben des Adels auf dem Lande, ja sogar an der Landwirtschaft gewonnen; und so war er entschlossen, auf seinen Gütern zu leben und nur einen Teil des Winters in der Hauptstadt zu sein.

Nach einigen Monaten redete der alte Jakob seinen Herrn an. »Ew. Gnaden, mein Wilhelm ist jetzt sechsundzwanzig Jahre alt. Der Bursche ist gut, und ich möchte gern, daß er es bliebe. Die Jagd und das Forstwesen versteht er aus dem Grunde, das wissen Ew. Gnaden. Nun hat der Junge ein Auge auf die Tochter des alten, ehrlichen Försters Schaller geworfen. Ew. Gnaden, sehen ...«

»Und nun will dein Wilhelm ein Dienstchen, um Hochzeit zu machen, nicht wahr? Und du möchtest gern vor deinem Ende noch einmal Gevatter stehen, nicht wahr? Gut, Jakob! Sobald der alte Keiser stirbt (krank ist er ja schon), so bekommt Wilhelm die Försterstelle. Mach' ich es so recht?« – Jakob zuckte die Achseln. – »Nun, Jakob?« – »Ja, Ew. Gnaden, freilich wohl! Ich weiß selbst nichts Besseres; auch habe ich das dem Jungen schon gesagt; aber ...«

»Der will nicht warten?« – Jakob nickte mit dem Kopfe. »Sehen Ew. Gnaden, der Junge denkt, es könnte ihm bei Schallers Marien jemand zuvorkommen, was auch leicht möglich wäre. Das Mädchen, Ew. Gnaden, ist schön wie ein Engel und, was noch mehr sagen will, auch fromm wie ein Engel: zwar erst siebzehn Jahr, aber ausgewachsen und schlank wie eine Pappel. Noch dazu hat der Vater ein hübsches Vermögen, und das Kind ist fleißig. Schon seit dem zwölften Jahre hat Marie des Vaters Haushaltung geführt; Kisten und Kasten sind voll und alles in der besten Ordnung. Sehen Ew. Gnaden, da geht sie eben über die Brücke. Das Herz lacht mir altem Manne in der Brust, sooft ich sie sehe; was wollt' es einem jungen Menschen nicht!«

Raßdorf sah durch das Fenster nach Marien, und auch sein Herz geriet durch ihre Schönheit in Bewegung. Er verfolgte sie mit brennenden Blicken und sagte dabei: »Hm, Alter! mit ihrer Schönheit ist es so so. Wie gesagt, sobald Keiser stirbt. Jetzt, das siehst du wohl, kann ich deinen Sohn noch nicht entbehren. Wir wollen daran denken, sobald ich eingerichtet bin.«

Jakob ging, und Raßdorf blieb am Fenster, bis Marie zurückkam. Nun hatte er Zeit, sie recht genau zu betrachten, und alle seine Begierden wurden bei dem Anblicke des schönen Mädchens rege. Mit einer furchtsamen Ahnung der Zukunft blickte er schnell auf dem Hofe umher; und da er niemanden bemerkte, so rief er Marien mit einer befehlenden und doch ungewissen Stimme in sein Zimmer. Er gab ihr einen Auftrag an ihren Vater, der in einem benachbarten Dorfe am Walde wohnte und tat wohl hundert Fragen, auf die sie immer mit einer furchtsamen Bescheidenheit antwortete. Dann suchte er in einen scherzhaften Ton zu kommen. Marie schwieg errötend, ohne den Scherzen auszuweichen, und endlich ging sie, froh darüber, daß sie nicht länger aufgehalten wurde.

Der Förster Schaller war ein sehr redlicher Mann, und kindlich fromm, in der besten Bedeutung dieses Wortes. Ein ruhiges Leben, fast ohne alles Leiden, hatte seinen Glauben an die Vorsehung zu einem Felsen gemacht; und durch den frühen Tod seiner innig geliebten Gattin war dieser Glaube nicht erschüttert, sondern noch mehr befestiget worden. Der rührende Abschied, den die Sterbende in der sichren Hoffnung eines künftigen Lebens von ihm nahm, ihre letzten Worte: »Da sind die Engel, die mich erwarten! Gott sei mit dir, lieber Mann! wir sehen uns wieder!« – diese Worte, welche die Sterbende mit glänzenden Augen, mit einem himmlischen Lächeln und mit ausgebreiteten Armen zu ihrem Gatten sagte, hatten seinen Glauben in eine stille Sehnsucht nach dem Tode verwandelt. Er lebte, trotz aller Ahnungen von seinem nahen Ende; aber sein Geist war schon halb bei seiner Gattin in der Ewigkeit. Dieser Mann hatte Marien in dem frohesten, feurigsten Glauben an die Liebe Gottes erzogen – gleichsam unter den Augen ihrer seligen Mutter, deren Stimme er oft zu hören glaubte, wenn er neben seiner Tochter saß und mit ihr redete.

Die ruhige Stille, worin die Försterwohnung lag, und die Einsamkeit, worin Marie lebte, machten diese Ideen in ihrer Seele sehr lebendig. Empfindungen, so dunkel und schauerlich wie der Wald um sie her, hoben die Brust der kleinen Marie. Ihre Spiele waren Gespräche mit den Blumen, mit den rauschenden Bäumen, mit den fliehenden Wolken. In die Schule ging sie nicht; ihr frommer Vater lehrte sie in der Muße des Winters lesen, und außerdem machte er ihr Herz, sooft er mit ihr allein war, für eine Religion empfänglich, wie sie in seinem stillen Herzen lag. Auch als sie älter wurde, lebte sie ferner einsam, weil die Haushaltung sie beschäftigte. Sie kannte keine andere Sünde an den Menschen als die Erbsünde. Ihr stilles Herz öffnete sich heimlich gegen alle mit Zutrauen, mit Wohlwollen; und nur ihre blöde Furchtsamkeit hielt sie ab, jedem zu sagen, wie sehr sie ihn liebte. So war sie die einzige Freude ihres Vaters und der Wunsch jedes jungen Mannes, der sie kennenlernte. *Ihr* Herz aber wünschte nichts, und ihre Brust voll Unschuld hob sich ruhig.

Wilhelm, des alten Jakobs Sohn, hatte Marien, wenn er mit ihrem Vater aus dem Forste zurückkam, oft gesehen. Mehr als sie anzusehen, wagte er nicht, weil er des alten Schallers Strenge in diesem Punkte kannte; aber in seiner Brust entzündete sich die heißeste Leidenschaft für Marien. Er rechnete darauf, wenn der Herr von Raßdorf erst wieder da wäre, eine Försterstelle zu bekommen; und dann hoffte er Mariens Neigung zu gewinnen, da er fast der einzige Mann war, der ihren Vater besuchte und dem sie doch zuweilen ein paar Worte sagte.

Zwar hatte er wohl dem frommen Schaller leise zu verstehen gegeben, was er wünschte, und zu seiner Freude auch bemerkt, daß dieser freundlich mit dem Kopfe dazu nickte. Aber der Alte sagte dann: »Du bist eine ehrliche Seele, Wilhelm. Gott gebe, was dir gut ist! Nur nicht vor der Zeit! Das Schwänzeln um ein Mädchen taugt nichts; und wenn ich wüßte, daß du Marien nur einmal hinter meinem Rücken sprächest, so ... Du kennst mich, Wilhelm!«

Wilhelm kannte den strengen Alten und schwieg. Er liebte Marien zärtlich, ohne daß sie es wußte; und so hatte sie jetzt der Leidenschaft des Gutsherrn nichts als ihre Unschuld und ihre Frömmigkeit entgegenzustellen. Auch Herr von Raßdorf kannte indes den strengen Schaller genug, um nichts zu wagen; und überdies sah er wohl, daß er bei Marien selbst kein leichtes Spiel haben würde, da der alte Jakob nicht aufhörte, ihre Frömmigkeit zu loben.

Daß der Gutsherr jetzt seine Forsten untersuchte, aus seiner Weidetasche bei dem alten Schaller frühstückte und dabei Marien, wenn sie im Zimmer war, mit einer stillen Freundlichkeit auszeichnete: das schien sehr natürlich und fiel niemandem auf, selbst Wilhelmen nicht. Daß er Marien einige Male nahe an ihrem Hause im Walde antraf, daß sie ihm einen Riemen an der Tasche, den ein Zweig abgerissen hatte, festnähen mußte, daß er hier auf ihren Vater wartete und währenddessen die Zeit mit ihr verplauderte: nun, das waren Zufälle, aus denen niemand Arges haben konnte, und Marie erwähnte ihrer auch kaum mit einigen Worten. Aber daß der gnädige Herr in einem solchen Gespräch fragte, ob denn der Tagelöhner Drewes, dem eine Kuh, sein ganzer Reichtum, gefallen war, wirklich so hülflos sei, und daß er, als Marie ihm mit nassen Augen den Jammer der Familie schilderte, gerührt seine Börse aus der Tasche nahm und ihr mit einem Händedrucke einige Goldstücke für den Unglücklichen gab: dies erzählte Marie ihrem Vater sogleich mit inniger Freude. Der Alte sagte dazu weiter nichts als die Worte: »Selig sind die Barmherzigen, Marie!« Er selbst hatte am Morgen seinem jungen Herrn den Unfall des armen Drewes erzählt, und er freuete sich, daß sein Fürwort so wirksam gewesen war. »Da ist«, sagte er zu Marien, »auch der alte Schwenke. Gott gebe mir noch einmal eine gute Stunde bei dem gnädigen Herrn! Für den möchte ich gern ein Wörtchen reden.«

Die gute Stunde kam in kurzem. Schaller bat für den armen Greis; Herr von Raßdorf hörte ihn gütig an, gab ihm Geld und sagte: »Schicke Er Seine Tochter damit zu dem alten Schwenke. Die versteht zu geben; das weiß ich von Drewes her. Seh' Er, Schaller, Seine Tochter gibt mit einer Art, daß die Armen Freude daran haben. Ich kann das so nicht, und auch Er wohl nicht, lieber Schaller.«

Der Vater erwiderte mit einem Lächeln der Freude: »Ja, Ew. Gnaden, da haben Sie recht, das weiß Gott. Meine Marie hat eine weiche, sanfte Hand; wenn *sie* dem Armen seine Wunden verbindet, so fühlt er es kaum.«

Der Vater erzählte Marien das Gespräch sehr froh, und nach einiger Zeit wagte sie es, selbst bei dem gnädigen

Herrn eine Bitte für einen Armen zu tun. Herr von Raßdorf bewilligte sie und sagte: »Höre Sie, liebes Kind, ich gebe recht gern. Nur ist es mir zuwider, wenn die Leute mich mit Dank überlaufen. Auch fordert dann ein jeder, der es wohl gar nicht nötig hat. Sage Sie also nicht, von wem das Geld kommt; keinem Menschen, nicht einmal Ihrem Vater: denn der kann in seiner Freude nicht schweigen. Und ist es Ihr lieb, wenn Sie Armen helfen kann, nun, ich gebe gern: doch darf es, wie gesagt, kein Mensch erfahren. Ich komme ja von Zeit zu Zeit hieher, und ein Augenblick findet sich denn wohl, da Sie mir sagen kann, ob jemand Hülfe nötig hat.«

Herr von Raßdorf handelte hier nicht nach einem Plane. Der Zufall hatte ihn in diesen Weg mit Marien geleitet. Doch da er einmal darin war, so wollte er auch darin bleiben, und das unschuldige, nichts besorgende Mädchen, welches in seiner Wohltätigkeit nur die edelste Großmut eines sehr menschlichen Herzens sah und sich durch das Zutrauen des Gutsherrn geschmeichelt fühlte, ging richtig in das Netz, das eine unreine Leidenschaft für sie aufstellte. Selbst ihre Frömmigkeit half sie hineinführen. Um nicht Dank für fremde Wohltaten zu ernten, spielte sie den Unglücklichen die Hülfe heimlich zu. Das Erstaunen der Unglücklichen über die unverhoffte Rettung und ihr heißer Dank für den verborgenen Schutzengel waren für Mariens frommes Herz, das sich dem Glauben an helfende Engel so gern überließ, ein zu angenehmes Schauspiel, als daß sie es nicht öfters hätte wünschen sollen.

Sie sprach zuweilen, wenn ihr Vater im Forste war, den

Herrn von Raßdorf allein; und das freundschaftliche Vertrauen, womit er sie behandelte, die feine Achtung, mit der er sie auszeichnete, die schnelle Wirksamkeit jeder Bitte, die sie äußerte: das alles tat ihrem Herzen so wohl und erregte darin so angenehme Empfindungen, daß sie bald eine Art von Neigung zu Raßdorf fühlte. Sie dachte immer mit reiner Heiterkeit an ihn, und zuweilen ging sie, auch wenn sie ihm nichts zu sagen hatte, in den Waldgrund hinter ihrem Hause, den er eines Vogelherdes wegen fast alle Tage besuchte.

Raßdorfs Güte und Vertrauen nahmen nur allmählich zu, und sie konnte sein Betragen gegen sie niemals mit seinem Betragen gegen andere vergleichen, weil sie ihn fast immer unter vier Augen oder doch nur in ihres Vaters Gegenwart sah. So bemerkte sie denn keine Veränderung in seinem Benehmen; und doch hatte es sich, so wie ihre Empfindungen, schon gänzlich verändert. Ihre erste Scheu vor ihm, dem gnädigen Herrn, war verschwunden. Er nahm ihre Hand: sie bemerkte es nicht; er nannte sie seine gute Marie: es war ihr, als hätte er sie immer so genannt.

Den Jäger Wilhelm hatte Raßdorf schon zu Anfange nach der Residenz geschickt, um da in seinem Hause Einrichtungen für den Winter treffen zu lassen. Auch Mariens Vater war ihm nicht hinderlich, da er ganz unbesorgt in den Forst ging. Seine Tochter verschwieg ihm wohl nicht, daß sie den gnädigen Herrn zuweilen sähe; das war aber natürlich, da der Vogelherd, auf dem er sich so gern belustigte, nur einige Schritte weit vom Hause war. Und

Er sah mit Entzücken, wie die Neigung der schönen Marie zu ihm mit jedem Tage mehr hervorbrach.

was schadete es denn auch, wenn er die fromme, unschuldige Marie zu sehen bekam!

Alles gelang dem Herrn von Raßdorf noch über seine Wünsche. Er sah mit Entzücken, wie die Neigung der schönen Marie zu ihm mit jedem Tage mehr hervorbrach; unter welchen kindischen Vorwänden sie eben dahin kam, wo er sich befand, und wie sie sich freute, sooft sie ihn erblickte. Doch eben diese kindische, sorglose Unschuld war wieder das größte Hindernis für die Befriedigung seiner Leidenschaft. So leicht er Marien bis auf diesen Punkt gebracht hatte, so unmöglich schien es, sie noch einen Schritt weiter zu bringen. Er hatte die Absicht gehabt, ihre Phantasie zur Verräterin ihrer Tugend zu machen; doch das gelang nicht: ihre Phantasie war nicht zu entzünden, und sie selbst war in seiner Gesellschaft heiter und fröhlich. Ihre Blicke blieben fromm und heilig, ihr Busen schlug nicht stärker als sonst; kurz, ihre Ruhe sagte dem Herrn von Raßdorf sehr deutlich, daß hier nichts unheilig war als er selbst. Nach ganz leisen Versuchen, die er machte, mußte er sich gestehen, daß *ein* Wort zu viel Marien auf ewig von ihm trennen würde.

Endlich sah er, daß er Marien nicht verführen konnte, ohne sie auch zu betriegen; und so beschloß er ein Bubenstück, das er bis dahin noch nicht verübt hatte. Er wurde vertraulicher gegen Marien und zu gleicher Zeit schwermütiger; er sprach mit ihr über das Glück seines künftigen Lebens und setzte seufzend hinzu, daß er es nicht hoffen dürfte. »Ach«, sagte er mit einem Händedruck, »wenn ich nach meiner Neigung wählen könnte!« Anfangs wußte

Marie nicht, was er meinte; sobald sie es aber merkte, wurde sie unruhiger und scheuer. Sie kam nicht mehr so oft und war kälter. Er bemerkte das nicht, fuhr mit solchen Äußerungen fort und setzte dann zuweilen mit funkelnden Augen hinzu: »Aber warum dürfte ich nicht glücklich sein? warum nicht nach meiner Neigung wählen?« – Dann machte er Marien eine reizende Beschreibung von den glücklichen Tagen, die er haben würde, wenn ... Hier brach er ab und faßte seufzend ihre Hand.

Die arme Marie war jetzt in der größten Unruhe. Sie sah, daß Raßdorf sie liebte, und ihr Herz schlug bei dieser Vorstellung in einer süßen Ängstlichkeit. Wünsche hatte sie nicht, denn sie würden eine Unmöglichkeit betroffen haben. Sie wollte sich ihrem Vater entdecken, fürchtete aber seine Vorwürfe. Und was sollte sie ihm denn sagen? Hatte Raßdorf denn geäußert, daß er sie heiraten wolle? Sie fürchtete, ihr Vater würde über sie lachen, und nahm sich vor, den gnädigen Herrn nicht wiederzusehen. Diesem Entschlusse blieb sie acht Tage lang treu; und nun ging sie – nicht in den Waldgrund, sondern oben auf die Höhe. Da kam Raßdorf und beklagte sich so wehmütig, daß er sie acht lange Tage nicht gesehen habe. Marie hörte seine Klagen mit pochendem Herzen, und ihre Augen fingen an, sich zu benetzen; nie war er so zärtlich, so sanft, so gut gewesen!

Auf dem Rückwege überraschte sie zum ersten Male der Gedanke, wie glücklich sie sein würde, wenn sie Raßdorfs Gattin wäre; und diesem Gedanken folgten ganz leise die Hoffnung, ein süßes Ahnen, und dann wieder ein beklemmender Zweifel. Ach, Raßdorf hatte ihr seinen Kummer geklagt; aber wem konnte sie den ihrigen entdecken! Sie warf sich in dem dicksten Gebüsch auf die Knie und betete, nicht für sich, sondern für ihn, den Feind ihrer Ruhe, daß Gott ihn glücklich machen möchte. Jetzt war sie ruhiger; sie hatte ihr Schicksal in die Hände der Vorsehung gelegt und wollte den Wink derselben erwarten.

Raßdorf bemerkte, als er sie zum ersten Male wieder sah, zu seiner Freude einen Strahl von Heiterkeit in ihren frommen Augen. Er glaubte, sie finge an, sich ihm zu ergeben; aber nein: sie hatte ihr Schicksal der Vorsehung anvertrauet, und dadurch war sie heiter geworden. Ich will es erwarten, sagte sie zu sich selbst, ehe sie ging. Liebt er mich wirklich so zärtlich, wie ich ... ihn liebe, setzte sie zitternd hinzu, so wird er nicht immer schweigen. Ich will ruhig sein. Redet er, so will ich es meinem Vater sagen. Und kann Herr von Raßdorf dessen Einwilligung erhalten, so ... – Sie hob mit froher Rührung beide Hände zu dem heitern Himmel auf.

Es war gar nicht Raßdorfs Absicht, zu reden; der Bösewicht zitterte vor dem Verbrechen, mit dem er umging. Er wollte Marien durch die Hoffnung, seine Gattin zu werden, zu einem Fehltritte verleiten, um dann sagen zu können: hab' ich ihr die Ehe versprochen? ist es meine Schuld, daß sie das Unmögliche für möglich hielt? – Er blieb in seinen Rätseln, ohne sich deutlicher zu erklären; und Marie blieb gleich schüchtern, gleich weit von ihm entfernt. Sie liebte ihn, das sah er; aber auch, daß ihre

Hoffnung, seine Gattin zu werden, wieder sank und daß sie ernster, scheuer war als jemals.

Er mußte ihre Hoffnung aufs neue beleben oder sie vielmehr zu Gewißheit machen, doch ohne daß er selbst dabei im Spiele zu sein schien; und bei diesem Plane rechnete er auf des Mädchens frommen Aberglauben.

Ganz nahe bei Randeln war jetzt eine kleine Zigeunerhorde. Raßdorf fand auf der Jagd diese kleine wilde Gesellschaft, als sie eben in einem Waldtale ihr Mittagessen kochte. Eine alte Zigeunerin kam auf ihn zu und bettelte. Er tat einige Fragen an sie, ließ sich sogar aus der Hand von ihr wahrsagen und konnte nicht umhin, den Witz und die täuschende Feierlichkeit, womit sie das tat, zu bewundern. »Du hast Glück bei den Mädchen, mein Goldsohn!« sagte das Weib mit schlauen Blicken; und Raßdorf dachte dabei an Mariens frommen Aberglauben, der auf Träume, Ahnungen und Wahrsagen bauete. Er beschenkte die Frau sehr reichlich, überdachte schnell seinen Plan, ging näher zu der Horde, beschenkte auch sie und warf von Zeit zu Zeit auf die Alte prüfende Blicke, welche dieser nicht entgingen.

Nach einigem Zögern hob er an: »Höre, Mutter! ich könnte...«, und brach sogleich wieder ab. Endlich ging er mit Kopfschütteln. Die Alte folgte ihm, und er blieb stehen. »Du hast etwas im Kopfe, Goldsohn«, sagte die Alte listig und erratend. – »Wenn du schweigen könntest!« erwiderte er rasch. – »Schweigen? Wenn *wir* das nicht könnten, wer könnte es denn sonst?« Raßdorf sann noch eine Weile und rückte dann allmählich mit seinem

Auftrage hervor. Die Zigeunerin lächelte listig, denn sie hatte ihn schon bei den ersten Worten erraten. Er gab ihr ein ansehnliches Geschenk und versprach ihr noch mehr, wenn sie die Rolle, die er ihr vorschrieb, ihm zu Danke spielen würde. Sie versicherte, daß sie ihr Bestes tun wolle; und Raßdorf ging finster, mit Gewissensbissen im Herzen, nach Hause. Er zitterte vor der Entdeckung, obgleich nicht vor dem Verbrechen.

Die Alte hielt sich nun in der Nähe von Schallers Wohnung verborgen, bis der rechte Augenblick kam. Endlich ging Marie einmal allein und in tiefen Gedanken die Waldhöhe hinter ihrem Hause hinan. Die Zigeunerin folgte ihr heimlich nach und tat einen Schrei. Marie, die hinzueilte, fand sie an der Erde liegen, half ihr auf, setzte sich mit ihr auf einen Baumstamm und fragte, ob sie Schaden genommen hätte.

Jetzt fing die Alte ihre Rolle an. Sie betrachtete Marien starr und fest, legte die Hand an die Stirn, als ob sie nachsönne, lächelte, schüttelte den Kopf und sprach im feierlichsten Tone einige rätselhafte Worte. Marie wurde aufmerksam und bot ihr ein kleines Geschenk an. Die Alte sagte mit Heftigkeit und funkelnden Augen: »Goldkind, du würdest mir weit mehr geben, wenn du sähest, was *ich* sehe, wenn du wüßtest, was *ich* weiß.« Sie starrte Marien wieder an und drängte die Hand derselben zurück. »Ich will nichts, schönes Kind, gar nichts. Behalte dein Geld. Sei demütig, wenn dich Gott erhöhet; sei wohltätig, wenn du reich bist. Folge meinem Rate; du hast ihn nötig, schönes Kind. Und denke an mich, wenn du in Gold und Seide gehst und in Schlössern wohnst. Gott sei mit dir! Ich gehe. Behalte dein Geld, ich will nichts; doch über ein Jahr komme ich wieder, und wenn du dann nicht hochmütig geworden bist, so wirst du der alten Mutter reichlicher geben.«

Marie errötete lächelnd und fragte die Alte: »Was weiß Sie denn, Mutter? Nehme Sie doch!« – Sie verdoppelte ihre Gabe. – »Ich nehme nichts, und wenn du mir viel Geld bötest, schöne Tochter. Aber in Jahr und Tag bist du die Frau eines sehr reichen, vornehmen jungen Mannes; du wohnst in einem prächtigen Hause, hast Bediente und fährst in einer Kutsche. Du lachst, Tochter? Lache nicht, mein Goldkind! Ich bin arm, blutarm; aber hier, nimm alles, was ich habe, den silbernen Ring und diesen goldenen Pfennig mit der Schnur. Die hole ich über ein Jahr von dir ab, wenn du eine vornehme Dame bist. Bleib fromm, mein Kind, und zweifle nicht. Du wirst es mir einmal belohnen.«

»Woher weiß Sie denn das, liebe Mutter? wie wäre denn das möglich?«

»Bei Gott ist kein Ding unmöglich; und dich, du Goldmädchen, umgeben gute Engel. Dir schadet kein Sturm, kein giftiger Tau. Alle Menschen lieben dich; niemand kann dich belügen, auch wenn er wollte. Keine Krankheit kann dich befallen. Gott und die heiligen Engel lieben dich, frommes Kind. Denke an mich! Und hättest du noch gar keinen andern Mann gesehen als die Bauern im Dorfe: der reiche Herr würde doch nicht ausbleiben!«

Marie wurde unruhig und fragte mehr. Die Alte nahm

ihre Hand, sah lange hinein und sagte endlich mit Kopfschütteln: »Ich weiß nicht, wie es mit dir ist, mein Kind. Wenn du nicht so fromm, so unschuldig wärest, so wollt' ich darauf schwören, du kenntest den Mann schon, der dich heiraten wird.« Marie glühete vor Scham und wollte ihre Hand zurückziehen. Die Alte nahm die andere Hand und sagte, wieder mit Kopfschütteln: »Was ist das, mein Kind! Ein reicher, schöner Mann liebt dich, und niemand weiß es als du allein. Auch du liebst ihn, das seh' ich. Nun, bald wird er kommen und dich heiraten. Aber – Tränen wirst du noch weinen, ehe du glücklich wirst. Soll ich dir einen Rat geben, meine Goldtochter? soll ich?« – Marie sah sie mit starren Augen an. – »Willst du glücklich werden, Kind, so schweig. Sag keinem Menschen, was du weißt, was du hoffest, was du wünschest; keinem Menschen, auch nicht deinem Vater; nur dem allein, der dich lieb hat! O, du wirst glücklich; und dann denkst du an die arme alte Frau, die dir dein Glück prophezeiete.«

Marie zog alles Geld hervor, das sie bei sich hatte; die Zigeunerin schlug es aus und sagte: »Nein! Nach einem Jahre wirst du mir mehr geben, viel mehr. Dann will ich dir auch sagen, was du tun mußt, daß dein Mann dir gut bleibt, solange er lebt.«

»Warum will Sie mir denn das nicht jetzt sagen, liebe Mutter?«

»Du bist fromm; die Engel haben dein Auge bewahrt, daß es nie Mannspersonen angesehen hat. Aber als *er* kam, da blitzte dein Auge, da schlug dein Herzchen, nicht wahr? Sprich mit niemandem davon. Stelle dich gleichgültig

gegen alle Menschen, tue, als ob du nie heiraten wolltest. Aber deinem Bräutigam sage, wie lieb du ihn hast. Ich weiß, er sieht dich traurig an, sein Herz tut ihm weh. Sei du freundlich, tu ihm zu Gefallen, was er verlangt, habe ihn lieber, als alles in der Welt; dann wirst du glücklich sein. Nun, Gott sei mit dir, Kind, bis über ein Jahr! da sehe ich dich wieder.«

Jetzt stand die Zigeunerin auf, streichelte Marien die glühende Wange, sagte noch: »Du frommes Glückskind!« und verlor sich dann in das dicke Gebüsch.

Marie blieb in der größten Unruhe auf dem Baumstamme sitzen. Sie hatte schon vorher an Wahrsagerei geglaubt; um wieviel mehr jetzt, da die alte Zigeunerin sich so uneigennützig betrug und ihre geheime Liebe so genau kannte! Nun zweifelte sie gar nicht mehr, daß Raßdorf sie heiraten würde, und ihr Herz schlug in dem frohen Entzücken der beglückten Liebe. Die Warnung der Alten, sich niemandem, selbst ihrem Vater nicht, zu entdecken, wollte sie genau befolgen.

Was ihr Herz in Bewegung setzte, war reine Liebe, nicht Eitelkeit. Sie sah sich in Raßdorfs Armen nur so, wie sie jetzt gekleidet war, und im stillen, dunklen Walde, nicht in Gold und Seide, nicht in dem prächtigen Wagen. Von diesem Augenblicke an betrachtete sie ihren Geliebten als den Gatten, den die Vorsehung ihr bestimmte.

Einige Tage nachher kam Raßdorf, um zu sehen, welche Wirkung seine List getan hätte. Marie wartete schon auf ihn in dem Grunde; ihre Wangen waren hoch gerötet, und die reinste Freude, die innigste Liebe, strahlte in ihren

Blicken. So zutraulich, so hingebend war sie noch nie gewesen. Er nahm, er drückte ihre Hände, und ein sanfter Gegendruck mit einem vertraulichen Lächeln belohnte ihn. Heute litt sie, daß er sie umfaßte. In seinem Entzükken drückte er den ersten Kuß auf ihre schönen Lippen; sie errötete und bog sich ab, riß sich aber nicht aus seinen Armen. Nun sprach er zum ersten Male von seiner Liebe. Marie schwieg zwar, doch blickte sie ihn zärtlich an. Er redete von einer frohen Zukunft, von Mariens glücklichen Tagen; und die Augen des frommen Mädchens füllten sich mit Tränen der Liebe, der gerührten Dankbarkeit.

Sie blieb länger als gewöhnlich bei ihm. Von seinen Liebkosungen erweicht, von ihrer gewissen Hoffnung geleitet, von ihrem Herzen bezwungen, sank sie endlich an seine Brust und gestand mit Seufzern, Tränen und halben Worten, daß sie ihn liebte. Jetzt wurden berauschende Küsse gewechselt. Raßdorf bestärkte Marien durch einige rätselhafte Worte noch mehr in ihrem Glauben, und endlich ging sie, voll der innigsten Liebe, des höchsten Entzückens und des festesten Vertrauens, nach Hause.

Das arme, unschuldige Mädchen glaubte jetzt, nicht zu viel tun zu können. Sooft ihr Vater nicht zu Hause war, besuchte sie den Geliebten; und ihr Zutrauen, ihre Unschuld, ihre Furcht ihn zu beleidigen, gaben dem Betrieger endlich, was er wünschte.

Der Fehltritt war begangen; und nun hing Marie mit glühender Leidenschaft an dem Elenden, der sie betrogen hatte. Aber der Unmensch fand sich in den unschuldigen,

zitternden Umarmungen des liebenden Mädchens nicht befriedigt. Er kannte nur Wollust, nicht Liebe, und fühlte in Mariens Armen die ganze Last der Schuld, die sie nicht mit ihm teilte. Sie war gefallen, aber nicht lasterhaft geworden; und eben darum machte ihm jede ihrer Liebkosungen einen geheimen Vorwurf seiner Verräterei. Kurz, er wurde Mariens überdrüssig, weil sie – nicht wollüstig war.

Er gab vor, notwendig verreisen zu müssen, ließ aber Marien Hoffnung auf seine Hand. Mit Unruhe, mit einer ahnenden Furcht der Zukunft, reiste er nach der Residenz und stürzte sich da in die Vergnügungen der großen Welt, um sein Gewissen zu betäuben. Es gelang ihm; und nun gab er seinem Wilhelm den Försterdienst des alten Keiser, den er in Ruhe setzte.

Wilhelm, dessen Wunsch jetzt erfüllt war, eilte mit Wünschen und Hoffnungen der Liebe nach Randeln. Er besuchte seinen Freund, den Förster Schaller, und bat ihn um Mariens Hand. Der Alte gab ihm gerne seine Einwilligung. »Jetzt, Wilhelm«, sagte er, »bist du mir lieb, auch wenn ich nicht zu Hause bin. Sprich erst selbst mit meiner Marie; dann will ich hinterher kommen. Du wirst sie aber verändert finden. Ich weiß nicht, was dem Mädchen seit einiger Zeit fehlt. Nun geh nur. Gott sei mit dir!«

Wilhelm fand Marien traurig und wagte es heute nicht, seine Wünsche zu äußern. Er kam wieder und fand sie noch trauriger; doch gab er nicht alle Hoffnung auf, da sie so freundlich gegen ihn, so sanft und so gut war. Endlich, als er einmal mit ihr in dem Waldgrunde spazieren ging, entdeckte er ihr sein Herz und bat sie um ihre Hand. Anstatt ihm zu antworten, zerfloß Marie in heißen Tränen. Wilhelm wurde dringend und bat nur, sie möchte ihm nicht alle Hoffnung nehmen; aber sie antwortete nicht, und ihre Tränen flossen noch heißer. »Laß ihr Zeit, sich zu besinnen, Wilhelm!« sagte der Vater. »Bei Marien muß das Obst reif werden, ehe sie es abschüttelt. Gib acht, die springt nicht ins Ehebett, die betet sich hinein.«

Der Vater sprach selbst mit Marien, und sie antwortete auch ihm nur mit Tränen. Man geduldete sich und hob endlich wieder an; Marie sagte aber nur, sie könne sich nicht von ihrem Vater trennen.

Jetzt kam Wilhelms Vater, der alte Jakob, aus der Residenz nach Randeln. Er war in einer seltsamen Bewegung und gab mit einem heftigen Kopfschütteln seinem Sohne die Hand. Wohl hundertmal fing er an: »Höre, Wilhelm! mit Marien ...« Er brach aber immer wieder ab und blieb bei seinem Kopfschütteln. Wilhelm wurde ängstlich bei dem Benehmen seines alten Vaters.

»Ich will selbst zu Schallern«, sagte Jakob endlich und rieb sich in großem Unmute die Stirn. »Und wenn Marie dich nun nicht wollte, Wilhelm?« hob er noch einmal an. Wilhelm wurde totenbleich und antwortete nicht.

Jakob ging voll Sorge und Unruhe zu Schallern. Er hatte dem Herrn von Raßdorf erzählt, daß sein Sohn um Marien angehalten habe; und Raßdorf war aufmerksam geworden. »Marie aber«, fuhr Jakob im Erzählen fort, »scheint nicht zu wollen. Das Mädchen hört jetzt gar nicht auf zu weinen.« Bei diesen Worten wechselte Raßdorf die

Farbe und schien von großer Angst ergriffen zu werden. Jakob bemerkte das. Als er allein war, dachte er an Mariens Tränen und an seines Herrn Unruhe. Ihm fielen dessen häufige Besuche auf dem Vogelherde ein und sein Herz fing an zu klopfen. Er bat um einige Tage Urlaub und reiste nach Randeln.

Marie war allein zu Hause, als Jakob zu ihr kam. Er sagte ihr sanft und treuherzig, sie möchte sich doch wegen seines Sohnes erklären. Marie fing an zu weinen und sagte wie immer: sie könnte ihren Vater nicht verlassen. Der alte Jakob trat an ein Fenster und seufzte: »Gott segne uns alle! Aber ich muß!« Er wendete sich wieder zu Marien, faßte ihre Hand und sagte mit bebender Stimme: »Sieh, liebe Marie, der gnädige Herr hat meinem Wilhelm die Försterstelle gegeben, damit er dich heiraten soll. Der gnädige Herr sieht es gern.« Marie erblaßte, und es fuhr ein heftiges Zittern durch ihren Körper. Nach einer langen schrecklichen Minute stammelte sie endlich: »Das ist nicht wahr!«

Auch der alte Jakob zitterte heftig, da er seine Vermutung nun völlig bestätigt sah. Er schwieg lange; endlich sagte er zitternd: »Gott gebe nur, daß man dich nicht betrogen hat, Marie!« Sie fragte mit dem ängstlichsten Tone: »Wer? wer?«

»Unser Herr!« antwortete Jakob leise. Marie schrie entsetzlich auf, schlug die zitternden Hände vor die Augen und rief einige Male, in dem Tone des Jammers, das einzige Wort: betrogen! Jetzt drang der Alte mit Bitten und Tränen in sie, ihm ihr Vertrauen zu schenken. Sie schwieg aber, weil ihr Glaube an Raßdorfs Liebe sich aufs neue belebte. Jakob bemerkte das und sagte: »Liebe Marie, glaube mir, glaube diesem grauen Kopfe, du bist betrogen. Der gnädige Herr heiratet die Gräfin von Klenau. Zwar soll das noch niemand wissen; aber dir, armes Kind, muß ich es ja wohl sagen!«

Bei diesen Worten sank die Kraft des betrogenen Mädchens. Sie trat mit starren Blicken auf den alten Jakob zu und fragte mit einer seltsamen, bebenden Furchtsamkeit, indem sie eine Hand auf sein Herz drückte: »Ist das wahr?« – Jakob nahm ihre Hand von seinem Herzen, hob sie auf und sagte: »Ich schwöre bei dem allwissenden Gott, es ist so!« Marie wendete sich langsam um, schwankte in ihre Kammer und riegelte hinter sich ab.

Jakob blieb, bis nach einer Stunde der alte Schaller nach Hause kam. Er war ungewiß, ob er diesem seine Entdekkung mitteilen sollte. Da öffnete sich die Kammertür und Marie trat, zwar etwas bleich, aber doch ruhig, in das Zimmer. Sie hatte sich an die Prophezeiung der alten Zigeunerin erinnert und dachte nun, das wären die Tränen, die sie noch weinen sollte. Jetzt war sie wieder fest überzeugt, daß Raßdorf sie nicht betriegen könnte. Sie winkte dem alten Jakob, ihrem Vater nichts zu sagen; und er schwieg, weil er erst wissen wollte, was sie so ruhig machte.

Bald nachher wurde die Nachricht von der Verbindung des Herrn von Raßdorf und der Gräfin Klenau allgemein bekannt. Marie sank, indem ihr Vater ihr das erzählte, in Ohnmacht. Als sie wieder zu sich selbst kam, sah sie starr vor sich hin und wurde scheinbar ruhig und still. Der Vater, der jetzt von Wilhelm erfuhr, was Jakob vermutete, drang in seine Tochter, ihm das Geheimnis zu gestehen. Sie schien gefühllos gegen die Bitten ihres Vaters geworden zu sein und antwortete nicht; aber ein furchtbares Zittern ergriff sie, sooft er nur den Namen Raßdorf nannte.

Nun kehrte Raßdorf selbst auf seine Güter zurück. Marie ging am folgenden Morgen in den Waldgrund. Raßdorf kam nicht. Sie setzte die Gänge nach dem Vogelherde alle Morgen fort; er kam nicht, und sie ging an jedem Tage finsterer und ängstlicher wieder nach Hause. Ihr Vater, Jakob und Wilhelm sannen vergebens über ihr Betragen nach. Sie brachten nichts heraus, weil sie nicht wußten, in welchem Grade Raßdorf schuldig war; aber *daß* er schuldig sei, behauptete Jakob mit der größten Zuversicht.

Marie wurde mit jedem Tage verschlossener. Ihr einziger Gang war morgens immer nach dem Waldgrunde; da saß sie und heftete die Augen starr auf den Weg nach Randeln, bis die Sonne über die Eichen hervorkam. Dann stand sie mit Heftigkeit auf und ging zurück.

Wilhelm kam alle Tage in ihr Haus. Ihr Gram vermehrte seine Leidenschaft; er bat sie, heiter zu sein, nahm den innigsten Teil an ihrem Leiden und zeigte seine Liebe in jedem Worte, in jedem Blicke. Marie war sanft gegen ihn und suchte sogar, ihm ihr Leiden, ihre Tränen zu verbergen. Sie redete wenig; aber sie drückte ihm von Zeit zu Zeit die Hand, lächelte wehmütig, wenn er kam, und schien es nicht gern zu sehen, wenn er sie wieder verließ. Aber sooft er auf eine Verbindung mit ihr anspielte, schüttelte sie jedes Mal den Kopf. Man schwieg endlich davon und hoffte, daß die Zeit eine Änderung bewirken würde.

Endlich kam die Gräfin Klenau, um ihre Heirat in Randeln zu feiern. Marie ging an dem Morgen, da die Trauung sein sollte, in den Waldgrund, und heute folgte ihr Vater ihr von fern. Sowie das Geläute der Glocken aus Randeln herüberschallte, fiel Marie auf die Knie, rang die Hände und weinte schmerzlich. Als sie zurückging, fand sie ihren Vater auf der Höhe, faßte wild seine Hand, sagte ängstlich: »Nun! nun!« und eilte neben ihm her nach Hause.

Sie setzte sich nieder, um zu stricken. Man sah an dem schnellen und starken Wechsel ihrer Farbe, daß sie sich nur mit Mühe aufrecht erhielt; und endlich erlag ihr Körper unter der gewaltsamen Anstrengung. Sie sank matt an die Lehne des Stuhls; ihr Vater brachte sie auf ihr Bett, wo sie sogleich von einem heftigen Fieber befallen wurde.

Am folgenden Tage kam Jakob, und Schaller führte ihn mit Tränen in den Augen an Mariens Bett. »Sieh, Jakob«, sagte er schluchzend, »so ist es! Aber ich jage dem Teufel eine Kugel durch das verdammte Herz.« Marie richtete sich bei diesen Worten auf und fragte ängstlich: »Wem? wem, lieber Vater?« – »Dem Teufel, dem Edelmanne da drüben in Randeln!« antwortete Schaller. Sie schüttelte sanft den Kopf und sagte mit gefalteten Händen: »Er ist unschuldig, lieber Vater.«

Durch diese Versicherung wurden Schaller und Jakob

wieder ungewiß. Sie wußten nicht mehr, was sie denken sollten, und baten Marien, ihnen doch zu erzählen, wie alles zusammenhinge. Marie blieb aber bei ihrer Versicherung, daß Herr von Raßdorf unschuldig sei.

Jakob wollte sich Licht verschaffen. Nach einigen Tagen sagte er zu seinem Herrn bei dem Ankleiden: »Schallers Marie, das arme Mädchen, ist sehr krank.« – »So?« antwortete Raßdorf mit großer Unruhe, die er vergebens zu verbergen suchte. »Was fehlt ihr denn?« – »Eine Gemütskrankheit, sagt der Arzt. Niemand weiß es. Gerade an dem Tage, da Ew. Gnaden Hochzeit war, brach die Krankheit aus.« (Raßdorf erblaßte.) »Sie ging alle Morgen nach dem Vogelherde, auch *den* Morgen; und als sie das Geläute hier in Randeln hört, fällt sie auf die Knie, und seitdem ...« Raßdorf wurde immer bleicher. Er wendete das Gesicht ab, doch das Zittern seiner Hände konnte er nicht verbergen; deshalb verließ er schnell das Zimmer.

»Da habe ich den Teufel!« sagte Jakob und knirschte mit den Zähnen. »Aber büßen sollst du, Bösewicht!« An dem nächsten Morgen erzählte Jakob wieder von Marien. Raßdorf, den die heimlichen Vorwürfe des alten Mannes erschütterten, ließ sich von einem andern Bedienten ankleiden und sprach mit Jakob nie wieder unter vier Augen. Er hörte nichts mehr von Marien und wurde unter Festen, Besuchen, Jagden, Reisen und Gesellschaften wieder ruhig.

Marie kränkelte fort, und Wilhelm brachte ganze Tage an ihrem Bette zu. Diese Treue, diese Liebe rührten sie unaussprechlich, und es entstand in ihrem Herzen eine Neigung zu ihm, die sich durch jeden Dienst, den er ihr erzeigte, noch vermehrte. Sie liebte ihn wirklich und sagte es ihm. Wilhelm hoffte nun wieder; doch vergebens: Marie starb in seinen Armen, an seinem treuen Herzen, ohne ihr unglückliches Geheimnis entdeckt zu haben.

Der Vater war in Verzweiflung; Wilhelm stand wie tot bei der Leiche des geliebten Mädchens und folgte ihr zu Grabe, ohne ein Zeichen von Trauer zu äußern. Dann ging er nach Randeln, stürzte zu seinem Vater in das Zimmer und rief: »Marie ist tot! Der Bösewicht hier hat sie ermordet! Gewiß, Vater, wenn sie mir etwas entdeckt hätte; seht …!« – Er riß eine Büchse von der Wand. Der alte Jakob nahm sie ihm weg und sagte: »Die selige Marie hat den Herrn für unschuldig erklärt. Ich bitte dich, Sohn, sei ruhig.« – Wilhelm drückte dem Vater die Hand und ging.

Am folgenden Morgen bekam Jakob einen Brief, worin sein Sohn ihm schrieb, er könne nicht länger in Randeln leben und wolle unter die Jäger des großen Königs gehen. Das tat er wirklich, und so war auch Jakob durch die Schuld des Wollüstlings kinderlos.

Jakob ging in seinem Schmerze zu dem Herrn von Raßdorf und kündigte ihm an, daß sein Sohn aus Verzweiflung über Mariens Tod in den Krieg gegangen sei; und dabei machte er Anmerkungen, die das Herz des Elenden durchschnitten. Gedemütigt, in dem Gefühle seiner Nichtswürdigkeit, stand der Herr vor dem Diener da und hatte nicht den Mut, die Augen aufzuschlagen.

Die Nachricht von Mariens Tode hatte ihn erschüttert; aber – es war ihm auch schon bekannt, daß sie das fürchterliche Geheimnis seiner Schuld mit in das Grab genommen hatte. Jakob fuhr fort, das Herz des Elenden zu pressen; und in dem Schmerze über den Verlust seines Sohnes sagte er mit sehr verständlichen Blicken: »Wehe dem Menschen, der an Mariens Tode, an meines Sohnes Flucht und an dem Elende zweier Greise schuld ist!« Jetzt ermannte sich Raßdorf und sagte, aber freilich mit ungewisser Stimme: »Soll das etwa auf mich gehen, Jakob? Es scheint so. Was willst du? Was sollen die Anspielungen? Vergiß nicht, wer du bist, Alter; das rate ich dir!« – »Gott ist unser aller Richter«, sagte Jakob, »und unser Gewissen ist sein Zeuge! Sie wollen so aussehen, als ob Sie lachten; aber wer schuld an Mariens Tode ist, der bringt lieber einen Tag in einem Pesthause zu als eine Stunde da auf dem Vogelherde.«

»Nun geh!« rief Raßdorf zornig, weil die Anspielung auf den Vogelherd ihn aufbrachte. Der Bösewicht fühlte das Gewissen, so sehr er es auch verspottete. Er sah den Vogelherd nie wieder und kam auch nicht mehr in Schallers Forsten, um dem unglücklichen Vater nicht zu begegnen. Zuweilen suchte er die Größe seiner Schuld in seinen eigenen Augen zu vermindern. »Das Mädchen war hektisch«, dachte er, »starb doch ihre Mutter an der Schwindsucht! Sie wäre gestorben, auch wenn sie mich nie gesehen hätte.«

So räsonierte er; doch immer blieb eine geheime Wunde in seiner Seele zurück, die ihn nie ganz heiter werden ließ, bis er endlich unter neuen und verdoppelten Zerstreuungen aller Art auch das letzte Andenken an seine Schuld in seiner Seele vertilgte. Er war wieder der glückliche, frohe Raßdorf, der über alles lachte, und Jakob wunderte sich oft nicht wenig über die Langmut des Himmels.

»Ungefähr ein Jahr nach Mariens Tode flog Raßdorfs Wagen in Galopp auf den Hof. Raßdorf saß totenbleich darin, seine Gattin weinte, und der Bediente rief nach Hülfe. Alles stürzte herzu. Der Herr wurde aus dem Wagen gehoben und lehnte sich bebend auf die Bedienten. – »Was ist dir, teurer Mann?« fragte seine Gattin unaufhörlich. – »Es wird vorübergehen!« antwortete er mit matter Stimme. Man brachte ihn in sein Bett und schickte nach einem Arzte. Der Bediente, der ihn begleitet hatte, erzählte dem alten Jakob: der Herr sei in Schallers Forst gefahren und nicht weit von dessen Wohnung ausgestiegen, um sich niederzusetzen. Auf einmal habe er ausgerufen: O Herr Jesus! und sei zu Boden gesunken. – Das war alles, was Jakob erfuhr.

Raßdorf verlangte, daß Jakob, von dem er sich seit einem ganzen Jahre nicht mehr hatte bedienen lassen, die Nacht bei ihm zubringen sollte. Um Mitternacht rief er den Alten an das Bett und fragte ängstlich: »Sag mir, Jakob, ist Marie wirklich tot?« Jakob bejahte. – »Hast du sie tot gesehen?« – »Ja, Ew. Gnaden.« – »Wirklich tot?« – »Ja, Ew. Gnaden.« – »Es ist nicht wahr!« – »Lieber Gott«, sagte Jakob unruhig, »das ganze Dorf hat ja die Leiche gesehen. Prediger und Schulmeister sind ja zum Grabe gefolgt; man hat ja den Sarg erst kurz vor dem Begräbnisse zugeschroben. Mein Wilhelm ist ja eben deshalb davongegangen.«

»Schweig!« rief Raßdorf ängstlich. »Ist denn auch der alte Schaller tot?« – »Nein, aber krank ist er.« Raßdorf legte sich wieder auf sein Kopfkissen. Nach einer Pause richtete er sich noch einmal auf und rief: »Jakob!« Mit bebender Stimme setzte er hinzu: »Ich habe heute Marien gesehen; ja, mit diesen Augen gesehen!« Jakob zitterte und näherte sich ängstlich dem Bette. »Sie ist ja tot, Ew. Gnaden, und selig gestorben.« – »Ich habe sie gesehen!« fuhr der Verbrecher zitternd fort... »Ich bin ihr Mörder!« stieß er nach einer Pause mit einem Schrei hervor; und jetzt entdeckte er dem alten Jakob die Betriegerei, durch welche er Marien getötet hatte. Jakob zitterte. »Und auch Schaller ist tot«, fuhr Herr von Raßdorf fort, »auch den habe ich getötet!« Jakob wollte seinem unglücklichen Herrn das ausreden; dieser blieb aber bei der Behauptung, er habe Marien gesehen, und Jakob wußte am Ende nicht mehr, was er dazu sagen sollte.

Gegen Morgen fiel Raßdorf in einen unruhigen Schlummer und schien von fürchterlichen Träumen gequält zu werden. Er ließ den Prediger rufen und fragte ihn, ob Erscheinungen der Toten möglich wären. Der Prediger, ein vernünftiger Mann, antwortete »nein«. Raßdorf behauptete ja, doch ohne dem Prediger weiter etwas zu sagen. Er wurde endlich zwar wieder gesund; doch seine Ruhe war auf immer verloren. Nach tausend vergeblichen Versuchen, sich von dem Andenken an die Erscheinung zu befreien, gab er sich endlich seiner Gewissensmarter und den verwirrten Vorstellungen seines Kopfes gänzlich hin. Er saß einsam in seinem Zimmer, grübelte, betete und wurde mit jedem Tage tiefsinniger. Die Qualen seines Gewissens hörten nicht auf, und er geriet in einem halben Wahnsinne auf die seltsamsten Einfälle: bald wollte er Mönch werden, bald Herrnhuter.

So waren zwei Jahre vergangen, als Jakob endlich den Zusammenhang der Begebenheit entdeckte. Schaller hatte einen Bruder, dessen Tochter seiner verstorbenen Marie sehr ähnlich war. Das Mädchen besuchte ihren Oheim, dessen Erbin sie einmal sein sollte, auf einige Tage. Schaller, der sie nur als Kind gesehen hatte, erstaunte über ihre Ähnlichkeit mit seiner geliebten Marie; und diese Ähnlichkeit erinnerte ihn so lebendig an seinen Verlust, daß er die Nichte bat, einmal die Kleider seiner Tochter anzuziehen. Das tat die Nichte. Jetzt erzählte ihr Schaller, was er von der unglücklichen Geschichte seiner Marie wußte, und führte sie auf der Höhe weg in den Waldgrund, den diese so oft besucht hatte. Als er auf der Höhe hinter den Büschen hervorkam, sah er den Mörder seiner Tochter vor sich sitzen. »Sieh, da ist er!« flüsterte er seiner Nichte zu. »Ich möchte dem Bösewicht eine Kugel durch den Kopf jagen!« Er legte die Büchse an; und zugleich hob das Mädchen drohend die Hand auf, um mit dieser Bewegung die Worte »der abscheuliche Mensch!« zu begleiten. In diesem Augenblicke sah Raßdorf sich um und erblickte Marien in dem roten Kleide, das ihr so wohl gestanden und in welchem er sie so gern gesehen hatte. Sie drohte ihm, und ihr Vater hatte die Büchse auf ihn angelegt. Er schrie auf: »O Herr Jesus!« und sank zur Erde. Dadurch erschreckt, traten Schaller und seine Nichte hinter das Gebüsch und gingen schnell nach Hause. Raßdorf blickte wieder auf, und sie waren verschwunden.

Der alte Förster glaubte, das Anlegen der Büchse habe den Edelmann erschreckt; er war unruhig und ließ seine Nichte noch denselben Abend wieder abreisen. Nach einigen Tagen hörte er, daß der Herr von Raßdorf krank sei, doch weiter nichts. Er selbst schwieg aus Furcht; und seine Nichte war, da die Försterwohnung so einzeln lag, von niemandem bemerkt worden. Jakob, der allein wußte, was sein Herr gesehen haben wollte, mochte den alten Förster nicht damit ängstigen, weil dieser glauben konnte, die Erscheinung bedeute seinen Tod. So blieb alles verschwiegen, bis endlich bei Schallers letzter Krankheit die Nichte wieder kam. Jakob sah sie, fand ihre Ähnlichkeit mit Marien erstaunlich und erfuhr nun, daß sie schon vor zwei Jahren einmal hier gewesen sei. »Wann?« fragte Jakob eifrig. »Etwa an dem Tage, da der Herr krank wurde?« –

Das Geheimnis war entdeckt. Schaller starb; und nun erklärte Jakob seinem Herrn die vermeinte Erscheinung, um ihn von der ewigen Qual zu befreien. – – Raßdorf sprach das Mädchen selbst, um sich zu überzeugen. Sie erzählte ihm, was nur er allein wußte und wovon er dem alten Jakob nie etwas ge-

sagt hatte: daß der Förster die Büchse auf ihn angeschlagen habe. Jetzt war er überzeugt, daß Marie ihm nicht erschienen sei; doch zu spät für sein Glück. Er verheiratete das Mädchen mit Jakobs Sohne und überhäufte beide mit Wohltaten; doch Mariens Geist war nicht dadurch versöhnt. »Marie«, sagte er oft, »war es nicht, die mir erschien, aber die Rache des ewigen Richters.« Er fand nie die Ruhe seiner Seele wieder und endigte sein gequältes Leben in einer Brüdergemeinde. Doch auch diese konnte ihm die Ruhe nicht geben, welche ihm sein Gewissen versagte.

August Gottlieb Meißner

KRIMINALGESCHICHTEN

*EIN RÄUBER, WEIL DIE MENSCHLICHE GESELLSCHAFT OHNE SCHULD IHN AUSSTIESS**

Eine Räuberbande von zwölf Mann hatte seit geraumer Zeit die Gegend um *** beunruhigt. Man überfiel sie endlich in einem kleinen Städtchen; die Räuber griffen, als sie sich entdeckt sahen, verzweiflungsvoll zu den Waffen und verwundeten sowohl einige von der Amtsfolge, als auch von den ihr zugegebenen Soldaten. Ein einziger, Johann mit seinem Vornamen, ergab sich sogleich und

* Gegenwärtiger Aufsatz, mir (1779) aus der Pfalz zugesendet, ist nur in einigen Kleinigkeiten, den Stil und die Ordnung der Ideen betreffend, von mir abgeändert worden. Gewünscht hätte ich freilich, daß dem Hrn. Einsender gefällig gewesen wäre, die vielen N. N. und Lücken mit wirklichen Namen auszufüllen. Allzu ängstliche Vermeidung derselben bringt so leicht in Verdacht der Erdichtung: und ich begreife nicht, warum man in Fällen, wie gegenwärtiger ist, einer ängstlichen Verschwiegenheit bedarf. Ich selbst zwar hätte im Verfolg, da ich vor wenigen Jahren erst, durch einen sonderbaren Zufall, der Geschichte sehr nahe auf die Spur kam, diese Ausfüllung auf mich nehmen kön-

bot mit Schluchzen seine Hände den Banden dar, indes die andern sich noch beinah eine Stunde lang wehrten.

Auch im Kerker betrug er sich mit außerordentlicher Gelassenheit. Wenn die andern fluchten, fleht' er um Gnade zu Gott und ermahnte sie zu gleichem Gebete; oft weint' er so bitterlich über sein Vergehen, daß selbst die Amtsknechte, so fremd diesen Leuten sonst das Mitleid zu sein pflegt, ihm Trost zusprachen.

Durch ihn allein erhielt man eine umständliche Nachricht von den Unternehmungen dieser Diebesbande, und auch von seiner eigenen Geschichte tat er folgendes aufrichtiges Geständnis.

Er war auf einer Hofmarch des Grafen von T** in Bayern geboren, auf welcher sein Vater, ein ehrlicher Greis, schon über vierzig Jahr als Abdecker gedient hatte und wegen seiner Redlichkeit und Kenntnis bei Viehkrankheiten in der ganzen Gegend bekannt war. Nie riß in den

nen. Aber ich wollte gern alles, was einer Anmaßung auch nur ähnelt, vermeiden; zumal da es doch möglich, wenn auch nicht wahrscheinlich war, daß meinem unbekannten Freund diese Ergänzung einige Privatunannehmlichkeiten gemacht hätte. – Daß übrigens manchem seine Nase sich mit gewaltigem Ekel rümpfen dürfte, wenn er das Wort *Abdecker* liest, zweifle ich keineswegs. Für mich war dasselbige nicht der geringste Anstoß. Denn auch der Abdecker ist ein Mensch wie wir; und oft ein moralisch besserer, mithin im Weltall edlerer Mensch als derjenige, dessen Nase sich so stark und so gern beim Unterschied der Stände rümpft.

Orten *seiner* Pflege eine Viehseuche ein, so verderblich sie oft in der Nachbarschaft wütete; und er war deshalb bei seiner Herrschaft, trotz seiner sonst verachteten Hantierung, sehr beliebt.

Aber in seinem sechsundsechzigsten Jahre traf ihn das Unglück, daß ein Jagdpudel, den ihm der junge Graf, der seit kurzem erst sein Herr geworden war, in die Kost gegeben hatte, unvermutet verreckte. Zwar geschah dies ganz ohne seine Schuld, doch man glaubte seinen Worten nicht; der Hund war einmal der gräfliche Liebling; und der arme, entkräftete Greis verlor sein Brot und seine Stelle.

Ohne Dienst, ohne Aussicht, ohne Kräfte, sich Unterhalt zu erwerben, zog der unglückliche alte Mann mit seinem Sohne Johann, einem damals achtjährigen Knaben, im Ländchen herum; einige Bauern, menschlicher als ihr Graf, gaben ihm kärgliche Brosamen, bis er erkrankte und für Kummer und Elend starb.

Johann ward jetzt neun Jahr alt; und ein Vetter seines Vaters, von gleicher Hantierung, nahm ihn zu sich; doch dieser Mann war ein versteckter Bösewicht, der sich des armen Knaben bald zu einigen kleinen Viehdiebstählen so zu bedienen wußte, daß Johann selbst nicht argwohnte, wozu er gebraucht würde. Aber endlich ward ihm die Sache doch verdächtig, und als einst in seiner Gegenwart ein förmlicher Raub verabredet, er selbst auch zum Einsteigen und zur Eröffnung der Fenster dabei bestimmt wurde, stand auf einmal der Geist seines Vaters ihm vor Augen; er glaubte, seine Ermahnungen alle von neuem zu hören, wagt' es nicht, ihnen untreu zu werden, und entfloh noch den nämlichen Abend, als der Diebstahl ins Werk gesetzt werden sollte.

Sein Weg ging zur nächsten Stadt, und nachdem er einige Tage herumgebettelt hatte, nahm ihn ein Schlosser auf sein inständiges Bitten zum Lehrpurschen an. Er arbeitete hier ein ganzes Jahr; war, nach des Schlossers eigenem Zeugnisse, willig, gehorsam, eingezogen, gelehrig und gottesfürchtig; und würde ganz gewiß ein geschickter Künstler geworden sein, hätte man nicht plötzlich entdeckt, daß er eines Abdeckers Sohn sei. Er selbst, unbekannt mit dem Vorurteile, das ihm die Ehrlichkeit absprach, leugnete dies bei der ersten Befragung keineswegs, und ward mit Schimpf und Härte aus der Zunft verstoßen.

Voll Scham, Verwirrung und Jammer kam er auf ein benachbartes Dorf und fand, da es eben Erntezeit war, bei einem Bauer Dienste, so wenig er auch sonst mit der Landarbeit bekannt sein mochte. Er behielt solche bis zu Ende der Ernte und ward, da man ihn jetzt auch hier als einen unnötig gewordenen Kostgänger abdankte, mit einem andern Bauerjungen bekannt, der ein Wildschütze war und von dem der arme, dienst- und brotlose Johann zu gleichem Gewerbe angeführt oder, wenn man lieber will, verführt ward. Auch dies dauerte noch nicht ganz ein Jahr; er ward ertappt, eingezogen und auf eignes Bitten zum Soldatenstande verurteilt. Doch da er den Winter hindurch, in welchem er dem Wildschießen nachgegangen, sich beide Füße so sehr erfroren hatte, daß einer davon aufbrach, so ward er auch hier nicht angenommen, empfing vielmehr zwanzig Karbatschenstreiche und ward fortgejagt.

Dieses, wie er weinend gestanden, benahm ihm die letzte Hoffnung, sich als ein *redlicher* Mensch zu nähren. Von neuem beschimpft, bestraft, ohne Unterhalt und ohne Vermögen, ihn zu erwerben, eilt' er wieder zu seinem Vetter, von dem er ehmals entflohen war, und fand ihn in noch bessern Umständen, als er ihn verlassen hatte.

Aufgebracht gegen das Menschengeschlecht', das ihn überall ausgestoßen, ja noch obendrein, beinahe ganz ohne Schuld, bestraft hatte, – aufgemuntert durch den Wohlstand, in dem er seinen Vetter antraf, folgt' er dessen Anweisung; und da er einmal zum *ersten Raube* sich verleiten lassen, ging er auch nachher allzeit treulich mit, ohne jedoch etwas weiter dabei zu denken als: du hast ja doch schon mit dem ersten Gange den Tod verdient. Gleichwohl konnt' er bei den sechs Raubereien, deren er sich schuldig gemacht hatte, nach den Aussagen seiner eignen Kameraden nie zur Hauptsache und am allerwenigsten zur Bindung der Überfallnen gebraucht werden. Sein weiches Herz machte vielmehr, daß er oft bei den andern für sie bat und verschiedenen hart Geknebelten beim Abzug des Räubergesindels die Bande heimlich wieder löste, so daß sie selbst einmal beinah' alle drüber wären eingeholt worden und nur mit größter Mühe sich flüchten konnten. Das einzige, wozu seine Kameraden ihn nutzen konnten, war – Eröffnung der Schlösser und Türen; eine Kenntnis, die er seinem ehemaligen Schlosserhandwerke noch zu danken hatte und ohne welche er, vermöge seiner

Gutherzigkeit, selbst zum Spitzbuben verdorben gewesen wäre.

Vielleicht dünkt manchem diese Geschichte unbedeutend, aber dann würd' er nur einen Beweis seiner Flüchtigkeit im Lesen geben. Vorausgesetzt, was ich schon vorhin in der Note sagte und was doch wohl so gewiß als irgendeine Wahrheit in der Bibel sein dürfte: daß der Mensch in jedem Stande doch noch Mensch und unsersgleichen ist und daß, nach dem Rechte der Natur betrachtet, der zerlumpteste Bettlerbube zum stiftsmäßigsten Edelmanne: Bruder! sagen kann; dies, sag' ich, vorausgesetzt, wer mag sich des Unwillens enthalten, wenn man sieht, daß der Tod eines gräflichen Pudels einen ehrlichen verdienten Greis zum Bettler herabsetzt und seinen abgelebten Körper dem Hunger, der Blöße und dem äußersten Elende preisgibt? Wer liebt den Knaben nicht, der, so sehr er noch Knabe ist, doch, den Lehren seines Vaters treu, eher alles wagen, als ein Räuber werden will? Wer zürnt nicht auf ein barbarisches Vorurteil, das vergebens von der Vernunft widerlegt, vergebens durch weltliche Gesetze verboten, sich gleichwohl immer noch fest im Besitz erhält, dem Staate schon manchen braven Mann entzogen haben mag und hier einen Jüngling, der so gern ein nützliches bürgerliches Mitglied geworden wäre, zwang, durch Laster sein Leben zu fristen? Und wer entschuldigt endlich selbst den Fehlenden nicht, der mitten in seinen Fehlern Erbarmung mit denen trägt, die er beraubt und berauben muß, weil diese Grausamen ihn ja sonst nicht leben lassen wollen?

Setzt diesen Unglücklichen unter andere Umstände; gebt ihm Eltern, durch Geburt, Glück und Vermögen wirksam im Kreis öffentlicher Geschäfte; und dann hätten vielleicht Mitmenschen und Nachkommenschaft ihn in die dauernde Namenliste der erhabensten, durch Grundsätze edeln Menschenfreunde eingetragen! Denn leider bleibt nur allzu wahr, was Pope sagt: »Nicht jeder, der eine Wohltat erzeigt, ist deshalb auch wohltätig. Vielleicht hatt' er eine glückliche Stunde; vielleicht blies eben der Wind aus Osten.«

NANNETTE

Nannette war ein Mädchen aus der Provinz, wie es deren selbst in der Hauptstadt Frankreichs – die Franzosen sprächen lieber gar in der Hauptstadt *Europens* – äußerst wenig gibt. Ein feiner, schlanker Wuchs, ein Busen, der sich nicht schöner denken läßt, ein interessantes Gesicht und eine Hand, die kein Wachskünstler nachzubilden vermöchte. Sie war Waise und lebte bei einer Muhme, die in Lyon ein Gasthaus hielt und kaum seit sechs Monaten Witwe war. Auch diese Muhme konnte für ein flinkes, anlockendes Weibchen gelten. Ihr Alter stieg nicht über fünfundzwanzig; ihr Gesicht war nicht schön, doch regelmäßig gebildet, von feiner Haut und frischer Farbe; gewachsen war sie wie ein Püppchen; auch *frisch* konnte man noch in jedem Betracht sie nennen, denn ihr erster Mann, ein schwindsüchtiger Sechziger, hatte wenig getan und viel gewacht. Seit seinem seligen Hintritt hatte sie freilich schon manchen jungen Gatten zu haben vermocht; doch noch gedachte sie an die Trübsal ihres Ehstandes mit Schrecken, wollte ihrem Hauswesen selbst vorstehn und hatte des Zuspruchs von Gästen ziemlich viel. – Ein Umstand, der nach dem jetzt Gesagten auch ziemlich natürlich zuging.

Einst trat ein Fremder von *der* Art, wie man in Wirtshäusern am liebsten sie sieht, bei ihr ab; ein junger, artiger Mann, der durch Erbschaft unbeschränkter Herr eines großen Vermögens geworden war und der den guten Vorsatz hatte, dessen auf Reisen vorzüglich zu genießen. Er hatte Italien bereits gesehn; die Reihe sollte nun Frankreich treffen. Zu Marseille war er gelandet; nach Paris wollt' er gehen. Aber der Weg hatt' ihn ermüdet; Lyon gefiel ihm. Er nahm sich vor, hier ein paar Tage auszuruhen, und man wies ihn, durch einen Zufall, ins Haus unsrer Witwe.

Kaum hatt' er hier Nannetten erblickt, als er von allem, was sonst noch in Lyon sehenswürdig war, nichts weiter zu sehn begehrte. Es war ein Mann von der feurigsten Empfindung. Bei Welschlands Schönen hatte er sich schon oft seines Lebens und seiner Jugend erfreut; von den Französinnen hatt' er weit minder gehofft; aber Nannette dünkt' ihm das reizendste Mädchen zu sein, das er je gesehn habe. Er merkte bald, daß die Leidenschaft über ihn mächtig werde; da er aber Bedenken trug, sich allzulange bei ihr aufzuhalten, da er noch minder Lust hatte, desfalls eine ernstliche Sprache zu führen, so hielt er es fürs Klügste, denjenigen Ton anzunehmen, der bei Mädchen selten und bei Mädchen in Wirtshäusern fast nie unerhört bleibt; das heißt: er sprach nett und kurz von seiner Neigung und von seiner Bereitwilligkeit, an Mademoiselle für eine einzige Nacht, die sie auf seinem Zimmer hinbringen würde, fünfundzwanzig Louisd'or zu bezahlen.

Der Fremde hatte geglaubt, ein echt englisches Gebot an dieser Summe zu tun. Doch Nannette war nicht reizend allein, sie war auch von guter Erziehung, die besser, als gewöhnlich geschieht, bei ihr angeschlagen hatte. Sie hörte daher diesen Vorschlag errötend an und entfernte sich, ohne ein Wort drauf zu verlieren. Ihr nächster Gang war zu ihrer Muhme; dieser erzählte sie ihr Abenteuer und empfing von ihr sowohl Lobsprüche wegen jetzt bewiesner Tugend als auch Ermahnung zu gleicher Standhaftigkeit in künftigen Fällen.

Dieser Fall kam bald wieder. Der Fremde, durch einen Widerstand, dessen er nicht vermutend gewesen, nur noch mehr erhitzt, glaubte, daß man sein Anerbieten nur deshalb, weil man es noch zu geringfügig befunden, verworfen habe. Er paßte daher des nächsten Tages den ersten einsamen Augenblick sorgfältig ab, sprach in weit eindringenderm Ton und erbot sich zu fünfzig Goldstükken. Auch jetzt antwortete ihm Nannette nur mit einem verächtlichen Blick und rascher Entfernung.

Des jungen Manns Erstaunen wuchs und seine Leidenschaft in eben dem Maße. Daß er nicht an ein Mädchen, sondern an eine Jungfrau sich verwendet habe, schien ihm

Nannette dünkt' ihm das reizendste Mädchen zu sein, das er je gesehen habe.

nun sehr glaublich; daß man für eine solche Seltenheit auch einen hohen Preis darbieten könne, sehr erlaubt. Er sandte daher des andern Morgens einen zärtlichen Brief an Nannetten und versprach hundert Louisd'or. Die Tugend der Nichte blieb noch unerschüttert; aber auf die Tante, der dieses Billet ebenfalls sofort gewiesen ward, würkte der mächtige Reiz des Goldes. Sie ward ein Weilchen nachdenkend und nahm dann eine wichtige Beschränkung in ihrer Sittenlehre vor. – Daß eine Jungfrau unerkaufbar bleiben müsse, darauf beharrte sie; doch daß eine Witwe sich schon etwas mehr nachsehen dürfe, das glaubte sie oder schien es zu glauben. Sie beredete daher Nannetten zu einer bejahenden Antwort und übernahm die Endigung dieses Handels. Alles ging vortrefflich. Madame erschien zur bestimmten Zeit. Ihre jungfräuliche Scham hatte sich Verschonung mit allem Lichte ausbedingt. Der Fremde ward in jedem Betracht vergnügt, zahlte seine hundert Louisd'or, ward mit Kuß und Händedruck quittiert und merkte vom Betrug keine Silbe.

Nannette, die äußerst ungern in diese List gewilligt hatte, ließ den ganzen andern Tag sich nicht blicken. Es war allerdings Scham, aber der Fremde nahm es doch für eine andre Art von Scham. Er hatte große Lust, jene Nacht, nur um einen etwas billigern Preis, noch einmal zu feiern. Bloß deswegen verzog er abermals in Lyon. Doch am dritten Tage fand sich ein neuer Grund zum Verzuge, woran niemand gedacht hatte. Er ward krank. Die Ärzte, die er rufen ließ, schüttelten gleich anfangs bedenklich den Kopf und erklärten, daß ein heftiges Fieber im Anzuge sei.

Nach vierundzwanzig Stunden sprachen sie von Lebensgefahr, von der Notwendigkeit, sich mit dem Sakrament versehn zu lassen, und dergleichen mehr. Freilich fand der junge Mann eine solche Nachricht gar nicht nach Wunsche, denn er hatte noch gar zuviel auf der Welt zu tun sich vorgenommen, als jetzt schon gleichgültig an einen Abschied von ihr zu denken. Doch betrug er sich als ein Mann von Fassung, brachte seine Angelegenheiten bestmöglichst in Ordnung; und da in seiner Brieftasche sich Wechsel auf zweitausend Pistolen befanden, da Nannette seine letzte Liebe gewesen war, so vermacht' er ihr diese Summe durch ein förmliches Testament. Teils um (wie er sich ausdrückte) die Gefälligkeit zu belohnen, die sie für ihn gehabt habe; teils sie wegen der Folgen zu entschädigen, die doch vielleicht noch jene Nacht nach sich ziehen könne. – Gleich nach Besieglung dieses letzten Willens fiel er in fieberhafte Verrückungen, aus welchen er nie wieder ganz zu sich selber kam; am siebenten Tage starb er.

Man öffnete sein Testament, ersah sein Vermächtnis und macht' es Nannetten bekannt. Das arme Mädchen errötete für Scham bis an die Haare; ihre Tante, die zugegen war, errötete auch, doch aus ganz andern Gründen. Habsucht, ihr voriger Fehler, sah hier eine noch weit stärkre Anreizung. Sie machte nun alles bekannt, widersprach laut dem Glück ihrer Nichte und verlangte, daß dies Legat auf sie gezogen werden müsse; denn sie allein habe solches verdient und auch dabei derjenigen Gefahr sich unterzogen, deren im Testament Erwähnung geschehe.

Dieser sonderbare Rechtshandel gedieh notwendig vor Gericht, und mittlerweile dort die Parteien und ihre Anwälte sich zankten, fanden Tante und Nichte auch beim Publikum unangesprochne Advokaten und Richter.

»Es ist ja klar«, sagten die Anhänger der Witwe, »wem der Fremde sein Geschenk zugedacht hat! Derjenigen Person, die ihm eine vergnügte Nacht gemacht, die sich dadurch in Gefahr gesetzt hatte, Mutter eines Kindes, eines Kindes von ihm, zu werden. Der Name tut nichts zur Sache, sobald man sich in der Person selbst nicht irren kann. Er nannte die Nichte, weil er glaubte, daß diese sich für ihn aufgeopfert habe. – Hätt' er die Wahrheit gewußt, so würd' er die Tante genannt und ihr diese zweitausend Louisd'ore hinterlassen haben.«

»Nein, das hätt' er sicher nicht getan!« erwiderte die Gegenpart. »Er kannte Tante und Nichte, aber es fiel ihm nicht ein, jener seinen Antrag zu tun, da er von der letztern trotz ihrer Sprödigkeit nicht abließ. Nur von ihr glaubt' er auch umarmt worden zu sein und sorgte, ihre übertäubte Tugend nicht reichlich genug bezahlen zu können. Zudem, kann die Witwe wohl ein so ansehnliches Geschenk für einen Dienst erwarten, den sie bloß durch Betrügerei leistete? Man kann einen Fehltritt, eine Schwäche belohnen, doch nicht so ein verächtliches Vergehn, als die Wirtin beging. Der Fremde hat Nannetten benamt. Ihr gehört auch daher das Vermächtnis und nicht einem ausschweifenden Weibe, das Geldgeiz oder Wollust hinrufen, wo niemand ihrer begehrte. Käm' ein Kind zum Vorschein, dann würde dies allein Nannetten zuvorgehn, denn dies scheint der Sterbende als den Hauptgegenstand seiner Großmut zu betrachten.«

Die Richter sprachen endlich, und ihr Urteil war ziemlich der letztern Meinung gleich. – »Die Gastwirtin«, hieß es, »behalte ihre hundert Louisd'or, ein nur allzu hoher Preis für ihre Liederlichkeit. Ihrem Kinde, wenn sie binnen gehöriger Zeit von einem entbunden werden sollte, gehöre die Summe der zweitausend Louisd'or. Doch da eine Dame, die so schwach bei hundert Goldstücken war, für zweitausend möglich zu erhaltende wohl mancherlei noch tun könnte, so verbleibe sie zwei Monate im engen Gewahrsam. Eine sehr gelinde Strafe für ein Vergehn, dessen sie sich sogar rühmen konnte. Ist die gehörige Zeit ohne Spur einer Schwangerschaft verflossen, so falle die ganze Summe der unschuldigen Nannette anheim.«

Und sie fiel ihr anheim! Bald machte dies brave Mädchen einen braven Gatten glücklich. Ihre Muhme hingegen erntete ein, was sie verdiente. Der Ruf ihres Hauses verfiel; mit diesem Ruf auch ihre Nahrung. Oft noch mußte sie sich zu einem Geschäft entschließen, das jenem ersten glich; nur daß man nun – es mocht' ein Nachtlicht brennen oder nicht – sie dabei besser kannte und für ihre Gunstbezeigung die Louisd'ore nicht mehr zu hunderten verschleuderte.

GEISTESGEGENWART
Wahre Anekdote

Graf To**ben, durch seine mannigfaltigen Abenteuer und durch seine seltnen Glückswechsel so berühmt in der Geschichte unsers Jahrhunderts, befand sich einst, da er noch nicht als General in russischen Diensten stand, auf der Reise von Warschau nach Petersburg. Mitten auf derselben, in einer leichten Kalesche, von einem einzigen Bedienten begleitet, überfiel ihn eines Tages, schon auf liefländischem Grund und Boden, noch zwei oder drei Meilen von der Stadt entfernt, wo er zu übernachten gesonnen war, ein gewaltiger Platzregen. Die Jahrszeit war kalt, der Abend schon nahe, er selbst bis auf die Haut durchnäßt. Durch das Regenwetter ward die Dunkelheit verstärkt. Ein feines Wirtshaus, das grade am Wege, wiewohl einzeln stand, kam unserm Reisenden sehr gelegen. Er kehrte hier ein, mit dem Vorsatz, des andern Tags sich desto zeitiger auf den Weg zu machen.

Die Leute im Hause schienen dienstfertig und gutherzig genug zu sein. Man räumte sofort ein obres Zimmer, das sauber und nett war; man versprach, für ein gutes Abendbrot zu sorgen; kurz, To**ben hatte allen möglichen Grund, mit seiner Einkehr zufrieden zu sein. – Von Jugend auf des Herumstreifens gewohnt, pflegt' er in Wirtshäusern nur wenig auf seinem eignen Zimmer und desto mehr in der allgemeinen Gaststube sich aufzuhalten; war da gegen jedermann, er mochte einheimisch oder fremd sein, gesprächig, zuvorkommend, drollicht sogar; gab Scherz aus und nahm ihn wieder ein; erzählte, ließ sich wieder erzählen und verband mit dieser Geselligkeit einen einnehmenden Ton und eine männlich schöne Bildung. Es gab selten einen Mann, dem er nicht behagte; noch seltner eine Frau oder ein Mädchen, der er nicht, wenigstens heimlich, gefiel. Ließ sie ihre Gesinnung ihn merken, so verstand er gegenseitig jeden Wink und nützte selben mit bereitwilligstem Herzen.

Auch jetzt hing er seiner gewöhnlichen Laune nach; brachte wohl ein Stündchen und drüber unten im Schenkzimmer zu; unterhielt sich mit dem Wirt, der sonst Kriegsdienste getan; unterhielt sich noch mehr mit der Wirtin, einem jungen, fast bildschönen, aber jetzt hochschwangeren Weibchen; bot sich ihr zum Gevatter für ihren Erstling an; erkundigte sich scherzend nach der Aufführung ihres Mannes, nach ihrer eignen Zufriedenheit mit dem Ehstande; prophezeite ihr einen Sohn oder wohl gar zwei auf einmal; mit einem Worte, erlaubte sich mancherlei Kurzweil, die junge Weiber von diesem Stande und um diese Zeit gern hören, wenn sie gleich tun, als ob sie für Scham nicht übers Busentuch wegblicken könnten.

Während dieses Gesprächs lief in eben derselben Stube ein junges Dienstmädchen oft auf und ab. Wohl möglich, daß der Graf sie nicht einmal bemerkte! Aber um desto genauer hatte sie ihn bemerkt. Der schöne, wohlgewachsne Mann, die Munterkeit seines Gesprächs, selbst die fremde Uniform, die er trug, gefielen ihr von ganzem Herzen. Sie hätte gern tagelang ihm zugehört: sie hätte noch lieber sich selbst mit ihm unterhalten. Sie wußte überdies wirklich eine Sache, die ihn sehr nahe anging, wovon er sich nichts träumen ließ, die er bald erfahren mußte, oder es war nachher zu spät. Seine Unwissenheit, seine Sicherheit taten ihr weh. Zwar sie selbst wagte, wenn sie hier hinein sich mischte, unendlich viel. Aber so oft sie ihn wieder ansah, dachte sie bei sich selbst: Er ist doch gar zu liebenswürdig! Sie konnte sich nicht erwehren, sie mußte ihn, als sie einst wieder bei ihm vorbeilief, am Kleide zupfen.

To**ben spürte es, sah sie an, merkte, daß sie ihm winke, wußte freilich nicht, warum? oder dachte sich, nach einer gewöhnlichen Eitelkeit seines Geschlechts, einen gewissen Grund, der wenigstens für jetzt noch Aufschub leiden könne. Indes – das Mädchen war jung und, wie es ihm schien, nicht übel gemacht. Ansehn und anhören konnt' er sie ja doch wohl. Als sie daher wieder herausgegangen war, nahm er sich bald drauf ebenfalls den Vorwand, frische Luft zu schöpfen. Sie wartete seiner bereits an der Küchentüre, winkt' ihm, in den Hof zu gehn, folgte ihm ängstlich und eilend und sprach:

»Um Gottes Willen, gnädigster Herr, sehn Sie sich vor! Sie sind nicht unter so ehrlichen Leuten, als Sie wohl denken. Man weiß, daß Sie Geld bei sich führen. Man ist willens, Ihnen dieses, sowohl als auch Ihr Leben, in nächster Nacht zu rauben. Schon nach Helfershelfern wird geschickt. Sein Sie auf Ihrer Hut! Aber um Gottes willen, verraten Sie mich auch nicht! Merkt man, daß ich Sie warnte, so kostet es mir das Leben. Das weiß ich und konnt's doch nicht übers Herz bringen, einen so braven Offizier und so hübschen Herrn gleichsam in seinen Sünden erschlagen zu lassen.«

To**ben stutzte bei dieser Rede, wie man wohl denken kann, gewaltig. Ein Mann von gemeinem Kopfe hätte sogleich nach der Flucht sich umgesehn. Er, wiewohl er nur ein paar Sekunden Zeit zum Überdenken hatte, begriff doch leicht: daß jeder Versuch zum Entfliehn, jetzt, in der Nacht, in einem stockfremden Lande und unter solchen Umständen, gleich gefährlich, wo nicht gefährlicher noch als ruhiges Dableiben sei. Eine fast unglaubliche Gegenwart des Geistes leitete ihn daher sofort auf ganz andre Gedanken. Er hielt das Mädchen, das sich wieder entfernen wollte, schnell beim Arme zurück. – »Nur noch ein Wort, liebes Kind!« sprach er. »Lebt der Wirt einig mit seiner Frau?« – »Vollkommen!« – »Hat er sie wirklich lieb? sehr lieb?« – »Fast wie sein eignes Leben!« – »Gut, gut! Nun geh! Rett' ich mich, so soll zum Dank auch dein Glück gemacht sein. Sterb' ich, so stirbt deine Warnung mit mir. Verraten werd' ich dich nie. Selbst meinen Bedienten laß nichts davon merken!«

Das Mädchen flog in die Küche; der Graf kehrte ins Gastzimmer zurück. Keine Miene verriet ihn; seine Laune war ganz die vorige noch oder schien es wenigstens zu sein. Selbst seine Abendmahlzeit ließ er sich unten auftragen und aß nur mit dem Bedinge: daß seine lieben Wirtsleute an den Speisen sowohl als an seinem Flaschenkeller Anteil nähmen. In Freundlichkeit verhüllt er, was nun schon leiser Argwohn geworden war. Nach dem Essen befahl er dem Bedienten, seine Schatulle, die noch angeschraubt im Wagen stand, herzubringen. – »Herr Wirt«, sprach er, »viel ist nicht mehr drinnen. Doch ein paar hundert Rubel, die mich bis Petersburg bringen sollen, könnte sie wohl noch enthalten. Diese hätt' ich gern gut verwahrt, und wo könnte das besser geschehen, als in Ihren Händen? In acht Wochen, wenn ich wieder zurück komme, wird sie hoffentlich in Golde schwerer als jetzt in Silber sein. Dann kehr' ich sicher wieder hier ein, und wenn sich indes, wie ich hoffe, mein Patchen eingefunden hat, so bring' ich auch ihm ein Patengeschenk von wenigstens funfzig Rubeln mit.«

Man nahm diese Zusage mit tausend Dank an und versprach, die Schatulle die Nacht hindurch unterm Kopfkissen zu verwahren.

Gleich drauf verlangte der Graf Licht, um auf sein Zimmer und zur Ruh zu gehn. Der Wirt wollte ihm leuchten. – »Wissen Sie wohl, Frau Wirtin«, hob To**ben lachend an, »daß dieses Leuchten ein Geschäfte wäre, welches ich viel lieber Ihnen gönnte? Scherz bei Seite, schönes Weibchen, ich habe den Aberglauben, daß ich allemal noch eines so gut schlafe, wenn mir eine hübsche Frau statt einer Mannsperson die Ruhestätte anweist.« – Die Frau schien sich über diesen Vorschlag zu wundern und keine rechte Lust zu dieser Mühwaltung zu haben. Aber immerfort scherzend, drang der Graf das eine Licht ihr auf, nahm sie unterm Arm, und mit steten Scherzen: daß sie doch ihrem künftigen Gevatter eine solche Kleinigkeit nicht abschlagen werde; daß Bewegung nach Tische, zumal in jetzigen

Umständen, ihr gesund sei; daß sie ja auch ihren ehlichen Ehrenwächter mit heraufnehmen könne; und mit dergleichen Possen mehr bewog er sie endlich zum Mitgehn; oder vielmehr, Wirt und Wirtin leuchteten ihm.

Jetzt traten sie ins Zimmer. Hier hatte To**ben selbst, sowie er vom Wagen abgestiegen war, einen doppelläufigen Karabiner, den er immer, mit Kugeln scharf geladen, auf Reisen bei sich zu führen pflegte, an einem Nagel aufgehängt. Er hütete sich wohl, auch nur einen Blick vor der Zeit drauf zu werfen. Doch indem nun die Frau ihr Licht auf einen Tisch am Fenster setzte; indem sie eben eine gute Nacht ihm wünschen wollte, griff er rasch nach jenem Gewehr; trat noch rascher zwischen Wirt und Wirtin und rief mit einer Stimme, die von Scherz und Lachen plötzlich in rauhsten befehlenden Ton überging: »Nein, gute, junge Frau, so hurtig scheiden wir nicht voneinander! Auf diesem Stuhle, vor diesem Tisch hier werden Sie sich niedersetzen und diese Nacht in meiner Gesellschaft durchwachen. Ihre Keuschheit, das schwör' ich Ihnen, soll diese Zeit über zwar keine Gefahr bei mir laufen. Aber beim mindesten Lärmen vor meiner Zimmertür, bei der kleinsten Widersetzlichkeit von ihrer oder einer andern Seite, beim geringsten Angriff auf mich selbst, werden die drei Kugeln, womit jeder dieser beiden Läufe geladen ist, ihr und ihrem zukünftigen Söhnlein zugleich das Lebenslicht ausblasen! Das schwör' ich bei meiner Seelen Seligkeit.«

Wohl eher des Himmels Einfall als einer solchen Wendung, eines solchen Vorschlags hatten Mann und Frau sich versehen. Wohl eine Minute schwiegen beide; dann taten beide – was sie konnten. Die Frau bat flehentlich, sie doch gehen zu lassen, drohte, in Ohnmacht zu sinken, ums Kind auf der Stelle zu kommen, – zu sterben sogar; alles vergebens. Der Mann begriff anfangs gar nicht, was das heißen solle; nahm dann auch zu Bitten und zur Beteurung: daß der gnädge Herr hier in seinem Hause so sicher als in Abrahams Schoß sei! seine Zuflucht und drohte zuletzt, als gar nichts verfing, Gewalt mit Gewalt zu vertreiben und seine Leute zu Hülfe zu rufen.

To**ben blieb sich gleich. »Ich glaube allerdings«, sprach er, »daß der Herr Leute und Hülfe genug in der Nähe haben mag; aber gewiß so nahe nicht, um seine Frau vorm Tode zu sichern. Sobald sich nur ein Hund an mich wagt, nur eine Hand sich hebt, ist ihr der Kopf zerschmettert. Auch hab ich außer dem zweiten Laufe meiner Büchse noch ein paar Taschenpuffer hier, die ihre Dienste trefflich tun sollen. Ich kann übermannt werden, das gesteh ich gern. Doch drei oder vier Menschen werden mich hoffentlich dann begleiten; und dieses reizende Weibchen soll den Vorreihn vor allen haben. Dies ist so meine Art in manchen Wirtshäusern. Gefällt sie dem Herrn nicht, so sorg er dafür, daß morgen fein zeitig meine Pferde gefüttert, gestriegelt und angeschirrt sind! Jetzt aber pack er sich ohne weitre Umstände. Dieses Zimmer ist für heute nacht mein Zimmer.«

Gegen wahre Entschlossenheit verlieren Bösewichter gewöhnlich ihren Mut. So ging es auch hier. Die Frau setzte sich, und der Mann ging. In der sonderbarsten Lage von der Welt brachten unsre beiden die Nacht wachend hin. To**ben, am Tische der Wirtin grade gegenüber, vertrieb sich die Zeit mit Lesen und Schreiben, so gut er konnte. Immer hatte er dabei sein Gewehr im Arm zum Anschlag bereit. Beim kleinsten Geräusch im Hause machte er sich schußfertig. Aber auch eben so schnell zitterte das arme Weib dann sichtlicher als ein Verbrecher am Hochgerichte und bat flehentlich, sich nur nicht zu übereilen, weil ihm gewiß nichts geschähe. Wirklich nahte sich auch die ganze Nacht kein Fußtritt weiter dem Zimmer des Grafen.

Mit Tagesanbruch kam To**bens Bedienter, rief schon auf halber Treppe: daß er es sei, überbrachte die Schatulle, das Frühstück und eine sehr billige Rechnung. Der Wirt selbst ließ sich nicht mehr sehen. Der Graf bot der Wirtin auch jetzt die erste Tasse Kaffee dar, und nachdem sie dieselbe genossen, trank er den Überrest ganz gemächlich. Als er hörte, daß schon alles zur Abfahrt bereit sei, dankte er ihr lächelnd für so treulich geleistete Gesellschaft, bat, ihm solche nun auch noch bis zum Wagen zu gönnen, und führte sie so verbindlich, als ob es die erste Hofdame sei, am Arm die Treppe hinunter. An der Haustüre blieb er stehen und fragte nach dem Dienstmädchen, das er gestern hier gesehen habe und das er deutlich genug beschrieb. Sie kam zitternd aus einem Winkel hervor. Schon war des Wirts ganzer Verdacht auf sie gefallen; schon hatte er ihr, wie sie späterhin erzählte, mit schrecklichen Flüchen ihren Lohn auszuzahlen ver-

»Ich verantworte dein Durchgehn und schwöre dir, dich lebenslänglich zu versorgen!«

sprochen, sobald der Fremde nur weg sein werde. Als To**ben sie jetzt beim Tagslichte und genauer besah, fand er eine recht feine, schlanke Dirne in ihr. Er warf ihr eine volle Börse zu. »Nimm das«, sprach er, »und willst du hier bleiben, so kauf dir einen Mann damit! Traust du aber dem Hausfrieden nicht, so setze dich mit auf. Ich verantworte dein Durchgehn und schwöre dir, dich lebenslänglich zu versorgen!«

Mit einem Sprunge war das Mädchen im Wagen. Wie sie ging und stand zum Mitfahren bereit, ließ sie gern alle ihre Habseligkeiten, deren freilich nicht viel sein mochten, dahinter. Der Graf beurlaubte sich nochmals von seiner schönen Wirtin; ersuchte sie, ja der Gevatterschaft nicht zu vergessen; bat um einen Kuß zum Abschiede, und – die Reise ging dann weiter fort.

Von seinem Bedienten, der in der Gaststube geschlafen, erfuhr er nachher: daß um Mitternacht drei baumstarke Männer leise zur Haustüre hinein gekommen, mit dem Wirte in eine besondere Kammer gegangen, dann aber nach ziemlich langem Gespräche wieder fortgeschlichen wären. Das Mädchen, das schon fast ein Jahr im Hause sich befand, erzählte, daß während dieser Zeit zwei Fremde, die allda eingekehrt, am Morgen verschwunden gewesen wären, sie wisse nicht, wohin. – In der nächsten Stadt zeigte der Graf den ganzen Verlauf der Obrigkeit an. Es wurden sofort Soldaten hinaus geschickt; sie fanden aber weder Wirt noch Wirtin oder *wollten* sie nicht finden. – In eben dieser Stadt kaufte To**ben seiner Retterin anständigere Kleider. Sie blieb seine Begleiterin, vielleicht noch etwas mehr, bis Petersburg. Auch dort lebte sie verschiedene Jahre bei ihm. Endlich, als ihn der siebenjährige Krieg ins Feld rief, verheiratete er sie anständig und mit einer reichlichen Aussteuer.

August Friedrich Ernst Langbein
FRANZ LAUBLER, MÖRDER AUS WAHNSINN

Franz Laubler, der Sohn eines Fleischers in der Gegend von Augsburg, erlernte das Handwerk seines Vaters, ward in der Folge kaiserlicher Soldat, verließ aber meineidig die Fahnen zweier Regimenter, ging nach Wien und diente dort als Heiduck. Ein Jahr nachher verfiel er in Tiefsinn, forderte von seinem Herrn den Abschied und wallfahrtete nach Rom. Dann trat er unter den Truppen des Großherzogs von Toskana wieder in Dienste, entwich aber auch dort heimlich und treulos und wanderte nach Dresden.

Hier ließ er sich unter dem Vorwand, daß er von der katholischen Religion zur lutherischen übertreten wolle, von dem Diaconus Magister Hahn unterrichten. Übrigens trieb er sich ohne bestimmte Geschäfte herum. Endlich drängten ihn Mangel und Not in die Montur der Garde zu Pferde. Er stand damals in dem Alter von zweiunddreißig Jahren.

Im Dienst war er verdrießlich und träge, im Umgange mit Kameraden stolz und aufbrausend, gegen Ober- und Unteroffiziere geschmeidig und kriechend.

In den verschiedenen Quartieren, die ihm von Zeit zu Zeit angewiesen wurden, betrug er sich still, pedantischernsthaft, überklug und prahlend. Er verlangte von den Wirtsleuten viel Ehrerbietung und nahm oft den unschuldigsten Scherz als eine Beleidigung übel. Er drängte sich gern zu Geistlichen, leitete gemeiniglich das Gespräch auf die Religion und äußerte darüber sonderbare, schwankende Meinungen. Doch bemerkte man niemals an ihm eine Spur der Gemütskrankheit, die ihn vorher in Wien befiel und ihn auch endlich, ohne Zweifel, zum Mörder machte.

Er hatte schon gegen vier Jahre gedient, als man erst eine auffallende Veränderung seines ganzen Wesens wahrnahm.

Dies geschah in der Mitte des Maimonats 1726. Da meldete sein Wirt: Laubler spreche bisweilen ganz irre und benehme sich überhaupt wie ein Wahnsinniger.

Hierauf ward ein Unteroffizier zu ihm geschickt. Dieser fragte: was ihm fehle, und wie man ihm helfen könne? »Mir kann kein Mensch helfen!« antwortete Laubler: »Ich hab' ein Kreuz auf dem Herzen und verlange nichts als meinen Abschied.«

Man hielt nun für ratsam, ihn von dem Dorfe, wo er im Quartier lag, nach Dresden zu beordern. Hier entwickelte sich seine Verrücktheit von Tage zu Tage mehr. Besonders war sie in seinem rastlosen Geschwätz über Gegenstände der Religion, das eine Kette von Widersprüchen bildete, nicht zu verkennen. Er schimpfte die Katholiken, weil sie an Heilige glaubten; und in demselben Augenblick rief er: »Ihr lutherischen Ketzer, seid alle verdammt!« – Mitunter war er auch heiter und lustig. Einst sang und sprang er wie ein fröhliches Kind eine lange Weile die Stube auf und nieder und sagte dann zu den Anwesenden mit feierlichem Ernst: »Jetzt hat ein Apostel getanzt.«

Unter diesen Umständen ward seine Verabschiedung beschlossen und beruhte nur noch auf der Unterschrift des abwesenden Regimentschefs.

Indessen geschahen wiederholte Meldungen, daß sich Laublers Gemütszustand verschlimmere. Am Morgen des einundzwanzigsten Mai ging deshalb der Adjutant zu ihm. Laubler empfing ihn sehr höflich und gab auf die Frage: wohin er nun wolle? zur Antwort: »Ich geh' in die weite Welt. Da gibt es viele arme Sünder, die ich erlösen muß.« – Dann fing er an, die Lutheraner zu schelten und zu beschuldigen: Sie hätten ihn verführt und ihm seine Kirche versperrt, daß er nicht mehr habe hineingehen können. »Schweigt!« fiel ihm der Adjutant ins Wort, »könnt ihr jemand nennen, der Euch gezwungen oder überredet hat, evangelisch zu werden?« – »Das hat Gott getan!« antwortete Laubler. »Er hat mich euch Ketzern vorgestellt, um euch zu zeigen, daß ihr falsch seid!« – Der Adjutant brach das Gespräch ab und verließ den sinnlosen Schwätzer.

Einige Stunden nachher ging Laubler mit Mordgedanken aus seiner Wohnung. Er kaufte sich auf dem Markte ein großes Schlachtmesser und starke Stricke, von denen er vorgab, daß er sie zur Bändigung eines wilden schwarzen Hengstes brauchen wolle. Dann ließ er sich (nach einer selbst entworfenen Zeichnung) drei lange Nägel schmieden. »Ich bin ein frommer Soldat«, sprach er mit heiliger Miene, »und will mich bei diesen Nägeln der Kreuzigung meines Heilandes erinnern.«

Mit diesen Werkzeugen begab er sich ins Haus seines vormaligen Lehrers, des Diaconus Hahns, und verlangte denselben zu sprechen. Der Prediger saß eben bei dem Mittagessen und ließ ihn deshalb bitten, zu einer bequemern Zeit wiederzukommen. Jener bestand aber auf einer kurzen Unterredung, weil er im Begriff sei, aus Dresden zu reisen. Der Diaconus ging endlich zu ihm hinaus und fand ihn auf dem Vorplatz bei der Treppe.

Laubler fing sogleich (nach seiner gerichtlichen Aussage) ein Gespräch über die Religion an und forderte von dem Prediger die Auflösung verschiedener Zweifel. Nachdem sie einige Minuten darüber gesprochen hatten, zog der Soldat einen Strick aus der Tasche, warf ihn dem Geistlichen um den Leib und rief dazu aus: »Jetzt fang' ich dich, du falscher Engel des Lichts!« – Er wollte, wie er nachher vorgab, den Prediger an sich binden, um so mit ihm auszumachen, wer von ihnen die beste Religion habe. Jener wehrte sich und schrie nach Hülfe. Da stieß ihm Laubler das Schlachtmesser in die Brust. Der Verwundete wollte fliehen, erhielt aber von dem Mörder noch zwei Stiche in den Rücken und sank sterbend auf der Treppe nieder.

Unaufgehalten entsprang der Täter und eilte stracks ins königliche Schloß, wo er sich der Wache von der reitenden Garde als Gefangener selbst überlieferte.

Das Gerücht von dieser Begebenheit hatte sich indessen wie ein Lauffeuer durch die Stadt verbreitet. Aus allen Gassen strömte das Volk nach der Wohnung des Entleibten und forderte laut und stürmisch die Verhaftung des Mörders.

Daß der Verbrecher ein Katholik* und sein Schlachtopfer ein lutherischer Geistlicher war – dieser Umstand verdoppelte das Entsetzen und ward von boshaften Aufwieglern begierig ergriffen, um die Flamme des Religionshasses anzufachen. Der aufgereizte Pöbel wütete durch die Straßen, mißhandelte grausam alle Katholiken, die ihm in den Weg kamen, und verwüstete ihre Wohnungen. Man mußte die unschuldig Verfolgten teils durch Wachen in ihren Häusern schützen, teils an feste Sicherheitsorte bringen. Dieser grundlose Aufruhr setzte mehrere Tage lang die Stadt in Furcht und Schrecken. Die Garnison war zu schwach, ihn zu dämpfen. Doch sechs Regimenter, die in Eilmärschen aus der Provinz anrückten, stellten endlich die Ruhe wieder her.

Um den tollen Haufen zu beruhigen, und ihm jede Besorgnis eines parteilichen Verfahrens zu benehmen, ward der Verbrecher noch am Tage des Mords von dem Regimentsgerichte der Stadtobrigkeit übergeben.

Bei der Ankunft am Rathause sprach er: »Mein Herz ist nun leicht, da Gott mich gestärkt hat, einen Satan zu erlegen. Mit Freuden trag' ich diese Ketten; denn der Knecht

* Laubler hatte sich zur evangelischen Religion niemals öffentlich bekannt.

ist nicht besser als sein Herr. Christus hat gelitten; darum will ich auch leiden. Der heilige Laurentius wurde gebraten; ich will mich auch braten lassen.«

Bei keinem Verhör ließ er einen Schatten von Reue blicken. Er behauptete vielmehr keck, daß er ein gutes Werk getan habe; denn Hahn sei kein rechter Hirt, sondern ein Lästerer der katholischen Religion gewesen, ohne den Vorzug der evangelischen beweisen zu können.

Um diesen Punkt drehte sich das ganze Gewirre seiner Aussagen. Befragte man ihn über die Bewegungsgründe seiner Tat, so war er frech genug, sich auf einen göttlichen Befehl zu berufen. Als man ihm dagegen das Verbot des Menschenmordes einwandte, erwiderte er: »Gott hat dieses Gesetz zwar gegeben; er pflegt es aber bisweilen durch seine gehorsamen Knechte – deren ich einer bin – wieder aufzuheben.«

Übrigens leugnete er standhaft, daß ihn irgendein Mensch zum Mord verleitet oder gedungen habe. Dieser Verdacht des gemeinen Haufens fand sich auch nach angestellter genauen Untersuchung ganz ungegründet.

Alle Umstände dieser Begebenheit setzen wohl außer Zweifel, daß der Verstand des Verbrechers durch Religionsgrübeleien völlig zerrüttet war. Anders urteilte jedoch der vereidete Stadtarzt, der den Gemütszustand des Inquisiten pflichtmäßig prüfte. Der ehrliche Doktor (dem Philosophie und Seelenkunde wohl unbekannte Länder sein mochten) ließ sich von dem boshaften Phantasten zwei Stunden lang den offenbarsten Unsinn vorschwatzen und stellte dennoch am Ende sein Gutachten dahin, daß der Gefangene bei vollkommen gesundem Verstande sei.

Er gründete dieses Urteil vorzüglich auf das körperliche Wohlbefinden des Inquisiten, ein Maßstab, der zwar meistens, bei dergleichen Untersuchungen, von unphilosophischen Ärzten gebraucht wird, dessen Unrichtigkeit aber die tägliche Erfahrung zeigt. In jedem Tollhause findet man unglückliche Menschen, die bei vollkommen gesundem Leibe mit unheilbaren Seelenkrankheiten beladen sind.

Die Stufenfolge der Verirrungen des Sinnlosen, von dem hier die Rede ist, läßt sich nicht genau bestimmen, nur vermuten.

Laubler war, allem Ansehen nach, ein eifriger Katholik und nie ernsthaft entschlossen, sich zur evangelischen Kirche zu wenden. Er griff nur, als er sein Glück in einem protestantischen Lande versuchen wollte, zur Larve der Heuchelei. Nun mochte sein unglücklicher Lehrer etwas unvorsichtig gewesen sein und sich bisweilen harte Ausfälle gegen den katholischen Glauben gestattet haben. Dies verschmerzte der boshafte Schüler, weil er sich vom Luthertum goldne Berge versprach. Allein man nahm, wie billig, keine Rücksicht auf den leichtsinnigen Landstreicher, der seine Religion wie ein Kleid veränderte. Die Belohnungsträume des Gleißners gingen also nicht in Erfüllung. Darüber ergrimmt, brach er seinen Schulgang bei dem Prediger ab und kehrte reuevoll zum Glauben seiner Väter zurück.

Er hatte es aber mit beiden Religionsparteien verdorben

und war nun ein verachtetes Mittelding, wie die Fledermaus in der Tierwelt. Dieser unbehagliche Zustand kränkte seinen Stolz, Gewissensbisse über die vorgehabte Religionsveränderung ängstigten sein Herz, und so entstand in seinem Innersten ein Tumult, der zuletzt seinen alten, nur seit einigen Jahren schlummernden Wahnsinn wieder erweckte.

Es bildete sich nun in seiner Seele der feste, eiserne Gedanke, sein Anklopfen an die protestantische Kirche als das Signal seines Unglücks und seinen vormaligen Lehrer als das Hauptwerkzeug desselben zu betrachten.

Jedes von diesem zum Nachteil der katholischen Religion gesprochene Wort tönte und wiedertönte jetzt unablässig vor den Ohren des bösartigen Schwärmers und war ihm ein Aufruf zur Rache.

Hundert andere Bösewichter würden sie auf eine minder grausame Art genommen haben; er aber, ein Fleischer, war mit Blutgedanken vertraut. Er verfuhr auch ganz nach der Weise seiner Handwerksgenossen, die das Schlachtvieh erst binden, dann töten; und so wuchs durch ihn die große Zahl der Mörder, die durch Fleischerarbeit den natürlichen Schauer und Abscheu vor Blut verloren hatten.

Acht Wochen nach der Tat ward er gerädert. Die Hinrichtung geschah nicht wie bei anderen Fällen außerhalb der Tore, sondern – um wahrscheinlich dem Volke ein genugtuendes Schauspiel zu geben – in der Mitte der Stadt, auf einem ungewöhnlich hohen Gerüste.

Johann Carl Wezel

JOHANNES DÜC, DER LUSTIGE, ODER SCHICKSALE EINES MANNES VON GUTER LAUNE

Alle Weisheit, mit welcher uns Lehrer und Bücher als einer Universalmedizin versorgen wollen, alle sogenannten Grundsätze, die das Herz wider Kummer und Schmerz waffnen sollen, alle Ingredienzien der Glückseligkeit, die uns moralische Rezeptmacher verschreiben, tun oft – und vielleicht meistens – nicht zur Hälfte die Wirkung, die eine einzige Pflanze der Natur hervorbringt – *die gute fröhliche Laune*. Wer aus Vorurteil, Melancholie, Milzsucht oder einer andern Krankheit des Körpers und des Geistes dies nicht glauben will, der lese aufmerksam die Geschichte eines Mannes, der es durch sein Beispiel bewies – und Trotz sei ihm geboten, wenn er noch eine Minute zweifelt!

Mein Mann hieß eigentlich *Jean le Duc,* war der Enkel französischer Vorfahren, die bei ihrem Aufenthalte in Teutschland sich und ihren Familiennamen allmählich nationalisiert hatten, und nennte und schrieb sich daher geradeweg *Johann Düc*. Schon seine ersten Jahre waren eine Reihe von unglücklichen Zufällen, die jeden andern daniedergeworfen hätten und nur *ihn* nicht überwältigen konnten. Seine Eltern hielten ihn in einer Zucht, die mehr als Strenge, beinahe Grausamkeit heißen konnte; demungeachtet war er beständig der Lustigste in seiner kleinen Gesellschaft; kaum war ihm die Rute vom Rücken, so waren auch seine Tränen schon vertrocknet, und er lachte und scherzte so munter als der verzärteltste Prinz. Der Tod seines Vaters, der ihn der Dürftigkeit nahe brachte und in einem Alter erfolgte, wo er Unterscheidung genug besaß, die Größe seines Verlustes einzusehn, den er auch wirklich in seinem ganzen Umfange einsah, setzte ihn nur in eine kurze Betrübnis, ohne daß man ihm deswegen einen eigentlichen Leichtsinn beimessen darf, der nicht fühlt, weil er nicht fühlen *kann*. Die erste Stunde schlug ihn ganz nieder; seine Traurigkeit war fast der Schwermut nahe; die folgenden konnte er schon ohne Unruhe, mit gelaßner Überlegung von dem zugestoßnen Unglücke und den Folgen desselben sprechen, und den Tag darauf heiterte er diejenigen, die ihn trösten wollten, durch launichte Beschreibungen der komischen Szenen auf, die jede, auch die ernsthafteste Begebenheit insgemein begleiten und nur einen komischen Blick bei dem Zuschauer erfordern, um bemerkt zu werden, und diesen hatte ihm die Natur in einem reichlichen Maße mitgeteilt. Er machte Schilderungen von dem Aufzuge, in welchem er, sein ganzes Vermögen auf dem Rücken, das väterliche Haus verlassen würde, verglich sich mit den berühmten Armen, die er aus der Geschichte oder anderswoher kannte, und fand an sich eine Menge seltsamer Vorzüge vor ihnen – kurz, seine Armut wurde der Wetzstein seines

Witzes, und er ertrug sie desto leichter, je weniger er sie empfand und empfinden wollte.

Das Vermögen, welches ihm sein Vater hinterließ, war wohl hinreichend, seine Mutter mittelmäßig zu erhalten, aber mit ihm hätte sie schlechterdings ohne Hungerleiden nicht davon leben können: ohne viele Überlegung, aus eigner Bewegung überließ er ihr alles und wanderte aus, seinen Unterhalt zu suchen, wo er ihn finden würde. Sie ließ ihn mit Tränen von sich, allein seine Laune brachte sie so gänzlich von ihrer Betrübnis zurück, daß ihr Weinen sich zuletzt in ein Lachen verwandelte. Mit einem sehr mäßigen Zehrgelde, ohne Aussichten, ohne Bekanntschaften, als ein verlaßner Pilgrim, trat er seine Wanderschaft an, und doch hätte kein General mit der völligsten Gewißheit des Siegs seinen Marsch fröhlicher, zufriedner anfangen können.

Hier war er nun in die große, weite Welt hingeworfen! Ein verlaßner Abenteurer, der sich durch die Dornen und Hecken dieses Jammertals selbst Wege öffnen, selbst Hindernisse, Riegel und Mauern durchbrechen, übersteigen mußte, die sich einem armen Sterblichen in zahlloser Menge entgegenstellen, der aus der Dunkelheit, ohne die Empfehlung des Reichtums oder der Gunst, unter die Menschen auswandert! – Obendrein hatten sich Glück und Unglück fest vorgenommen, an ihm zu beweisen, wie viel sie über ein menschliches Leben vermöchten: er hielt ihren kurzweiligen Wetteifer geduldig aus, und wie sich ihr Spiel mit ihm verdoppelte, so verdoppelte sich auch in dem nämlichen Maße seine Fröhlichkeit.

Nicht lange hatte er seine Reise angetreten, als er schon in die Bekanntschaft einer Dame geriet – ein glücklicher Anfang! Er hatte eine starke Neigung zu dem schönen Geschlechte; doch gingen seine Ansprüche nie weiter als auf einen Kuß, eine leichtfertige Schäkerei, höchstens eine zärtliche Umarmung, und oft konnte eine Schöne seine ganzen Wünsche erfüllen, wenn sie ihm ihre Hand überließ, um sich von ihm führen zu lassen. Eines Tages, als sein bewegliches und unbewegliches Vermögen schon in nichts mehr als ein paar Hemden, der Kleidung, die er auf dem Leibe trug, und etlichen Groschen Geldes bestund, ging er auf dem Fußsteige, der nach einem Dorfe führte, pfeifend über eine Wiese hin, mit der festen Entschließung, sich in die Dienste des Schulmeisters in dem Dorfe zu begeben und ihm so lange in einer von den Verrichtungen seines Amtes beizustehn, wenn es auch das Buchstabieren sein sollte, bis ihm das Schicksal eine günstigre Laufbahn eröffnen oder ihm sein Zustand lästig sein würde. Mitten unter der Beschäftigung mit diesen Gedanken, wobei er seine Beratschlagung nach seiner Gewohnheit mit einem lauttönenden Pfeifen begleitete, wurde er in der Ferne ein Mädchen gewahr, das ihm mehr als eine Bauerdirne zu sein schien. – Anlockung genug für ihn, dem Orte zuzugehn! Noch mehr wurde er angespornt, als er bei seiner Annäherung deutlich merkte, daß sie ängstlich etwas suchte: diese Wahrnehmung wirkte so stark auf seine Füße, daß er in halbem Galoppe bei ihr ankam, als er sie grüßte und sie um die Ursache ihrer Ängstlichkeit befragte. Sie erzählte ihm mit weinerlichem Tone, daß der geliebte Brillant, der schöne, niedliche, buntgefleckte, zottichte Hund ihrer gnädigen Frau, entwischt sei und nach aller Wahrscheinlichkeit – ach! auf ewig entwischt sei; daß sie ihn ihrer Gebieterin in das Birkenbüschchen auf das Rasenkanapee habe nachtragen sollen, wo sie sehnsuchtsvoll und schmachtend auf ihn warten – ach! vergebens auf ihn warten würde; daß sie ihn nur zwo Minuten von dem Arme auf die Erde gesetzt habe, um ihrem Strumpfbande ein wenig mehr Festigkeit zu geben, und daß über dieser Operation das naseweise Tier sich entfernt und – ach! ganz aus ihren Augen verloren habe. Das Mitleid wuchs bei dem guten Düc sehr stark an, da er wahrnahm, daß das Mädchen zwo volle rote Backen auf weißem Grunde und unter den schwarzen, gewölbten Augenbraunen zwei funkelnde, verliebte Augen hatte, aus welchen gerade ein paar Tränen über den unglücklichen Zufall abwandern wollten. So vielen Ansprüchen auf Mitleid und Beistand hätte ein minder empfindliches Herz nicht widerstehn können, am wenigsten war dies in Dücs Gewalt; er erbot sich sogleich zu der tätigsten Hülfe, ließ sich den Namen des Hundes sagen, pfiff, rief, guckte, suchte und – fand. Mit Entzücken sah die Zofe den vermißten Brillant im hohen Grase wollüstig daliegen und mit leichtfertiger Verwundrung das Näschen emporziehn, als sie ihn ausschalt, daß er ihr, seiner sorgfältigsten Versorgerin, so tödliche Unruhe verursacht hatte. Sie nahm ihn triumphierend auf die Arme und glaubte, mit einem zierlichen Knickse und einem gehorsamsten Danke bei ihrem irrenden Ritter für den geleisteten Dienst loszukommen; allein das Mädchen war zu schön in seinen Augen, um mit kalter Höflichkeit vorliebzunehmen. – Er forderte schlechterdings einen Kuß; sie schlug verschämt die Augen nieder, verzog die Lippen zu einem sittsamen Ach! in ein sanftes Lächeln und – hielt den Backen hin. Er machte sich mit Überschusse bezahlt, und da Düc ein hübscher, frischer junger Mensch war, besonders eine sehr einnehmende Physiognomie hatte, so lud sie ihn zu sich auf das herrschaftliche Schloß ein, wenn sie ihm ferner irgendwomit in aller Zucht und Ehren dienen könnte. Eine solche Einladung war nach seinem Urteile wohl wert, daß er sie annahm, besonders da sie ihm einen guten Erfolg seiner Absichten versprach: er ging ihrer Anweisung gemäß in das Schloß der gnädigen Herrschaft von dem Dorfe, erfragte die Stube des Kammermädchens und erwartete daselbst, unter dem Titel eines weitläuftigen Anverwandten, ihre Rückkunft.

Zu Steuer der Wahrheit und die Keuschheit eines so hübschen Mädchens in gutem Kredit zu erhalten, muß ich jedermann höchlich versichern, daß ihre Meinung bei diesem Anerbieten ihrer freundlichen Dienste auf nichts als höchstens eine Mahlzeit gerichtet war, die ihr für einen solchen herumschwärmenden Gesellen ein passendes Geschenk zu sein schien, nach deren Genusse er sich höflichst wieder empfehlen sollte; allein Dücs Absichten erstreckten sich etwas weiter: denn als er an ihrer Seite sehr vergnügt sich gesättigt hatte und seine Schöne sich in Bereitschaft setzte, das Abschiedskompliment von ihm anzunehmen, auch ihm von Zeit zu Zeit erzählte, daß ihre

Gegenwart nunmehr bei dem Ausziehen ihrer gebietenden Frau unentbehrlich nötig sei, so merkte er so wenig auf alle diese bedeutungsvollen Winke, daß er sich sogar ganz freimütig nach der Lagerstätte erkundigte, wo er übernachten sollte. Das arme Mädchen wurde bis in ihr Innerstes bewegt, als sie aus dieser Anfrage schließen konnte, mit was für einem dreisten, unverschämten, begehrlichen Menschen sie zu tun hatte. Sie zitterte für ihren guten Ruf, den sie sich bisher mit saurer Mühe erhalten hatte; sie fühlte bei sich ein gewisses Etwas, so ein Etwas, das dem Wunsch, ihn in dem Hause zu beherbergen, nicht unähnlich war; es schien ihr sogar, daß sie es aus christlicher und menschlicher Pflicht tun müsse; aber der gute Ruf! – der warf gleich ihre Liebe und Barmherzigkeit zu Boden. Ihre Verlegenheit war aufs äußerste gestiegen, sie überlegte mit tiefdenkender Miene und niedergeschlagnen Augen, als sie mit einem ungefähren Blicke, den sie seufzend um sich warf, innewurde, daß Düc bereits sehr merkliche Anstalten zu seiner Entkleidung gemacht hatte. Ah! fuhr sie mit einem lauten Schrei bei diesem Anblicke zusammen, die Schamhaftigkeit setzte ihr den Sporn in die Seite, und mit *einem* Sprunge war sie zur Tür hinaus.

Ihr keusches Geschrei, das durch alle Winkel des Hauses bis in das Zimmer ihrer Dame gedrungen war und das gleich jedermann für einen Notschuß erkannte, brachte alles in Aufruhr. Die gnädige Dame stopfte dem Mädchen alles, was nur roch und gleich bei der Hand war, in die Nase und brachte sie mit einem äußerst stark müskierten

Briefe, den sie eben von ihrem Bruder, dem Kammerjunker, empfangen hatte, glücklich wieder zum Leben. Darauf ging das Verhör an, worinne das Mädchen mit natürlicher Offenherzigkeit den ganzen Vorfall berichtete, und kaum hatte ihre Gebieterin Dücs große Verdienste um ihren Brillant und seine originale Unverschämtheit vernommen, als sie augenblicklich Befehl gab, ihm an einem schicklichen und wohlverwahrten Orte eine Schlafstelle einzuräumen.

Des Morgens darauf mußte er sich vor seine Gönnerin stellen, die ihn bald um seiner Munterkeit und seines heitern Charakters willen mehr als hochschätzte – beinahe liebte, und da sie eine Witwe war und folglich einen zeitverkürzenden Gesellschafter sehr wohl zu brauchen wußte, so nötigte sie ihn, in ihrem Hause so lange zu bleiben, als es ihm gefallen oder die Umstände zulassen würden. So vielen Vorteil ihm diese Gunst verschaffte, so wurde er doch durch den Vorzug, den ihn die Dame auf eine vielleicht zu merkliche Weise genießen ließ, in eine Menge Verdrießlichkeiten mit ihren Anverwandten, besonders mit einem hastigen, plumpen Offiziere verwickelt, der viele Ansprüche auf sie machte und nichts weniger als günstige Hoffnung erhielt. Um diesen lächerlichen Prätendenten zu kränken und ihn womöglich gar wegzuscheuchen, gab sie ihrem Düc ungemeßnen Auftrag, die ganze Artillerie seines Witzes an ihm zu versuchen. Eine solche Aufforderung von einer schönen Dame an einen witzigen Kopf! – Das mußte Mut machen! – Er unternahm bei dem nächsten Besuche den Angriff, und die günstigen Umstände, unter welchen er ihn wagte, machten seinen Sieg unfehlbar: der ganze lachende Teil der Gesellschaft war auf seiner Seite und lachte ihm Beifall zu, um ihn aufzumuntern, um desto mehr lachen zu können. Sein überwundner Gegner verließ zwar verspottet, beschämt, verachtet den Kampfplatz, allein er nahm Ärger und folglich auch einen Groll mit sich hinweg, der ihn notwendig zur Rache antreiben mußte. Düc wurde mit Lorbeern von seiner Dame gekrönt und war durch diese Heldentat zu dem höchsten Gipfel ihrer Gunst gestiegen; aber die Höhe war zu hoch, um sich lange darauf zu erhalten.

Sein Feind war nicht imstande, auf eine feinere Rache zu verfallen, als die der Zorn einem jeden Korporal eingegeben hätte: er ließ ihm von zween Grenadieren aufpassen, die ihn mit vereinten Fäusten und Knitteln so tapfer durchprügelten, daß die Hirnschale verletzt wurde, daß ihm Ströme Blut aus der Nase hervorquollen, daß ihm der linke Arm zerbrach und fast kein Glied ohne Wunde blieb. Seine Gönnerin hatte in der ersten Hitze das zärtlichste Mitleid mit ihm, sie weinte, sie besorgte selbst seine Verpflegung, machte selbst Anstalten zu seiner Verbindung und war so geschäftig, daß sie als Mutter oder Gemahlin ihre Sorgfalt nicht hätte verstärken können. Während daß seine Wunden heilten, konnte er tausend lustige Einfälle über seinen Zustand ausschütten und Materie zum Lachen finden, wo andre geweint hätten: deswegen verließ seine Dame ihn fast keine Stunde diese ganze Zeit über und zog die Unterhaltung des Patienten der Gesellschaft aller

Gesunden vor, weil sie in keiner soviel zu lachen fand. Kaum war sein Körper wieder ausgebessert, als sich, um ihn ganz zugrunde zu richten, ein hitziges Fieber bei ihm einfand: das böse Fieber warf seine Kräfte völlig danieder, zehrte seinen Körper aus, und nun – gute Nacht, Witz und Laune! Er konnte nicht mehr lachen, ebensowenig andre zu lachen machen; sein Verdienst war erloschen und folglich auch – seine Achtung, Liebe, Freundschaft oder wie man es sonst nennen will; die höchste lodernde Flamme der Liebe war itzt ein elendes, schwaches Nachtlämpchen, das nur zuweilen aufblinkt, um bald ganz zu sterben. So eigennützig ist oft die Liebe der Schönen, daß sie nichts gibt, ohne zu empfangen, kein Konto duldet und zuweilen bei der ersten bösen Bezahlung den Handel gar schließt! Der herabgesetzte Düc wurde zwar im Hause gelitten, aber als ein Emeritus, den man nicht aus Dankbarkeit, sondern aus Wohltätigkeit unterhielt! Und wehe dem Manne, der in einem *solchen* Verhältnisse glücklich sein will! – Auch war es Düc nicht im mindesten.

Endlich wurde zwar mit seinen Kräften auch seine Munterkeit wiederhergestellt, doch er war einmal bei seiner Gönnerin gesunken: sie hatte ihn zu lange als einen verdienstlosen Sterblichen und sich als seine Wohltäterin betrachtet, als daß seinen Einfällen nicht die Hälfte ihrer Wirkung benommen sein sollte; sie lächelte kaum, wo sie sonst lachte, und vieles, was sie sonst bewundert hätte, schien ihr itzt kaum mittelmäßig. – O ihr Sterblichen, was für Macht doch eine einzige Idee, ein gewisses Licht, in welchem ihr *lange* etwas gesehn habt, über euern Kopf und euer Herz hat! Euer Gefallen und Mißfallen ändert seine ganze Richtung oft auf den Zug *eines* Gedankenblikkes, und wenn euch einmal zwo Wochen lang eine Sache schief erschienen ist, so schwört ihr gewiß ein ganzes Jahr darauf, daß sie nie gerade gewesen und nie gerade sein könne. – Diese Beobachtung konnte Düc ohne sonderliche Anstrengung machen; er machte sie und wünschte sehnlich eine Veränderung seiner Umstände – ein Wunsch, den er nur zu verstehen geben durfte, um ihn erfüllt zu sehn!

Auf die Empfehlung seiner gewesenen Gönnerin und etlicher andrer, deren Freundschaft ihm sein Witz bei seinem Aufenthalte in ihrem Hause erworben hatte, wurde er der Sekretär eines Mannes von angesehnem Stande und vorzüglicher Würde, mit welchem er kurz nach seinem Eintritte in seine Dienste an einen Hof abging. Auch in dieser Stelle gewann ihm seine Munterkeit bald die Gunst desjenigen, unter dem er stand; doch unglücklicherweise war er bei seinem vorigen Aufenthalt mit einem Bedürfnisse bekannt geworden, ohne das ihn viele widrige Zufälle verschont hätten. Wer riet hier nicht gleich auf die – Liebe? Vormals war sie bei ihm zärtliches Naturgefühl des Herzens, das sich nur furchtsam höchstens bis zu einer verliebten Schäkerei hervorwagte; doch itzt hatte der Genuß ihn Süßigkeiten kennengelehrt, die ihm unentbehrlicher wurden, je länger er sie entbehren mußte: ohne sie fühlte er eine langweilige Leere in allen seinen Ergötzlichkeiten, er empfand ein gewisses unbestimmtes Verlangen nach einem Etwas, das er sich selbst nicht nennen wollte noch konnte, seine Beschäftigungen, so gering sie waren, wurden ihm lästig, seine Gedanken liefen so unordentlich durcheinander als seine Empfindungen, er war das Spiel der tödlichsten Unruhe.

Nichts kann auf unserm Planeten leichter befriedigt werden als das Verlangen zu lieben; tausend artige und häßliche Geschöpfchen hat die Natur auf ihm hingesetzt, die nur darauf zu warten scheinen, daß jemand ein solches Verlangen empfinden möge. Auch lag wirklich wenig Wochen nach seiner Ankunft an dem Hofe sein armes Herz schon fest in Ketten und Banden: er war der Günstling einer von den Mätressen des Fürsten.

Zwischen diesem Hofe und dem Hofe des Ministers, bei welchem er war, wurden damals Traktate gepflogen, die ohne Intrigen auf keiner Seite zustande kommen konnten. Dem armen Düc widerfuhr ohne sein Wissen und Willen die Ehre, daß er zum Werkzeuge gewählt wurde, das jene Sirene nach ihrem listigen Plane regierte, und er folgte blindlings ihrem Zuge, wohin sie ihn nur lenkte. Er liebte sie so eifrig, so zärtlich, so feurig als ein Schäfer, in dessen Busen die ersten keuschen Flammen für eine Chloe auflodern; sie schien vollends ganz *eine* helle, große Feuersbrunst zu sein, daß er selbst mitleidig besorgte, sie möchte mit Leib und Seele verzehrt werden; aber du armer, betrogner Knabe! – Es war nur ein Blendfeuer, ihre ganze Liebe – List, Verstellung, Täuschung.

Sie schien sich an seiner Aufgeräumtheit ungemein zu ergötzen, und jedesmal, wenn der Fluß seines Witzes am stärksten strömte und seine Vorsichtigkeit am wenigsten

… itzt hatte der Genuß ihn Süßigkeiten kennengelehrt, die ihm unentbehrlicher wurden, je länger er sie entbehren mußte.

auf der Hut sein konnte, setzte sie an, ihm durch versteckte Wendungen das Geheimnis seines Herrn abzulokken; allein sie erfuhr nichts, weil er nichts davon wußte. Der Minister, sosehr er ihn um seiner guten Laune willen liebte, setzte eben um ihretwillen ein Mißtrauen in seine Behutsamkeit und verhehlte ihm die wichtigsten Angelegenheiten sorgfältig, um ihn nicht der Gefahr einer Verschwiegenheit auszusetzen, die ihm in vielen Fällen, besonders bei dem Frauenzimmer, hätte schwer werden können. Doch seine Göttin, die sich diese äußerste Vorsichtigkeit von seiten des Ministers nicht vorstellen konnte, erklärte seine anscheinende Rückhaltung für Verstellung und fand sich doppelt durch sie beleidigt; er mußte nach ihrer Voraussetzung ihre Liebe, mit welcher sie ihm zuvorgekommen war, zu wenig schätzen und sie weniger lieben, als sie nach ihrer Meinung verdiente. Was für mächtige Ursachen zum Zorne! Ihre Ehre war auf allen Seiten gekränkt: sie mußte aufgebracht sein, daß sie ihre Herablassung an einen Unerkenntlichen verschwendet hatte; sie mußte aufgebracht sein, daß ihr das ganze wohlausgesonnene Stratagem vereitelt wurde, daß sie ihr Wort, ihn zu hintergehn, umsonst gegeben hatte; der Ruhm ihres Verstandes, ihrer Feinheit, ihrer List, der Ruhm der weiblichen Gewalt über das männliche Geschlecht geriet in Gefahr: sie schien sich selbst ein betrognes, verachtetes, blödsinniges, überlistetes Weib – ein Weib, von einem Manne überlistet! Himmel! Das sind ja Aufforderungen, um vor Wut zu rasen!

So viele Beleidigungen forderten schlechterdings Rache: ihr Ehrgeiz trat mit der Liebe in ein Bündnis – und beide brüteten ein gar herrliches Projektchen zu Dücs Untergange aus. Er wurde wegen einer andern Sache, um welche er notwendig wissen mußte, noch einmal von ihr auf die Folter gebracht, und in dem vollen Laufe seiner Lustigkeit ließ sich der gute Narr fangen: er wurde offenherzig, und zwar so sehr, daß er sich einige seiner eignen Urteile und zuletzt sogar bittre Spöttereien darüber entwischen ließ, die eine schwache Seite des Hofs empfindlich angreifen mußten. Kaum hatte sie ihn im Netze, als sie triumphierend forteilte, seine Übereilung zu seinem Schaden zu nützen; sie entdeckte alles – versteht sich, mit wohlangebrachten Zusätzen und Verschönerungen! –, und in wenig Tagen war der ehrliche Johannes Düc von seiner Geliebten, von dem Minister verabschiedet und obendrein im Gefängnisse.

Viel auf einmal! Aber doch nicht genug, seine gewöhnliche Gleichmütigkeit zu überwältigen! – Seine Situation selbst gab ihm in den ersten Tagen seiner Gefangenschaft Stoff zum Lachen; der Kerkermeister, die andern Gefangnen kamen, sich von ihm belustigen zu lassen, und da dieser Zeitvertreib erschöpft war, verliebte er sich in die Tochter des Kerkermeisters.

Sie war oft mit ihrem Vater und der übrigen werten Familie seine Zuhörerin gewesen und wünschte bald, es öfter ohne eine so ansehnliche Begleitung sein zu können. Die Gelegenheit zeigte sich, wo sie ihm ganz allein einen Besuch abstatten konnte, und bei diesem ersten Besuche kam es schon so weit, daß sie ihn schlechterdings wiederholen *mußte,* wenn sich auch ihre ganze Anverwandtschaft vom ersten Urgroßvater an in corpore dawidergesetzt hätte. Er scherzte, tändelte, schäkerte, küßte die Zeit mit ihr hinweg, bis sich endlich die väterliche Autorität wegen verschiedener Bedenklichkeiten ins Mittel schlug, das Mädchen aus dem Hause zu einer alten Muhme tat und also den Knoten des Romans mitten entzweischnitt. Wirklich war auch der rechte Punkt getroffen, denn noch *eine* Zusammenkunft! – und die Liebe hätte ihnen einen Streich gespielt, den Düc gewiß hinterdrein bei gesunder Überlegung gern verbeten haben würde.

Sein Herz war also wieder müßig: Wo sollte es sich nun hinwenden? – Sein Witz half ihm. Er verfertigte sich aus der Wäsche, die man ihm mitgegeben hatte, eine Puppe, ein Ungeheuer, das kaum einem Wesen in der ganzen Schöpfung und noch viel weniger einem Mädchen ähnlich sah. Die Puppe wurde seine Geliebte, er küßte, er wiegte sie auf dem Schoße, er sagte ihr die schmeichelndsten Süßigkeiten, – kurz, tat wie alle Sterblichen, wenn sie nichts zu tun haben – spielte mit der Puppe.

Seine Sache war indessen entschieden, und er sollte wieder auf freien Fuß gestellt werden; doch um zu sehn, wie weit seine Erfindung steigen würde, ließ man ihn noch einige Zeit im Gefängnisse und befahl, ihm seine Puppe heimlich wegzunehmen. Sie hatte wahrhaftig durch die Gewohnheit, sie als seine Geliebte zu betrachten, unschuldigerweise Anteil an seinem Herze bekommen, und ihr Verlust war ihm fast so schmerzlich als der Verlust einer Geliebten mit fleischernen Rosenwangen und fleischernen Lilienhänden. Er machte Elegien auf ihre Trennung, ließ sich eine alte Zither bringen und sang seine Trauerlieder mit einem karikaturmäßigen Schmerze darein. Auch dieser Zeitvertreib war bald abgenutzt. Endlich kam er auf den Einfall, seinen Aufseher im Tanzen zu unterrichten: der steife Alte mußte jede Stunde, die er missen konnte, seine ungelenken Füße zu Dücs Vergnügen hergeben. Das Lernen ging sehr langsam vonstatten, und die Ungeschicklichkeit des Lehrlings, der mit aller Mühe nicht ein rechtschaffnes Pas herausbrachte und die seltsamsten Bocksprünge machte, diente dem Meister zum beständigen Gegenstande des Lachens, und selbst in den Stunden, wo seine Unterweisung nicht stattfand, unterhielt ihn das Andenken daran.

Endlich wurde er befreit, und seine Gefangenschaft hatte ihm wenigstens dazu genützt, daß ihn seine Aufführung während derselben verschiedenen Personen von Stande merkwürdig gemacht hatte, worunter ihm einige ihr Haus anboten.

Allen andern Anerbietungen zog er das Haus einer Dame vor, einer reichen Witwe, vielleicht mehr aus Phantasie als aus überlegten Gründen, wenigstens hätte er sich in seiner Wahl außerordentlich betrogen, wenn er mit Überlegung zu Werke gegangen wäre. Sie war nichts weniger als geschickt, einen Mann gehörig zu behandeln, den das Schicksal einige Stufen unter sie und die Natur ungleich mehrere über sie gesetzt hatte. Sie war zwar beständig in der großen Welt gewesen und kannte sie, allein sie war ein deutlicher Beweis, daß es ein mächtiger

Unterschied ist, die *Zeremonien* der großen Welt und die *Sitten* der großen Welt gelernt haben. In jenen war sie ein Muster; aber diese, die sanfte nachgebende Politesse, hinter welcher sich die Größe gleichsam wie hinter einem Schleier verbirgt, um nicht durch ihren Glanz zurückzuschrecken, um andre ihre Niedrigkeit weniger fühlen zu lassen und die Ehrerbietigkeit weniger schwer zu machen – diese Fertigkeit *wirklich* großer Personen kannte sie ganz und gar nicht, sie hatte vielmehr das völlige Steife und auffallende Stolze einer Dorfmonarchin, die sich nicht größer dünkt, als wenn sie andre empfinden läßt, wie hoch sie sich selbst schätzt.

Armer Düc! Nun wird's um deine Laune geschehn sein! – sollte man denken; aber nein! auch diesen Sturz hielt sie glücklich aus: nichts litt sie dabei, als daß sein Witz, statt munter zu sein wie vorher, itzt allmählich beißend wurde. Das demütigende, niederschlagende Betragen seiner Gebieterin mischte eine Bitterkeit darunter, die ihn aus dem aufheiternden, lebhaften Gesellschafter zum pikanten Satiriker machte. Diese einzige Schadloshaltung verstatteten ihm seine Umstände, daß er sich aus der Tiefe, in welche er von dem Stolze jener Übermütigen niedergedrückt wurde, gleichsam zu seiner natürlichen Höhe wieder erhub, wenn er bei sich in der Einsamkeit oder unter Freunden ihn mit der unbarmherzigsten Satire durchzog: Er lachte mit ihnen über seine komischen Beschreibungen davon und konnte außer der Gegenwart seiner Dame so froh sein, als wenn er nicht das schwerste Joch trüge – das Joch des Stolzes. Mit der Zeit nahm aber doch die Bitterkeit seiner Empfindung zu und verwandelte sich allmählich mehr und mehr in Ärger; sein Stolz bekam mehr die Miene des Unwillens; und da zween Stolze unmöglich nebeneinander Platz haben, ohne sich die Köpfe zu zerstoßen, so nahm er, weil er kein Liebhaber von Kopfstößen war, die klügste Entschließung und wich.

Freilich war er nach Verlassung dieses Hauses in nicht viel bessern Umständen, als wie ihn die Kindmutter auf die Welt setzte; aber Freiheit! – Diese süße Idee und noch süßere Empfindung gab ihm einen genugsamen Teil seiner guten Laune wieder, um bei dem Mangel glücklicher zu sein als bei dem verlaßnen Überflusse, den ihn Zwang und Überdruß nur halb genießen ließen. Er wanderte in der festen Entschließung aus, seinen guten Mut auf die Probe zu stellen, ob er auf dem Meere so gut aushalten könne, als er bisher auf dem festen Lande getan hatte. Er fand zu seinem Glücke auf dieser Pilgrimschaft einen alten Freund, der ihn mit einem Zehrgelde versorgte, ohne das er nicht anders als durch Betteln nach Amsterdam hätte kommen können, wo er eine Stelle auf einem Schiffe suchen wollte. Eines Abends, als er singend und pfeifend seinen Weg daherging, um in dem nächsten Dorfe zu übernachten, wurde er mitten in seiner Lustigkeit von Räubern überfallen. Er warnte sie mit aufgeräumtem Tone, als sie ihm eine Pistole auf die Brust hielten, ihr Pulver nicht an seinem Leben zu verschwenden, weil es ihnen die bei ihm zu hoffende Beute unmöglich wieder ersetzen würde. – »Ich will euch Ökonomie lehren«, setzte er hinzu, »ohne zu schießen, ohne Zorn, Zank und Hader wollen wir in Ruh und Frieden miteinander teilen. Hier ist mein ganzes Vermögen« – wobei er seinen Geldbeutel in den Hut ausschüttete –, »ihr bleibt vermutlich hier auf dem Flecke und lauert auf jemanden, der euch eure Mühe reichlicher bezahlen kann, aber *ich* muß noch bis nach Amsterdam. Wenn ihr's nicht sonderlich nötig habt – wir wollen zur Hälfte teilen.« – Die Diebe lachten und willigten in den Vertrag; allein sie betrogen ihn, denn gleich darauf fielen sie ihn noch zu verschiedenen Malen an und teilten so oft mit ihm, bis ihm nichts mehr zu teilen übrigblieb. – »Nu gut!« sagte er bei der letzten Teilung, »wenigstens wollen wir diesen Rest im nächsten Wirtshause zusammen vertrinken, damit ich doch *etwas* von meinem Gelde genieße; nicht wahr, so gutherzig seid ihr?« – Sie gingen miteinander, führten seinen Vorschlag aus, und die Räuber waren von seinem guten Mute und seiner fröhlichen Laune so bezaubert, daß sie ihm das Geraubte bis auf den Pfennig wiedergaben. Er dankte ihnen freundlich und setzte seinen Weg glücklich bis Amsterdam fort.

Er tat eine Reise nach Ostindien; alle traurigen Zufälle der Schiffahrt vereinigten sich auf dieser ersten Seereise, und doch war er beständig der Heiterste, der Fröhlichste und mußte oft den Tadel des Kapitäns darüber erdulden, dessen Ernsthaftigkeit sich mit seiner Aufgeräumtheit nicht vertragen wollte. Er spottete über die Wellen, scherzte mit ihnen, forderte sie heraus, lachte des Sturms, wenn andre auf ihn fluchten oder über ihn winselten.

Obgleich Dücs Geschichte buchstäblich wahr ist, so

wird er doch, so gut als in dem besten Romane, auf einer so kurzen Fahrt verschlagen, und zwar an eine Insel, die damals mit den Holländern noch in keiner Verbindung stand. Die Einwohner forderten sie mit den lächerlichsten Zeremonien durch einen Gesandten, der vom Kopf bis auf die Füße mit bunten Federn geschmückt war und tanzend die Kriegserklärung absang, förmlich zum Treffen auf. Der Kapitän, ein jachzorniger Mann, war gleich bereit, den Gesandten und die kleine Armee, die sich von fern blicken ließ, daniederzuschießen; doch Düc rettete sie durch seine Vorbitte, erbot sich zum Abgeordneten an sie und besänftigte durch sein friedliches Betragen ihren Zorn.

Bald darauf kamen sie zu einer andern Insel, die leer von Bewohnern zu sein schien und wo sie Wasser einnahmen. Düc ging mit denen, die das Wasser holten, ans Land; sie mußten tief in die Insel hineinwandern, um einen Quell zu finden, und unterdessen riß eine schnelleinbrechende Flut ihr Boot los, trieb es in das Meer zurück, und das Schiff, das sie schon längst aus dem Gesichte verloren hatten, wurde von dem nämlichen Strome, ohne daß sie es wußten, weit von ihnen entfernt. Einige von ihnen folgten trostlos den Krümmungen des Flusses, auf welchem sie hereingefahren waren, um so vielleicht zu dem Meeresufer ohne Verirrung zu gelangen und dem Schiffe zuzurufen, das sie nichts weniger als so weit von ihnen weggetrieben glaubten. Sie kamen wohl nach unendlichen Beschwerlichkeiten, durch Sümpfe und über Felsen dahin, aber – da war kein Schiff! Sogar ihr letzter Trost war nun erschöpft; sie vermuteten die Ursache von der

Verschwindung des Schiffes und gaben sich, dieser aus Verzweiflung, jener aus mutloser Gelassenheit, willig darein, auf diesem öden Flecke Erdreich zu verhungern. Schrecklich war es allerdings, sich auf ein Stück Fels mitten in unermeßlichen Wassern hingesetzt zu sehen, auf einem Platze, den wahrscheinlicherweise niemand befuhr, wenn ihn nicht der Sturm oder ein andrer Unfall hinschleuderte, ohne Anschein von Rettung, in der gewissen Erwartung eines quälenden Todes; denn der Boden brachte kaum etliche Halmen Gras hervor und schien eßbare Früchte gar nicht zu kennen; die Wasserfässer und ihre Kleider waren alles, was sie besaßen, ihre Bequemlichkeiten und ihre Reichtümer. Sie beratschlagten lange, ob sie auf der Stelle sterben oder den höchst mühsamen Weg noch einmal wagen sollten, um ihren zurückgelaßnen Gefährten die Nachricht von der Gewißheit eines Schicksales zu überbringen, das sie bald fühlen mußten; Düc, der unter diesen Abgeordneten war und dessen Hoffnung nur mit seinem Atem ausging, riet zu dem letztern und riß seine Kameraden mit einer Art von freundschaftlicher Gewalttätigkeit fort. Die Zusammenkunft war, wie leicht zu erachten, höchst traurig, und Düc wurde sehr gehaßt, daß er das Traurige davon weniger empfand und die andern weniger empfinden lassen wollte. Der Hunger nahm mit jedem Tage zu, und die Vermutung, ihn zu stillen, nahm mit jedem Tage ab: denn bei fernerer Untersuchung fanden sie auf ihrem Wohnorte mehr Felsen und weniger Boden und außer einigen sparsamen Kräutern, die am Rande eines Baches wuchsen, nicht das mindeste Gewächs, keinen Baum, kein Tier, außer einigen kurzen Gesträuchen, die zerstreut an der einen Meerseite stunden, die sie am schicklichsten für ihre Wohnung fanden. Dücs Gefährten, sonst mutige Flucher, verzweifelten und faßten den schrecklichen Entschluß, sich ins Meer zu stürzen, um einen unvermeidlichen Tod zu beschleunigen. – »Narren«, rief Düc bei einer solchen Beratschlagung, »was soll ich allein hier anfangen? Die Zeit wird mir lang. Wir wollen das Gras der ganzen Insel erst einernten, und wenn unsre ganze Ernte aufgezehrt ist, denn steht es uns ja immer frei, ob wir eines nassen oder trocknen Todes sterben wollen.« – Er stellte ihnen seine Abneigung, sich selbst den Fischen und Ungeheuern des Meeres zu servieren, und seine Furcht, von ihnen verschlungen zu werden, so komisch vor, malte ihnen den kleinen, armseligen Rest von Hoffnung und die Art ihrer Erhaltung und künftigen Lebensart so lebhaft, so munter ab, daß er sie, bis auf einen, von ihrer Verzweiflung zurückbrachte, der unter allen der Mutloseste war und in dem Taumel der Verzagtheit sich geradezu in die Wellen warf, ohne ein Wort hören zu wollen.

Die übrigen sammelten auf Dücs Rat und unter seiner Anführung jeden lebendigen Halm ein, dessen sie nur habhaft werden konnten, und machten eine Höhle zum Magazin, wo sie den getrockneten Vorrat sicher vor Regen und andern Zufällen aufbewahrten. So unangenehm auch der Geschmack dieser Nahrung und so kümmerlich überhaupt dieser Unterhalt war, so erhielt sie doch Dücs Heiterkeit unbeschädigt und teilte sich auch seinen Gefährten so weit mit, daß sie wenigstens nicht über ihr Schicksal murrten, wenn sie sich gleich nicht darüber erheben konnten. Das Bedürfnis machte sie so sinnreich, daß sie mit den zerschlagnen Dauben eines Wasserfasses, die sie an einem Ende mit Messern, ihrem einzigen Handwerkszeuge, zuspitzten, Fische ungemein fertig aufspießten, wenn sie sich am Rande des Wassers blicken ließen. Im kurzen erhöhte die Übung ihre Fertigkeit zu einem Grad von Unfehlbarkeit, die ihnen fast niemals ihre Beute entwischen ließ; doch was nützte ihnen eine Speise, die sogleich von der Fäulnis verdorben wurde und die sie gleichwohl aus Mangel des Feuers und Brennholzes nicht zum Genusse zubereiten konnten? – Der Zufall kam ihnen zu Hülfe: sie entdeckten eine salzige Quelle, in welcher sie die getöteten Fische einlegten, um sie, wenn sich nach ihrer Meinung Salz genug hineingezogen hatte, von den Winden, die bisweilen sehr heftig und scharf bliesen, trocknen zu lassen.

Dücs wohlgenährter, ausgestopfter Körper, den er auf die Insel in dem blühendsten Zustande mitbrachte, litt durch diese nicht sonderlich nahrhafte Kost keine merkliche Veränderung, seine Gesundheit ebensowenig und folglich auch seine Laune nicht, die mit jener bekanntermaßen immer in gleichem Schritte geht. Desto schlimmer waren seine Gefährten daran; einer starb, die andern waren insgesamt krank und rückten täglich dem Tode näher; die Munterkeit ihres Kameraden vermochte über ihre abgemergelten Gerippe und vertrockneten Nerven nichts; sie wurde ihnen gar zur Last. Sie bedauerten es insgesamt sehr vielfältig und machten ihrem Ratgeber bittre Vorwürfe darüber, daß er sie von ihrem Vorsatze, sich ins Meer zu stürzen, zurückgebracht hatte, und ob es gleich noch immer in ihrem Belieben stund, ihn auszuführen, so hatten sie doch weder Kräfte, Feuer noch Mut genug, ihn nur zu fassen, und konnten nichts als weichmütig klagen. Düc wies ihre Beschwerden mit einem lustigen Einfalle ab und ermahnte sie, seinem Beispiele zu folgen, ihre Betrübnis, die sie sonst im Branntewein ersäuft hätten, itzt im Wasser ertrinken zu lassen, wobei er ihnen aus dem Bache auf die Gesundheit seines dicken Bauchs zutrank. Er versicherte, daß er bei Gras und halbverfaulten Fischen mit seinem Bauche der holländischen Nation mehr Ehre mache als der Statthalter zu Batavia, der dem Gerüchte nach so mager als eine vertrocknete Sardelle sei, ob er gleich in einer Mahlzeit mehr zu sich nähme, als sein Magen auf dieser Insel wahrscheinlicherweise jemals zu sehen bekommen würde, und wenn er ein ganzes Jahrhundert hier zubrächte! »Dafür hat er nicht, was ich habe«, setzte er hinzu, »– fröhlichen Mut! Er soll so sauertöpfisch und mürrisch sein als ein indianischer Affe.« – In einer solchen Laune schwatzte er die Zeit, Kummer und Hunger hinweg; doch seine Aufgeräumtheit tat bei seinen Gefährten eine widrige Wirkung: wie allen Menschenkindern diejenigen unter ihren Brüdern zur Last sind, zu deren Fröhlichkeit sie sich nicht erheben können, so wurde er ihnen unleidlich und endlich gar verhaßt; sie hießen ihn schweigen, sie jagten ihn unwillig von sich.

Noch mehr! Als er einst schlief, faßten sie gar den

grausamen Entschluß, sich mit seinem noch ziemlich fleischigen Körper bessere Nahrung und bessere Kräfte zu verschaffen: sie wollten ihn umbringen, und einer, der jederzeit das menschenfeindlichste, mürrischste Tier des Erdbodens gewesen war, zog schon sein Messer hervor. Die Verzweiflung hatte alle Federn seiner Seele angespannt, um diesen Vorsatz hervorzubringen; doch da er zu abgemergelt war und sein träges, faulendes Blut seine Grausamkeit nicht unterstützte, so entsanken ihm Mut und Messer, und er unterließ eine schreckliche Handlung, die er bei mehr körperlicher Stärke zu Anfange dieses traurigen Aufenthaltes gewiß begangen hätte, wenn ihm Düc schon damals so verhaßt gewesen wäre als itzt. Inzwischen waren sie einmal auf den blutdürstigen Gedanken gekommen, ihren Hunger mit dem Fleische ihres Kameraden zu stillen, und einer unter ihnen tat den Vorschlag, ökonomisch dabei zu verfahren und sich indessen mit den Waden zu begnügen; man billigte seinen Rat und rüstete sich zur Ausführung. Sie fielen insgesamt plötzlich über ihn her, hielten ihn fest, und einer schritt zur Operation. Kaum hatten sie ihn angegriffen, als er auffuhr. – »Was soll das?« fragte er verwundert. – »Halt still, oder du kömmst um dein Leben!« war die Antwort, wobei ihm der Exekutor, um ihn zu schrecken, das Messer an die Kehle setzte. – »Lieben Kinder!« sagte Düc, der seine Fassung nur auf einige Augenblicke verloren hatte, »habt ihr auf einmal so viele Lust zum Spaßen bekommen?« – So wand er sich los, was ihm bei so schwachen Gegnern ungemein leicht wurde, und stellte sich mit seinem eignen

Messer unter possierlichen Gebärden zur Gegenwehr. Seine Feinde hungerten im Ernst, weswegen sie am Spaßen keinen Geschmack fanden, sondern ihn überwältigten, daß ihm also nichts übrigblieb als – kapitulieren.

»Sagt mir nur«, fing er an, »warum? was? wie?« und dergleichen mehr! »Erstlich, was wollt ihr?« – »Deine Waden!« schrie man, setzte sogleich das *Warum* und statt des Schlusses eine abermalige Drohung mit Lebensgefahr hinzu. –

»Meine Waden! Wenn's weiter nichts ist! – Warum habt ihr nun nicht das Vertrauen zu euerm Kameraden und sagt so etwas gerade heraus? Lieber hättet ihr den dummen Streich begangen, mir beide Waden abgesäbelt und mich auf Lebenszeit gelähmt; ich will euch einen viel vernünftigern Rat geben. Meine Hinterbacken sind ein viel größerer und herrlicherer Bissen, von dem ihr euch lange ohne meinen Schaden nähren könnt; nur *das* bedinge ich mir aus, daß ich den Vorgriff habe; denn eigentlich ist es doch mein Eigentum. Wohlan! Ich will euch bewirten, so kostbar als kein König traktiert. Schneide zu, Mann!« –

In dem Augenblicke wollte er sich in die zur Operation bequeme Lage versetzen, der Vorschneider machte sein Instrument zum Schnitte fertig – pump! gab ihm Düc einen fühlbaren Stoß mit dem Fuße ins Gesicht, daß er rücklings niederstürzte, schrie aus vollem Halse: »Schiffe! Schiffe!« – Die ihm den Oberleib hielten, sahen sich nach einer Sache, die sie so sehnlich wünschten, begierig um, ließen darüber ihre Hände erschlaffen, er sprang auf, rennte nach dem Ufer zu, gerade ins Wasser hinein, so tief er konnte, und entwischte glücklich in eine nahe Felsenkluft an der linken Seite der Insel, wo er sich vor der Wut seiner Gefährten verbarg.

Was hatte er aber nun gewonnen? – Sein Zustand war itzt unendlich trostloser: den Tag über schlief er, und des Nachts schlich er herum, die Magazine seiner Gefährten zu plündern und die Salzquelle zu berauben. – O Himmel! Wenn doch nur vier oder fünf Menschen auf *einem* Flecke dieser Erdkugel *zusammen* leben könnten, ohne zu streiten und zu kriegen! Hier sitzt ein Trupp von sechs Personen auf einem öden Stücke Fels in der dürftigsten Verfassung, ohne alle die gewöhnlichen Reize der Leidenschaft und der Habsucht, und doch ist schon innerlicher Krieg! Da sie nicht um Geld und Länder kämpfen können, so kämpfen sie um ihre – Waden: schon vertreibt eins das andre, schon will eins das andere verhungern lassen! – Und der Krieg war gewiß äußerst ernsthaft; denn nicht viel fehlte, so rieb er beide Parteien auf; auch starb wirklich einer von Dücs Feinden in wenig Tagen.

Wer sollte es vermuten? Das Schiff, das von seiner Bahn unendlich weit weggetrieben worden war und sie so lange ihrem traurigen Schicksale hatte überlassen müssen, kam auf seinem Rückwege – in der Absicht, die Zurückgelaßnen aufzusuchen, oder durch einen günstigen Zufall – wieder nach dieser In-

sel zu. Ohne daß man erwarten konnte, noch jemanden lebendig anzutreffen, schickte man ein Boot dahin ab, welches außer unserm Düc nur noch einen am Leben fand; diese beiden wurden itzt, da sich einer so gut als der andre füttern konnte und keiner etwas zum voraus hatte, wieder herzensgute Freunde und Düc, dessen Munterkeit in der letzten einsamen Periode einen großen Stoß erlitten hatte, wieder der vorige Düc, sobald sein Bauch und seine Waden wieder rekrutiert waren. Er tat die Reise nach Ostindien noch zu verschiedenen Malen, gelangte zu einigem Vermögen, fing einen eignen Handel an und handelte sich reich.

Da er Reichtum bekam, so war für einen Menschen von Dücs Zusammensetzung nichts natürlicher als der Gedanke, ihn mit einem Mitgeschöpfe zu teilen, das ihm durch ihre Gemeinschaft den Genuß desselben erhöhte, das heißt in gewöhnlichem Teutsch – sich eine Frau zu suchen, und da der Geruch des Reichtums sehr bald Mitesser herbeilockt, sobald man nur die mindeste Miene macht, dergleichen zu verlangen, so war er ohne Schwierigkeiten verlobt, verheiratet und in der gehörigen Ordnung Mann und Vater; allein die Prüfungen seiner guten Laune waren noch nicht vorüber; denn der Himmel gab ihm eine *weise* Frau – eine Frau, die mit tausend guten Eigenschaften geschmückt war, die jeden andern Mann überglücklich hätten machen können und unter welchen eine einzige und die vorzüglichste Dücs Unglück war: sie hatte gerade soviel Verstand als ihr Mann Witz und beinahe soviel Ernsthaftigkeit als ihr Mann Aufgeräumtheit.

Durch welche Bezauberung der gute Knabe dazu kam, daß er gerade eine Frau wählte, die dem ersten Anscheine nach für ihn gar nichts Anziehendes hätte haben sollen, die so völlig sein Antipode war, daß noch nie zwei so ungleichartige Dinge zusammen gepaart worden sind – und wie er bei völliger Freiheit, ohne gezwungne Rücksicht auf Geld, ohne Verblendung von Schönheit eine solche mißhellige Wahl tun konnte, das weiß allein der Himmel, der Herzen und Hände auf dieser Welt miteinander vereinigt; ich meines Orts kann nach meinem schriftstellerischen Gewissen weiter nichts mit Gewißheit berichten, als daß er auf das Kommando des Pfarrs den Ring mit ihr wechselte und daß sie ihm zu gehöriger Zeit einen Sohn lieferte, der Andreas getauft wurde und eine so verkehrte, wunderseltsame Kreatur war, als man von einer Zusammensetzung aus so widerstreitenden Elementen erwarten konnte.

Düc hatte im Grunde nicht mehr Verstand, als man braucht, um Witz haben zu können; er war daher häufigen Übereilungen in Urteilen ausgesetzt, und seine Schlüsse waren oft so unzusammenhängend, daß jeder, der auch niemals nach barbara celarent geschlossen hatte, ihre Unrichtigkeit sehr deutlich fühlte; da der Gang seiner Ideen überhaupt nur sprungweise geschah, oft mit so weiten, meilenlangen Schritten, daß Leute, deren Kopf höchstens nur in einem stillen, sittsamen Trabe fortschritt, den armen Düc mit seinen weiten Gedankensprüngen bona fide für verrückt hielten, so war nichts leichter, als ihn mitten in seinem Hüpfen und Herumtummeln aus dem

Sattel zu heben, wenn man mit gesetztem, kaltem Verstande auf ihn losging; ohne daß er bei einem solchen Sturze eigentlich aus der Fassung geriet, trieb ihn seine Lebhaftigkeit meistenteils so hastig wieder fort, daß er oft schon von neuem stürzte, wenn er kaum aufgestanden war. Dabei hatte er das Unglück, daß er nie zürnen konnte; seine gute Laune und seine natürliche Gutherzigkeit ließen ihn gar nichts Schmerzhaftes dabei empfinden, unrecht zu behalten, und sein Gegner genoß seinen Triumph, ohne daß Düc es merkte, daß man über ihn triumphierte; kurz, er war vortrefflich zum Angriffe, aber ungemein schlecht zur Verteidigung. Eine so friedfertige Eigenliebe, so vielfältige Übereilungen, Bocksprünge und so wenige Verteidigungskunst – welche Einladungen für eine Frau, die Verstand hat, ihren Verstand fühlt, dabei Eitelkeit genug besitzt, ihn andre fühlen zu lassen, und zu viel Stolz, um es nicht mit Schwert und Feuer zu ahnden, wenn jemand mehr Verstand haben will als sie! Welche Anlockungen, ihren guten Mann mit ihrem Verstande so wacker zu quälen, daß er um sein eignes Bißchen darüber kommen möchte! – Sie mochte wohl mehrenteils die Sachen besser einsehen, reiflicher überlegen, richtiger beurteilen und also wohl in den meisten Fällen recht haben; aber es ist doch eine wahre Grausamkeit, immer recht zu behalten und dem andern gar niemals das süße Vergnügen zu gewähren, daß er die Wahrheit gefunden hat. Von einer solchen Verfeinerung war ihre Menschenliebe weit entfernt; ohne ihrem Manne unhöflich oder hitzig zu begegnen, schwatzte sie ihn mit der besten Art so danieder, daß er allemal das Unrecht auf seiner Seite hatte, ohne daß ihm Unrecht geschehen zu sein schien. Was mußte erfolgen? – Er fühlte in der Länge eine starke Unbehaglichkeit in ihrer Gegenwart und besonders in ihrem Gespräche; er konnte sie nicht hassen – denn sie beleidigte ihn nie durch Grobheit oder Ungestüm –, aber er konnte sie auch nicht lieben, er hätte denn gar kein Fünkchen Eigenliebe haben müssen; die Neigung, sich zu belustigen, war bei ihm die herrschende, bei seiner Frau wurde sie nicht sonderlich befriedigt: die natürliche Folge war also, daß er Örter und Gesellschaften suchte, wo sie besser befriedigt werden konnte.

Gleichwohl riß ihn diese Partie, ob es schon die einzige und natürlichste war, die er fassen konnte, in einen Wirbel von Zerstreuungen, Lustbarkeiten und Ergötzlichkeiten hin, die ihn allmählich von der Aufmerksamkeit auf seine Geschäfte ganz abzogen, die seinen Aufwand vergrößerten, indem sie die Quellen seiner Einnahme verringerten, ihn unfähig machten, neue aufzusuchen, und die alten denen preisgaben, denen er seine Angelegenheiten zu besorgen überließ. Sein Leben war eine Reihe von Lustreisen, von Picknicks und andern gesellschaftlichen Partien: keine Koterie, kein Kränzchen, kein Club, wovon er nicht ein Mitglied war! Er wußte sich das harte Schicksal, eine Frau mit *zu vielem* Verstande zu haben, so leicht, so erträglich zu machen, daß er sie zuletzt Monate lang nicht zu sehen bekam, und ließ ihr ungestört die Freude, das Ansehn ihrer Einsichten unter ihren Domestiken zu behaupten und das ganze Jahr hindurch im ganzen

Hause recht zu haben. Beide Teile waren zufrieden und vergnügt, die Glückseligkeit ihrer Ehe nahm mit jedem Tage zu, nachdem sie hinter das Geheimnis gekommen waren, sich so trefflich ineinander zu schicken, und das Glück dauerte ungehindert fort – bis die verdammten Freudenstörer, die Gläubiger, auf den unseligen Einfall gerieten, ihm ihr Verlangen nach Befriedigung gerichtlich melden zu lassen. Der Streich traf ihn unvorbereitet, der Bankerutt ließ ihm nicht mehr übrig, als nötig war, um mit der äußersten Sparsamkeit und einer noch größern Genügsamkeit hinzuleben. Die Widerwärtigkeit war ihm zwar itzt empfindlicher als jemals eine, allein sein Schmerz setzte sich bald wieder, und er fühlte nichts so stark, als daß er den ganzen Tag zu Hause bleiben und mit seiner Frau in *einer* Stube Tag und Nacht leben mußte, die ihn dann mit ihrem Verstande und besonders mit vernünftigen Vorstellungen, wie er's hätte machen müssen, wenn er nicht hätte bankerutt werden wollen, so unbarmherzig quälte, daß er es sehr oft beklagte, daß seine Frau nicht auch zum Konkurse gezogen worden war. – Ich werde noch einmal bankerutt machen und mit meiner Frau bezahlen: sie ist so verständig, daß sie alle meine Gläubiger mit ihrem Verstande ums Leben bringen kann – auf diesen Schlag waren die Einfälle, womit er sich für seine Martern an ihr rächte.

Not und Mangel sind zween so harte und so mächtige Gegner, daß die gute Laune und ihre Sekundantin, die Philosophie, selten den Kampf mit ihr aushalten und noch niemals Meister vom Schlachtfelde geworden sind; jene beiden Feinde der menschlichen Zufriedenheit besitzen eine besondre Kunst, diese letzten so allmählich und unbemerkt von unsrer Partie abzuziehn, daß wir uns von ihrer Hülfe verlassen sehn, ohne zu wissen, wo sie hingekommen sind. Bei dem armen Düc wurden die lustigen Einfälle täglich seltner; das Gefühl seiner mehr als eingeschränkten Glücksumstände, die Eingezogenheit, zu welcher sie ihn zwangen, die Einförmigkeit seiner Lebensart und der ernste Ton des Umgangs mit seiner Frau, die traurige Langeweile, die bei einem so lebhaften Charakter unausbleiblich sein mußte, da seine innre und äußre Geschäftigkeit auf einmal in die stärkste Ebbe geriet, der unbefriedigte Hang zum Vergnügen und zu Zerstreuungen, der gänzliche Mangel an Erwartung einer günstigern Verfassung und – was noch schlimmer als alles war – die gänzliche Unfähigkeit, neue Wege zu neuen Erwartungen sich zu öffnen, in welche ihn die bisherige Bequemlichkeit und die gehäuften Ergötzlichkeiten eingewiegt hatten – alle diese schweren Lasten drückten auf die Nerven seines Kopfs und seiner Leidenschaften so stark, daß sie ganz erschlafften: er war ein toter Mann, weil seine Leidenschaften tot waren. Es ist unstreitig die schrecklichste, obgleich vielleicht von wenigen nur bemerkte Lage, in welche das Schicksal einen Menschen hinabstoßen kann, wenn seine äußre Verfassung sich mit seinem Gemütszustande vereinigt, eine völlig Anarchie unter seinen Leidenschaften hervorzubringen, wenn unsre Begierden und Wünsche so ganz am Ende ihrer Wirksamkeit sind, daß wir auf der *einen* Seite uns scheuen, einen herrschend werden zu lassen, weil uns wahrscheinlicherweise alle Mittel genommen sind, *einen* zu erreichen, und auf der andern uns fürchten, einen Plan zu machen, weil wir uns zu bequem, kraftlos und untätig fühlen, Hindernisse und Schwierigkeiten zu übersteigen; gern kehren wir alsdann den Blick von allem Glücke weg, das durch Aussinnung und Ausführung eines Plans möglich wäre, um nur nicht zugleich an Hindernisse und Bemühungen erinnert zu werden, wovon uns der Gedanke schon erschreckt. Wir werden gute, ehrliche, vegetierende Wesen, die den gewöhnlichen Zirkel der körperlichen Bedürfnisse durchlaufen, ohne mit *einem* Gedanken oder *einer* Handlung zu verraten, daß wir mehr können als essen, trinken, schlafen. Ein solcher Seelentod ist nur im äußersten Glücke und im äußersten Unglücke möglich und am empfindlichsten, wenn wir zu ihm übergehen; in der Folge macht uns zwar die Gewohnheit verträglich mit ihm, allein für ein Geschöpf von Dücs Lebhaftigkeit bleibt ungleich länger eine gewisse Unbehaglichkeit dabei übrig. Der Fall seiner Leidenschaften zog notwendig den Fall seines Witzes nach sich, der von jenen lebte, und das schlimmste dabei war, daß der Verstand seiner Frau wuchs, wie sein Witz abnahm. Die eingeschränkte Lebensart, die sie gegenwärtig führten, war für *sie* nichts Neues, weil sie beständig die ihrige gewesen war; sie vermißte keine Ergötzlichkeiten, kein Vergnügen, weil sie nie eins genossen hatte, und fühlte die Beschwerlichkeit der Sparsamkeit und des verminderten Aufwandes weniger hart als ihr Mann, weil sie auch im Glücke beinahe geizig, wenigstens äußerst haushältrisch gewesen war; sie hatte also im Grunde keinen sonderlichen Zusatz von Unglück, sondern sogar eine Vermehrung ihrer Glückseligkeit erhalten – denn ihrem Ehrgeize und ihrem Verstande ward nun erst die Laufbahn recht geöffnet, da Düc beständig zu Hause bei ihr bleiben und das Ziel abgeben mußte, nach welchem ihr Verstand schoß, und mit jedem Gewinst, den er erlangte, ihrem Ehrgeiz schmeichelte, und das Gewinnen wurde ihr um soviel weniger schwer, weil der arme Düc, wie schon gesagt worden ist, ein herumschleichendes, niedergedrücktes Ding ohne Witz und Laune und folglich ohne Widerstehungskraft, zum Tun ungeschickt und nur zum Leiden und zur Geduld fähig war.

In dieser rühmlichen Tugend der Gelassenheit und Geduld brachte er es so ärgerlich weit, daß er sich von seiner Frau wie ein Kind gebieten, verweisen, strafen und lehren ließ; sein Herz war eine Wand, wo das bißchen Tünche von Witz und Leidenschaft heruntergewaschen war und der Grund, seine natürliche Gutherzigkeit, bloß und frei dalag, welche bekanntermaßen wider fremde Gewalttätigkeit ein schlechter Schutz ist. Zum Glück geriet seine Frau auf den Einfall, aufs Land zu ziehen und mit Hülfe eines aufgenommnen kleinen Kapitals eine förmliche Bauerwirtschaft anzufangen, die ihr anfangs nicht übel vonstatten ging; sie mußte sich auf diese Weise in die Sorgen der Ökonomie zerstreuen, ohne daß ihr viel Zeit übrigblieb, ihren Mann mit ihrem Verstande zu quälen; Düc, so sauer es ihm fiel, mußte seinerseits ein Gleiches tun, und seine Wohnung ward allmählich der wahrhafte Aufenthalt eines unabhängigen Philosophen, der die möglich wenigsten Bedürfnisse und fast gar keine Wünsche hat als fruchtbares Wetter und Gesundheit, der nicht zufrieden – weil sich dies vermutlich auf unserm Planeten nie völlig sein läßt –, aber auch nicht unzufrieden ist, ohne starke angenehme oder unangenehme Empfindungen in einem gemäßigten Mittelzustande dahinwandelt, nüchtern lebt, ohne zu fühlen, daß es Notwendigkeit ist, wenig ißt, gut verdaut, gut schläft – kurz, so sehr Tier ist, als es der Mensch sein kann, das heißt, sich sein Futter verschafft, es genießt und sich um kein Haarbreit Gegenwärtiges oder Zukünftiges weiter bekümmert als um den Fleck, wo er eins von beiden tut, und an keinen Menschen denkt als an sich, seine Frau und Kinder.

So leidlich und fast behaglich ihm auch dieses stille dörfische Leben durch die Länge der Zeit wurde, so fand sich doch in der Länge seine Frau, obgleich die Wahl desselben ihr eigner Einfall gewesen war, ungleich schwerer in die damit verknüpften Beschwerlichkeiten der Wirtschaft, wovon sie freilich einen größern Teil zu tragen bekam als der Mann, und wurde völlig überzeugt, daß das Landleben nur im Theokrit und Geßner beneidenswürdig und bei einem reichlichen Einkommen reizend ist und daß auf niemandem so sehr der Fluch des Mannes liegt als auf dem armen Landmann; ihre Verdrossenheit nahm also beinahe in dem Maße zu, wie ihres Mannes Philosophie, Gelassenheit, Unempfindlichkeit, Erstorbenheit des Herzens – oder wie man es nennen will – mit jedem Tage wuchsen.

Er hatte es glücklicherweise ohne sein Verschulden zu einer solchen Windstille unter seinen Leidenschaften gebracht, daß ein alter Überrock, den er täglich trug, aller seiner Gebrechen, Risse und ausgebesserten Löcher ungeachtet, beinahe das einzige Gut der Erde war, das seine Neigung fesselte, das er wirklich liebte, wovon folgende Anekdote einen Beweis gibt.

Er bekam plötzlich Nachricht, daß ein reicher Vetter von ihm in Holland gestorben sei, der ihn zum Universalerben eingesetzt habe; die Nachricht war gerichtlich und so bestätigt und zuverlässig, als sie es sein konnte. Wir sind nun einmal insgesamt solche Thermometer des Glücks, daß es uns viele Affektation oder Mühe kostet, wenn wir nur scheinen wollen, es nicht zu sein, und da Düc keinen Beruf oder Ursache fand, diese Mühe anzuwenden, so gestand er ganz ungeheuchelt in Reden und Betragen, daß ihm dieser Zufall willkommen war, wiewohl er seinerseits nicht halb soviel Freude darüber empfand als seine Frau, die in der Minute nach Holland in eigner Person geflogen wäre, wenn ihr der Himmel sogleich hätte Federn wollen wachsen lassen: mit Mühe ließ sie sich bereden, die vorläufigen Umstände bis zur Auszahlung durch einen sichern Bevollmächtigten berichtigen zu lassen, wozu ihr ein Prediger seinen Bruder vorschlug, der in Amsterdam in Diensten der Admiralität stand. Indessen konnte sie vor Ungeduld den Anfang ihres veränderten Glücks nicht erwarten; ihr Verstand, der sonst bei den gemeinsten Vorfällen sich hervorzutun pflegte, erlag unter dieser günstigen Aussicht, da sie hingegen auf ihren Mann keine andre Wirkung tat, als daß sie seinen Witz wieder ein wenig aufweckte und ihm täglich ein paar muntre Einfälle mehr eingab. Sie lag ihm unaufhörlich an, Geld auf eine nach allem Anschein unstreitige Erbschaft aufzunehmen, in die Stadt zu ziehen, eine bequeme Wohnung zu mieten, für sich und ihre Familie gute Kleider, gute Möbeln anzuschaffen – mit *einem* Worte, alles auf einen Fuß zu setzen, wie es nach dem zu erwartenden Vermögen eingerichtet werden konnte. Er widerstund ihr aus allen Kräften und mit vielen sehr vernünftigen Gründen; doch sie wußte beständig ungleich vernünftigere für ihre Meinung aufzutreiben, bis endlich die Stärke ihrer Vorstellungen oder vielmehr die Indolenz des Mannes und ihre Macht über ihn alle möglichen Widerstände besiegten; sie fanden Kredit, und der Plan der Frau wurde ausgeführt, so gut es Kredit und Borgen erlaubten; Düc schenkte seinen geliebten Überrock einem armen Nachbar und trennte sich mit so vieler Wehmut von ihm als von seinem getreusten Freunde.

Alles war in Ordnung und erwartete ihre Ankunft in der Stadt – welch ein Donnerschlag! Plötzlich erwies sich's, daß die Erbschaft nicht diesem Düc, sondern seinem jüngern Bruder zugehörte und daß dieser schon persönlich an Ort und Stelle war, die Verlassenschaft seines Vetters zu heben. Seine Frau war trotz alles ihres Verstandes untröstlich über ihre betrogne Erwartung; sie schrie laut bei der ersten Nachricht davon und ging ohne Essen und Trinken wie eine Blödsinnige tagelang herum. – »Siehst du?« sprach ihr Mann mit gelaßnem Tone, »ich habe dir's wohl gesagt, daß du mich um einen alten Überrock bringen würdest.«

Wirklich war seine Lage itzt ungleich trauriger als jemals: eine Menge Schulden, die er nicht bezahlen konnte, eine vernachlässigte Wirtschaft auf seinem Bauergütchen, das zum großen Glücke keinen Käufer noch gefunden hatte, der Spott des Publikums, vielleicht auch die Schadenfreude einiger Neidischen – wahrhaftig eine Menge Widrigkeiten, den standhaftesten Mut niederzudrücken! Allein Düc war mit dem Unglücke vertraut und wurde von seinen Pfeilen nur gestreift, wenn sich seine Frau beinahe verblutete; er meldete seinem Bruder, von dem er seit seiner Auswanderung aus seiner Mutter Hause nichts gehört hatte, seine Umstände und überließ es seiner eignen Güte und Liebe, was er tun wollte, sie zu verbessern. Der Bruder übernahm die Schulden, die Dücs Frau wegen ihrer bessern Einrichtung gemacht hatte, und bezog bei seiner Rückkunft aus Holland das Quartier, das sie hatte bewohnen wollen, gab eine kleine Summe her, ihre Wirtschaft auf bessern Fuß wieder zu setzen, und versprach, Dücs Kindern beizustehen, soviel sein Vermögen erlaubte, und den unerwachsnen männlichen Teil etwas lernen zu lassen oder den weiblichen auszustatten. »Bruder«, sprach Düc, »wenn du noch etwas für mich tun willst, so kaufe dem Manne, dem ich meinen Überrock geschenkt habe, ein neues Kleid und schaffe mir meinen Überrock wieder!« – Ruhig lebte er noch einige Zeit auf seinem Bauergütchen und starb, ehe er seinen Überrock ganz zerrissen hatte.

Anton-Wall

DER MAULWURF

Eine Fantasie

Da liegst du nun zu meinen Füßen, ehrlicher Maulwurf, und ich stütze mich auf mein Grabscheit, und betrachte dich. – Du hast mir diesen Sommer über mit deinem kleinen Rüssel und mit deinen vier unansehnlichen Pfoten so viel Sorge gemacht; und itzt ist zwischen dir und einem Feldherrn, der funfzig Städte verwüstet hat und der nun auf dem Paradebette liegt, nicht der geringste Unterschied: ich müßte denn das für einen Unterschied rechnen, daß du ein toter Maulwurf bist und er ein toter Feldherr.

Du bist in deinem Berufe gestorben; denn ich erschlug dich in dem Augenblicke, da du wühltest. Aber die Bergleute, die uns das Gold suchen, für welches wir unsern Tee, unsern Kaffee und unsere Nervenkrankheiten kaufen, und die bewaffneten Tagelöhner, die dem Schah von Persien, den sie nie gesehn haben, ein Dorf erobern, das ihm nach keinem Rechte gehört, sterben auch in ihrem Berufe. Unterdessen kenn' ich unter meinen Brüdern einige Könige der Völker, die ihr Leben beim Becher aufgaben, und einige Priester der Völker, die in den Armen einer Dirne starben. Wenn du also ja in die Unterwelt kommst, so hast du einen Trost mehr als diese.

Warum es aber in der unermeßlichen Reihe der Dinge einen solchen Beruf gibt wie den deinigen – warum ich nicht leben kann, ohne daß mir mein Garten seine Früchte bringt, und warum du nicht leben kannst, ohne daß du meinen Garten verwüstest – das weiß ich nicht. Einige meiner Brüder, die man Weltweise nennt, wissen es: aber sie erklären sich darüber in Worten, die wir andern Brüder nicht verstehen, und man gibt ihnen Schuld, sie verständen diese Worte selbst nicht. Ich kenne nur den hunderttausendsten Teil von einem Pünktchen der Schöpfung, und sein Zusammenhang mit den übrigen Teilen ist mir so unbekannt als dir der Plan von einem britischen Linienschiffe oder von dem Speisesaale eines Domherrn.

Ich weiß recht wohl, ehrlicher Maulwurf, daß du nicht nach den Wurzeln meiner Blumen und meiner Kräuter wühltest, sondern nach den Regenwürmern, die mir diese Wurzeln abfraßen. Du führtest Krieg mit meinen Feinden, und ich hätte dir eigentlich danken sollen. Aber du kommst mir vor wie meine Brüder, die Richter und Sachwalter. Sie bringen uns um unser Hab' und Gut, während sie uns dasselbe verteidigen. Ich konnte dich unmöglich länger wühlen lassen.

Deine kleinen Augen konnten zwar vielleicht nicht so viel Licht vertragen als die meinigen, und du sahst vielleicht nicht so weit als ich. Dein kleiner Verstand war zwar nicht fähig zusammenzurechnen, daß vier und zwei plus zwei einander gleich sind, noch zu untersuchen, was für ein Unterschied zwischen einer Hofgala und einem Leichenstein ist oder was ein Mädchenkuß und ein Mühlrad miteinander Ähnliches haben. Allein du hattest viel feinere Geruchsnerven als ich, und du besaßest ein viel leiser Gehör. Dein Rüssel war künstlicher gebaut als die schönste Flötenuhr des reichsten Finanzpachters, und wenn die Maschinen unsrer ökonomischen Gesellschaften wären, was in ihrer Art deine Pfoten waren, so hätten wir längst keine ökonomischen Gesellschaften mehr. Überdem besaßest du Empfindung und Leben so gut als ich; du liebtest dein Dasein und verabscheutest deine Zerstörung.

Ich würde denjenigen von meinen Brüdern schelten, der in meinem Angesicht eine Flötenuhr zerstörte, wenn sie auch meinem Feinde gehörte. Dem ungeachtet hab' ich dich erschlagen, armer Maulwurf. Aber wie du nach den Gesetzen deines Daseins Regenwürmer zerstörtest, welche auch lebten und ihr Leben liebten: so hab' ich nach den Gesetzen meines Daseins dich zerstört. Der dich, den Regenwurm und mich geschaffen hat, ist der Urheber dieser Gesetze und weiß allein, warum die empfindenden Geschöpfe seines Erdbodens so beschaffen sein sollten, daß immer eins der Mörder des andern sein mußte. Unterdessen, ich habe dich erschlagen, aber ich habe dich nicht gemartert. In dem Augenblicke, da die Schmerzen deiner Zerstörung anfingen, verlorst du das Vermögen, sie zu empfinden. Ich habe die Gesetze als ein barmherziger Richter an dir vollzogen.

Du hast ein schönes, glattes, weiches Fell, und wer dich nicht kennte, sollte denken, du wärst eher zur Zierde meines Gartens als zu seiner Verwüstung geschaffen: aber man hat schon die Erfahrung, daß auf unserm kleinen Erdboden die äußerlichen Gestalten bisweilen trügen. Du hast in deinem Leben nichts als schmutzige Erdhaufen aufgeworfen, und du wühltest in dem Augenblicke deines Todes. Dennoch sieht man deinem reinlichen Felle dein Handwerk so wenig an, als du es meinen Brüdern, den Maurern, angesehen hättest, daß sie unsere schönen Paläste errichten, oder meinen Brüdern, den Haarkräuslern, daß sie unsere schönen Damenköpfe bauen.

Die Dinge in der Welt hängen so wunderbar zusammen, ehrlicher Maulwurf, daß ich itzt zum Exempel aus Neugierde wissen möchte, was der Schlag, mit dem ich dich tötete, vielleicht für eine Veränderung in der Geschichte des Erdbodens machen wird. – Dort auf jenem Beete sind Nelken gesät: sie gingen künftigen Frühling auf, und ein Stock darunter trug einige vorzüglich prächtige Blumen. Ein schöner Jüngling bat mich um eine derselben und gab sie einem schönen Mädchen. Das Mädchen liebte den Jüngling lange heimlich und hielt diese Blume für die erste Erklärung desselben. Sie setzte sich des Abends einsam in ihr Kämmerchen, träumte sich neben ihrem Klavier in die Arme des Jünglings, und entschlief. Der Sturm, der des Abends war, schlug das Fenster auf, das sie in der Trunkenheit der Liebe vergessen hatte zuzuwirbeln. – Das Fenster stieß den Vorhang in das noch brennende Licht – der Vorhang brannte an und entzündete das Haus, und im Sturme fielen einige Straßen und das Archiv des Staats in die Asche – hundert Jahre darauf entstand ein Krieg wegen einer wichtigen Urkunde, die mit verbrannt war, und zwanzig Provinzen wurden während dieses Krieges verwüstet. – Dieses ganze Unheil ist nun verhindert. Denn du hättest in acht Tagen den Regenwurm gefressen, der aufs Frühjahr eines Morgens aus seinem Loche kriechen und den Stock, der die schöne Blume trug, als ein kleines Pflänzchen mit der Wurzel ausreißen und zu sich in die Erde hinabziehen wird. Die Nelke wächst nun nicht, und das schöne Mädchen träumt sich nicht ihretwegen ein.

Komm her, ehrlicher Maulwurf, ich will dich hier neben meinem schönsten Rosenstocke begraben. Vielleicht duften übers Jahr einige Teilchen von dir am Busen eines Mädchens und, wer weiß, treffen sich in tausend Jahren Teilchen von dir und von deinem Mörder brüderlich nebeneinander, es sei nun in dem Brautkranze einer Bäuerin oder in dem Demantdegen eines Monarchen.

ANHANG

Die Vorlagen für die Illustrationen von Daniel Nikolaus Chodowiecki (Seite 7, 13, 51, 61, 69, 91, 123, 137, 147, 181, 195, 219) stellte freundlicherweise die Galerie J. H. Bauer, Hannover, zur Verfügung. *Bildnachweis:* Jens H. Bauer, Daniel Nikolaus Chodowiecki. Das druckgraphische Werk. 2. Aufl. Hannover 1984, Nr. 605, 864, 611, 1257, 1252, 744, 182, 523, 737, 1135, 1134, 629.

ANMERKUNGEN

Orthographie und Zeichensetzung der Texte dieser Auswahl sind dem heutigen Gebrauch angeglichen, wobei der historische Lautstand weitgehend gewahrt blieb. Abkürzungen sind aufgelöst, Druckfehler und eindeutige grammatikalische Verstöße (z. B. unkorrekte Plural- oder Genetivbildung) bereinigt. Vereinheitlicht wurde die Verwendung von Anführungszeichen bei direkter Rede. – Die Kriminalgeschichten »Nannette« (von Meißner) und »Franz Laubler« (von Langbein) erscheinen unter Überschriften, die für diesen Band formuliert sind.

Justus Möser (1720–1794)

SCHREIBEN EINER DAME AN IHREN KAPELLAN ÜBER DEN GEBRAUCH IHRER ZEIT

Der Rechtsgelehrte und langjährige Verwalter des Fürstbistums Osnabrück veröffentlichte neben historischen Studien (Osnabrückische Geschichte. 2 Bde. 1768) von 1766 an in den »Wöchentlichen Osnabrückischen Intelligenzblättern« journalistische Aufsätze, die 1774–86 unter dem Titel »Patriotische Phantasien« zusammen mit anderen Prosastücken in vier Bänden erschienen. Er trat darin im Sinne der bürgerlichen Aufklärung für die Erziehung eines verantwortlichen, freien Bürger- und Bauernstandes ein. Mit seiner volkstümlichen Sprache, die sich bewußt vom steifen Kanzleistil und der französisierenden Mode abwandte, gewann er neben dem »Wandsbecker Boten« von Matthias Claudius großen Einfluß auf die junge Literatengeneration.

Text (Erstdruck 1774) nach: Justus Mösers Sämtliche Werke. 2. Abt. Patriotische Phantasien I. Bearbeitet von Ludwig Schirmeyer unter Mitwirkung von Werner Kohlschmidt. Oldenburg, Berlin 1943 (Histor.-krit. Ausgabe ... hrsg. von der Akademie der Wissenschaften zu Göttingen. Bd. 4), S. 232–235.

5 *Dormeuse:* Schlafhaube.
6 *Assemblee:* Gesellschaft, geselliger Zirkel.
10 *schmäle:* schelte.
11 *Youngs Nachtgedanken:* Edward Young (1683–1765), engl. Dichter. Sein Hauptwerk »Klagen oder Nachtgedanken über Leben, Tod und Unsterblichkeit« (1742–45, deutsch 1760/61) ist eine düster-sentimentale Betrachtung in gefühlvoll-expressiver Sprache und übte vor allem in Deutschland große Wirkung auf Klopstock und die literarischen Strömungen des Sturm und Drang und der Romantik aus.

Helfrich Peter Sturz (1736–1779)

DIE REISE NACH DEM DEISTER

Sturz stand als Jurist zunächst in dänischen, später in oldenburgischen Diensten. Der hochgebildete und vielseitig begabte Mann war nicht nur an juristischen Fragen interessiert, sondern nahm, wie viele seiner Zeitgenossen, auch aktiv am literarischen Leben teil. Eine scharfe Beobachtungsgabe und seine gesellschaftlichen Erfahrungen zeigte er in Verteidigungsreden, Reisebildern und Personencharakteristiken, in denen er in geschliffener, geistreicher Prosa der deutschen Sprache neue Ausdrucksmöglichkeiten abgewann. Sein Stil verdichtete sich in den unterhaltsam und mit liebevollem Spott vorgetragenen Alltagsbildern zu humoristischen Kabinettstückchen. Die meisten seiner Essays und Skizzen erschienen 1777–79 in Heinrich Christian Boies »Deutschem Museum«. Eine erste Sammlung seiner »Schriften« (1797) besorgte Sturz noch selbst, ein zweiter Band wurde nach seinem Tode 1782 von Boie herausgegeben.

Text (Erstdruck 1778) nach: Helfrich Peter Sturz, Schriften. Erste Sammlung. Leipzig 1779, S. 252–258.

12 *Deister:* Höhenzug südlich von Hannover.
15 *Krümmen:* Wegbiegungen, Krümmungen.
Hallerbrunnen: Quelle des Flüßchens Haller, das nahe beim Ort Springe am Deister entspringt.
16 *negoziiert:* ausgehandelt, entschieden.
ennuyieren: langweilen.
18 *Berutsche:* zweirädriger Wagen.
ce qui plait aux dames: (frz.) wie's den Damen gefällt.

August Gottlieb Meißner (1753–1807)

DIE HASELNUSSCHALE

Bereits während seines Jurastudiums in Wittenberg und Jena pflegte Meißner zu literarischen Kreisen Kontakte, die er in seiner Amtszeit als Kanzlist des Geheimen Konsiliums in Dresden ab 1776 vertiefte. 1785 nahm er den Ruf als Lektor für Ästhetik an die Universität Prag an, wo er sich auch als Buchhändler und Verleger betätigte. 1805 verließ er Österreich, um eine Stelle als Konsistorialrat am Gymnasium in Fulda anzutreten. Mit frühen literarischen Versuchen fand er Aufnahme in den Göttinger »Musenalmanach« und in Boies »Deutsches Museum«; berühmt wurde er mit den »Skizzen«, deren erste Hefte 1778 erschienen, die wegen des großen Publikumserfolges bis 1796 in insgesamt 14 Sammlungen fortgesetzt wurden und zahlreiche Neuauflagen und Nachdrucke erfuhren. Sie enthalten Fabeln und Anekdoten, Gelegenheitsverse, philosophisch-moralische Traktate, politische und wissenschaftliche Dialoge, Briefe, Erzählungen, Kriminalgeschichten und stehen in dieser Zusammenstellung von kleinen Formen zwischen den »Moralischen Wochenschriften« und den Almanachen als Beispiel einer höchst beliebten und verbreiteten Literaturgattung für ein breites Lesepublikum. Außerdem trat Meißner mit Theaterstücken und Romanen an die Öffentlichkeit.

Text nach: August Gottlieb Meißner, Skizzen, 3. Sammlung. Leipzig 1778, S. 1–52.

21 *Supernumerar-Sekretär:* Beamtenanwärter; außerplanmäßiger Angestellter.
l'Hombre: ein im 18. Jahrhundert in geselligen Zirkeln sehr verbreitetes, ursprünglich aus Spanien stammendes Kartenspiel.
Tarock: vor allem in Bayern und Österreich beliebtes, altes Kartenspiel.
Whist: aus England stammendes Kartenspiel, Vorläufer des Bridge.

24 *Ritter Amadis:* sprichwörtlich zitierter Held des berühmtesten höfischen Abenteuerromans, dessen Ursprung ins 15. Jahrhundert zu legen ist; galt bis in die Barockzeit hinein als Muster eines idealisierten Liebhabers.

26 *demosthenische Beredsamkeit:* Demosthenes (384–322 vor Chr.), griech. Redner und Staatsmann.

30 *Schäfer:* hier: romantischer, zärtlicher Liebhaber; Gestalt aus der Schäferdichtung, die, auf antiker Tradition fußend, vor

allem in der aristokratischen Kultur des 16. und 17. Jahrhunderts gepflegt wurde und in der Schäferpoesie der Anakreontik und des Rokoko im 18. Jahrhundert eine späte Blüte erlebte.

35 *Bruyeren:* Jean de la Bruyère (1645–1696), franz. Schriftsteller. Sein berühmtestes Werk »Die Charaktere oder die Sitten im Zeitalter Ludwig XIV« (1688) ist beispielgebend für mit scharfer, psychologischer Beobachtungsgabe gezeichnete Porträts.

39 *Seladon:* Bezeichnung für einen schmachtenden Liebhaber, nach dem Helden des französischen Schäferromans »L'Astrée« (1607–27) von Honoré d'Urfé.

50 *Sportelkasse:* Gebührenkasse, Beamteneinnahme.

Friedrich Schiller (1759–1805)

EINE GROSSMÜTIGE HANDLUNG, AUS DER NEUSTEN GESCHICHTE

Der Geschichte, die Schiller im März 1782 in dem von ihm selbst herausgegebenen »Wirtembergischen Repertorium der Litteratur« veröffentlichte, liegt eine wahre Begebenheit zugrunde: Es handelt sich um das Schicksal der beiden Brüder Friedrich und Ludwig von Wurmb, Vettern von Schillers Akademiefreunden Friedrich und Karl von Wolzogen. Entweder von ihnen oder ihrer Mutter, Henriette von Wolzogen, hat Schiller die Geschichte erfahren und mit geringer Abwandlung – in Wirklichkeit entsagte der ältere Bruder – in einem anekdotischen Bericht festgehalten. Henriette von Wolzogen war vermutlich auch die Vertraute der Geliebten und späteren Gattin des jüngeren Bruders, Christiane von Werthern. – Ob es nur eine Fingerübung des jungen Dichters war oder die Fixierung eines Stoffes, den er wegen des psychologischen Reizes für eine spätere Ausarbeitung vorsah, bleibt ungewiß. Schiller hat seine erste Prosaerzählung in seine »Kleineren prosaischen Schriften« (1792–1802) nicht aufgenommen und den Stoff auch nicht anders verwertet. Vielleicht ist der Grund auch darin zu suchen, daß seine Schwiegermutter, Luise Juliane von Lengefeld, geb. von Wurmb, die Schwester der beiden unglücklichen Brüder war.

Text (Erstdruck 1782) nach: Friedrich Schiller, Sämtliche Werke in fünf Einzelbänden. Bd. 3. 4. Aufl. München 1981, S. 455–457.

57 *des ehrlichen Puffs:* Gestalt aus dem seinerzeit viel gelesenen Roman »Sophiens Reise von Memel nach Sachsen« (1770–72) von Johann Timotheus Hermes; Muster eines heroisch Entsagenden.

»Grandison« . . . »Pamela«: moralisch-sentimentale Romane des Engländers Samuel Richardson, 1753 und 1740 erschienen und von großem Einfluß auf den deutschen bürgerlichen Roman.

Anton-Wall (d. i. Christian Leberecht Heyne) (1751–1821)

ANTONIE. AUS DER GEHEIMEN GESCHICHTE EINER RESIDENZ

Als Privatsekretär und Hofmeister führte Heyne in kleineren Orten Sachsens ein zurückgezogenes Leben; seine unter dem merkwürdigen Pseudonym Anton-Wall erschienenen literarischen Arbeiten fanden dagegen höchst wohlwollende Beachtung. Er veröffentlichte Lustspiele nach französischem Vorbild; das bekannteste wurde »Die beiden Billetts«, zu denen Goethe als Fortsetzung »Der Bürgergeneral« (1793) schrieb. Von Voltaire angeregt, verfaßte er anmutige orientalische Märchen, einen Roman nach Fielding und Erzählungen nach Marmontel. Immer kam es ihm aber darauf an, die stofflichen Vorlagen auf deutsche Verhältnisse und deutsche Empfindungen zu übertragen, was ihm mit leichter Feder und feinsinniger Charakteristik gelang. In seinen mehrfach aufgelegten bzw. nachgedruckten »Bagatellen« (2 Bdchen. 1783/1785) vereinigte er seine selbständigen Erzählungen und Betrachtungen, an denen A. W. Schlegel lobte, daß ihnen wenig »Ausgebildetes in der Erzählung« an die Seite zu stellen sei.

Text (Erstdruck 1783) nach: Anton-Wall, Bagatellen. Neue vom Verfasser durchgesehene Ausgabe. Bd. 1. Leipzig 1786, S. 60–96.

67 *Blödigkeit:* hier: Zaghaftigkeit, Furchtsamkeit.
72 *nach Mitternacht:* nach Norden.
81 *Pulsen:* Schlag.

August Friedrich Ernst Langbein (1757–1835)

DER KREBS

Der aus armen Verhältnissen stammende Langbein übernahm nach dem Jurastudium in Dresden die Kanzlistenstelle von Meißner (vgl. S. 257), die er aber ohne Aussicht auf Beförderung nach zwölf Jahren verließ. Seit 1800 lebte er als freier Schriftsteller in Berlin. Langbein war kein großer Erfinder, sondern er entnahm seine Stoffe der europäischen Schwank- und Fabeltradition; doch wandelte er ihre moralisch-lehrhaften in heitere, oft frivole Tendenzen um. Immer ließ er sich von zeitgenössischen Strömungen beeinflussen, wandte sich mit der aufkommenden Romantik patriotischen Stoffen, Legenden, Märchen und Sagen zu oder versuchte sich, von Meißner angeregt, gelegentlich in Kriminalerzählungen. So wurde er zu einem der fruchtbarsten und beliebtesten Modeautoren seiner Zeit. Er war vor allem Beiträger für zahlreiche Almanache, Taschenbücher und Zeitschriften. Trotz fleißiger Publikation erlaubten ihm die Einnahmen aus literarischer Arbeit aber nur eine äußerst bescheidene Lebensführung.

Text nach: August Friedrich Ernst Langbein, Feierabende. Bd. 2. Leipzig 1794, S. 195–218.

93 Supernumerar-Sekretär: Vgl. zu S. 21.

94 *Jakobiner:* Mitglieder der radikalsten Partei in der Französischen Revolution.
Sansculottismus: »Sansculotte« (ohne [Knie-]hose), spöttische Bezeichnung für einen französischen Revolutionär.

96 *Argus:* Gestalt der griechischen Mythologie: Argus Panoptes (der Allsehende), dessen Körper mit Augen bedeckt ist, die er abwechselnd wach hält. Daher der sprichwörtliche Ausdruck »Argusaugen«.

97 *Urben:* auch »Orfen«: mundartlich für Goldbrassen.
Eidame: Schwiegersöhne.
König Lear: sagenhafter britannischer König. Er wird von seinen Töchtern, denen er zu seinen Lebzeiten das Reich vererbte, verstoßen.
Basilisken: Fabelwesen mit tödlichem Blick.

98 *Sancho Pansa:* der naive, aber pfiffige Knappe Don Quijotes, der Gestalt lächerlich-fanatischer Wahrheitssuche ohne Realitätssinn.

100 *Isegrimm:* der Wolf in der Tierfabel; auch Bezeichnung für einen mürrischen Menschen.

Karl Grosse (geb. 1761)

DER GRAUSAME BETRUG

Grosse wurde als Verfasser des »Genius« (5 Bde. 1791–93) berühmt, der zu den bekanntesten Geheimbundromanen in der Nachfolge von Schillers »Geisterseher« zählt. Diesen Erfolg konnte er mit seinen späteren Erzählungen kaum wiederholen. Die Spur des Autors, der seine Laufbahn als Hof- und Forstrat der Grafen von Stolberg-Werningerode begann, der auch Schriften zur Geologie, Mineralogie und Geschichte verfaßte, verliert sich 1792. Zwar veröffentlichte er noch bis zum Ende des Jahrhunderts Romane und Erzählungen, in denen er englische und vor allem spanische Novellenstoffe verarbeitete, unter den phantasievollen Namen eines Grafen von Varga oder Marquese von Pharmusa. Die enge stoffliche und stilistische Beziehung zur spanischen Novelle und seine »Briefe über Spanien, an Johann Reinhold Forster« (Vater Georg Forsters) machen es glaubhaft, daß ihn ein abenteuerlicher Lebensweg im revolutionären Europa nach Spanien verschlug. Nach anderer Vermutung soll er 1847 in Kopenhagen gestorben sein.

Text nach: Erzählungen vom Verfasser des Genius. Bd. 2. Berlin 1794, S. 165–192.

104 *mit Interessen:* mit Zinsen.

Christian Heinrich Spieß (1755–1799)

PRINZESSIN SOPHIE VON . . .

Spieß ist der beliebteste und geschmähteste Unterhaltungsschriftsteller seiner Zeit. Sein Name galt lange als Synonym für geschmacklose Vielschreiberei, alberne Geistergeschichten und rührende Sensationsberichte. Tatsächlich erfüllen seine erfolgreichen Theaterstücke, Geisterromane und Erzählungen keine literarischen Ansprüche, doch sein sozialkritischer und psychologisierender Ansatz machen sie doch interessant: er stellt seine Figuren immer in tragischer Verkettung von Umständen dar, in denen sie ohne Erlösungsmöglichkeit in Schuld und Sühne verstrickt sind. Deutlicher noch als in seinen Geisterromanen beschäftigt ihn dieses Thema in seinen drei Biographiensammlungen: »Biographien der Selbstmörder« (1785), »Biographien der Wahnsinnigen« (1795/96) und »Meine Reisen durch die Höhlen des Unglücks und die Gemächer des Jammers« (1796/97). Die düstere Weltsicht entspringt einer wachsenden Schwermut des Autors, der sich als erfolgreicher Schauspieler und Theaterdichter bei der Wahrschen Truppe in Prag niederließ, durch einen Gönner seit 1788 auf Gut Bezdikau in Böhmen nur seiner Schriftstellerei leben konnte, aber in tiefer Depression sein Leben beschloß.

Text nach: Christian Heinrich Spieß, Biographien der Selbstmörder. Prag und Leipzig 1785, S. 20–45.

120 *Kontusion:* Quetschung.
121 *Equipierung:* Ausstattung, Ausrüstung.
137 *Rabensteine:* eigentlich Bezeichnung sowohl für die Richtstätte als für den aus steinernen Säulen errichteten, von Raben umschwärmten Galgen.

August Lafontaine (1758–1831)

DIE STÄRKE DES GEWISSENS

Der Lieblingsautor Friedrich Wilhelms III. von Preußen und der Königin Luise schrieb weit über 150 Romane und Erzählungen, die alle um das Thema der Ehefindung, der Gewalt der Liebe, der Familienintrige und der gerechtfertigten oder verführten Tugend kreisen. Daher gilt er als erfolgreichster Verfasser und Vater des sentimentalen Familien- und Liebesromans. Lafontaine stammte aus einer hochgebildeten Hugenottenfamilie aus Braunschweig. Nach kurzer Tätigkeit als Feldprediger in einem preußischen Heer, mit dem er an der Campagne in Frankreich teilnahm, erlaubte ihm sein literarischer Erfolg, sich von 1800 an nur noch der Schriftstellerei zu widmen. Er lebte hoch geehrt und von einer treuen Leserschaft gefeiert in Halle. Erst im letzten Jahrzehnt seines Lebens verlor sich das Publikumsinteresse.

Text (Erstdruck 1794) nach: August Lafontaine, Moralische Erzählungen. Bd. 6. Berlin 1802, S. 64–111.

142 *blöde:* zaghaft, schüchtern.
146 *Vogelherd:* Fangplatz.
165 *des großen Königs:* Friedrich II. (der Große) von Preußen.
169 *Herrnhuter:* Angehöriger der Herrnhuter Brüdergemeine, einer 1722 gegründeten evangelisch-pietistischen Religionsgemeinschaft.

August Gottlieb Meißner

KRIMINALGESCHICHTEN

Angeregt von Pitavals »Causes célèbres« (1734–43; deutsch »Erzählungen sonderbarer Rechtshändel«, 1747–68, in Auswahl neu hrsg. von Schiller 1792–95) nahm Meißner (vgl. S. 257) Kriminalfälle in Form von Berichten, Anekdoten und Erzählungen in seine »Skizzen« auf und gilt damit als Begründer der deutschen »Kriminalgeschichte«. Wegen des großen Erfolges dieser

Erzählungen veröffentlichte er sie, um neue Stücke vermehrt, noch einmal als gesonderte Sammlung. Er regte mit diesem Genre Spieß und Langbein zur Nachahmung an. Zur gleichen Zeit und ebenfalls aus gesellschaftskritischem und psychologischem Interesse beschäftigte sich Schiller mit dem Thema und verarbeitete es im »Verbrecher aus Infamie« (1786).

EIN RÄUBER, WEIL DIE MENSCHLICHE GESELLSCHAFT OHNE SCHULD IHN AUSSTIESS

Text nach: August Gottlieb Meißner, Skizzen. 3. Sammlung. Erweiterte Auflage. Leipzig 1780, S. 234–243. Titel hier mit dem Zusatz »Auszüge aus Kriminal-Akten und Geschichten. 1.«

172 *N. N.:* (lat.) nomen nescio (Name unbekannt) oder nomen nominandum (der zu nennende Name).

173 *Hofmarch:* Flurgrenze.

Abdecker: jemand, der Tierkadaver beseitigt; sog. »unehrlicher« Beruf. Erst 1817 wurden in Deutschland den Abdekkern die uneingeschränkten staatsbürgerlichen Rechte eingeräumt.

176 *Karbatschenstreiche:* Karbatsche: Riemenpeitsche.

178 *Pope:* Alexander P. (1688–1744), engl. Schriftsteller.

NANNETTE

Text nach: Skizzen. 10. Sammlung. Leipzig 1788, S. 348–358. Originaltitel: »Zwei Rechtsfälle, die noch nicht im Pitaval stehen. 2.«

GEISTESGEGENWART

Text nach: Skizzen. 12. Sammlung. Leipzig 1790, S. 303–313.

August Friedrich Ernst Langbein

FRANZ LAUBLER, MÖRDER AUS WAHNSINN

Obgleich ihm das heiter-satirische Genre mehr lag, gab Langbein (vgl. S. 261) gelegentlich dem großen Interesse der Zeit an der Psychologie des Verbrechens nach und verfaßte in der Meißner-Nachfolge einige Kriminalgeschichten.

Text nach: August Friedrich Ernst Langbein, Feierabende. Bd. 3. Leipzig 1798, S. 216–231. Hier unter dem Titel: »Kriminalgeschichten. 1.«

199 *Heiduck:* Angehöriger einer ungarischen Söldnertruppe.
204 *des Inquisiten:* des Angeklagten.

Johann Carl Wezel (1747–1819)

JOHANN DÜC, DER LUSTIGE, ODER SCHICKSALE EINES MANNES VON GUTER LAUNE

Wezel führte, immer auf der Suche nach literarischem Erfolg und der daraus zu gewinnenden Selbständigkeit, ein unruhiges Leben, das ihn durch halb Europa trieb, bis er Mitte der achtziger Jahre in seine Heimatstadt Sondershausen zurückkehrte. Hier verbrachte er, arm, vereinsamt und anscheinend psychisch krank, dreißig Jahre bis zu seinem Tode. Wieland hatte das Talent des jungen Schriftstellers zur »komischen, witzig-launenhaften Schreibart« erkannt, doch wies er den »Düc« wie die anderen satirischen Erzählungen für den »Teutschen Merkur« befremdet zurück. Zu bitter und zu sehr gegen den guten Anstand verstoßend schien ihm der Spott, mit dem Wezel die herrschenden moralischen und politischen Verhältnisse angriff.

Seine revolutionäre Gesellschaftskritik entwickelte er vor allem in vier großen Romanen, deren Bedeutung erst heute gewürdigt wird.

Text nach: Johann Carl Wezel, Satirische Erzählungen. Bd. 2. Leipzig 1778, S. 133–204.

213 *müskierten:* getränkt mit Moschus.
221 *Stratagem:* auch Strategem: List, Trick.
237 *barbara celarent:* (lat.) Schlußfolgerung in der scholastischen Logik.
bona fide: (lat.) guten Glaubens.
239 *Partien:* Ausflüge.
Koterie: etwa: Clique, Klüngel.
244 *Theokrit:* Theokritos (ca. 310–250 v. Chr.), griech. Idyllendichter; Begründer der Hirten- und Schäferdichtung (Bukolik).
Geßner: Salomon G. (1730–88), bedeutendster Vertreter der idyllischen Schäferdichtung in der Theokritnachfolge.
245 *Affektation:* Getue, Ziererei.
Beruf: hier: innere Zustimmung.

Anton-Wall

DER MAULWURF

Vgl. die Vorbemerkung zu Anton-Wall S. 260.

Text (Erstdruck 1783) nach: Anton-Wall, Bagatellen. Neue vom Verfasser durchgesehene Ausgabe. Bd. 1. Leipzig 1786, S. 144–151.

248 *Grabscheit:* Spaten.
250 *Hofgala:* Festgewand.

NACHWORT

Eine Dame der gehobenen Gesellschaft meditiert vor dem Toilettentisch über die Belanglosigkeit ihres Tagesablaufes – fast fühlt man sich in die müde Fin-de-siècle-Stimmung des ausgehenden 19. Jahrhunderts versetzt. Aber die Geschichte steht an einem Anfang. Wir schreiben das Jahr 1774, das Werther-Jahr, Beginn und erster Höhepunkt der deutschen Prosaliteratur, die zur Ausdrucksform des bürgerlichen Zeitalters wurde. Unsere Dame füllt ihren Tag noch mit den geistreichen, kultivierten Nichtigkeiten des galanten Zeitalters, in dem Eleganz und Witz das gesellschaftliche Leben bestimmten. Geburts- und Geldadel gaben die Formen vor; das in höfische Dienste aufgestiegene Beamtenbürgertum ahmte nach und spielte mit in dieser Rokokowelt des kultivierten Scheins, mit Freude und mit Notwendigkeit, wie es Aufsteiger zu tun pflegen – aber doch auch mit schlechtem Gewissen. Es sind kaum religiöse Bedenken, die unsere Dame zur Beichte bei ihrem geistlichen Betreuer treiben, es ist vielmehr ihre Einsicht in die Dialektik von Anspruch und Wirklichkeit, die zwischen der Tugend vernunftmäßigen Lebens und den Normen der gesellschaftlichen Tradition sich auftut. Sie hat Witz genug, darüber nicht in Melancholie zu verfallen, sondern beides – ihren eigenen Lebensstil und die Erwartung des aufgeklärten Bürgers – zu ironisieren. Urteil und Entscheidung überläßt sie dem Leser. *Justus Möser,* der dieses Miniaturporträt verfaßte, war ein weltkluger, politischer Kopf, kein Schulmeister, der Moral mit erhobenem Zeigefinger dozierte.

Die bürgerliche Welt gab es schon – als tüchtig und zupackend schildert sie ein anderer, höfisch gebildeter Weltmann, *Helfrich Peter Sturz*, in einer kleinen Charakterstudie. Wieder ist eine Frau die Heldin. Nach modernem Verständnis könnte man in dem traditionellen Rollenspiel zwischen dem autoritären, polternden Ehemann und der geschäftigen Hausfrau die mangelnde Emanzipation beklagen. Aber davon ist keine Rede, denn mit Humor und gesundem Menschenverstand behält sie die Zügel in der Hand, ohne daß der Gegängelte es merkt – ein köstliches Lehrstück zwischenmenschlicher Beziehungen, in dem die Rollen gerecht verteilt sind und keiner das Gesicht verliert.

Die beiden kleinen Stücke an der Schwelle zur bürgerlichen Literatur geben in gelungener Weise Auskunft über den Zeitgeist. Noch herrscht die »kleine Form« in elegant geschliffenem, geistreichen, ja koketten Stil des zu Ende gehenden Rokoko, im Inhalt aber werden die beiden Themen angeschlagen, die das Zeitalter entdeckte: da ist zunächst die gesellschaftliche Auseinandersetzung, die hier nur als Abwägen vom Wert adeligen und bürgerlichen Lebensstils erscheint, aber doch sehr viel tiefer liegende Konflikte meint. Als nächstes begegnet die Beschreibung individuellen Verhaltens in einer besonderen Situation, eine Charakterstudie im Geiste französischer und englischer Caractère-Tradition, zugleich aber auch Hinwendung zur »Erfahrung des menschlichen

Herzens«, die sich als erste Ansätze psychologischer Studien des Individuums und seiner Handlungsmotivation erweisen. Die Verknüpfung der aus beiden Themenkreisen gewonnenen Erkenntnisse ergeben erst jenen Blick, der die Ursachen menschlichen Leidens in den gesellschaftlichen Bedingungen erkennt. Die Deutungen und Schlußfolgerungen sind allerdings höchst unterschiedlich. Goethe hatte die Leiden seines Werther nicht nur aus der unglücklichen Liebe, sondern auch aus der Brüskierung des jungen, strebsamen Bürgers durch die adelige Gesellschaft abgeleitet. Doch Werthers Ruhm gründete nicht auf dieser Kritik, sondern auf der Empfindsamkeit seines Herzens, die zum Selbstwertgefühl des Bürgers gehörte wie die aus Vernunft abgeleitete tugendhafte und nützliche Handlung.

Dieses Selbstwertgefühl war den Bürgern aus dem philosophischen Gedankengut der Aufklärung zugewachsen, das an die Stelle tradierter Autoritäten und Normen die autonome Vernunft setzte, mit deren Hilfe der Mensch zur eigenen Erkenntnis des Wahren und des rechten Handelns gelangen könne. Die Tugend war das Produkt rechter Erkenntnis, und aus ihr leiteten sich Hoffnung und Anspruch auf glückliche Lebensführung ab. Nützliche Tätigkeit und vernunftmäßige Selbstbestimmung sind die Ziele, Erkenntnis des sittlichen Handelns und Pflichterfüllung die Garanten für die Verwirklichung der »besten aller Welten«.

Das philosophische Gedankengut der Aufklärung reduzierte sich auf diese popularisierten Anschauungsformen, die zu Lebensregeln für das Bürgertum werden konnten. Sie bildeten die ideologische Grundlage für das Selbstvertrauen, das die Bürger im Laufe des Jahrhunderts entwickelten. Die ökonomischen Grundlagen für ihre Emanzipation hatte die absolutistische Wirtschaftsform des Merkantilismus geschaffen. Manufakturen und Handel blühten auf (in Deutschland wegen der friderizianischen Kriege später als in Westeuropa); die zahlreichen Höfe der deutschen Kleinstaaten benötigten eine wachsende Zahl geschulter Verwaltungsbeamter, die sich mehr und mehr aus dem gehobenem Bürgertum zusammensetzte. Sie vor allem bildeten, deutlicher als die gewerbetreibenden und kaufmännischen Kreise, die neue, kulturtragende Schicht, die in ständigem Kontakt mit der höfischen Welt um Anpassung und Auseinandersetzung bemüht sein mußte. So nimmt es nicht Wunder, daß auf der einen Seite gegen die Nachahmung des feudalen Lebensstils bei den Aufsteigern polemisiert wird und sich auf der anderen Seite die Bemühungen darauf richten, statt die Adelsherrschaft abzuschaffen, den Fürsten zu »verbürgerlichen«, indem er zu einem tugendhaften Herrscher gebildet wird, dem Menschlichkeit und Gemeinwohl der Sinn seines Handelns zu sein habe. In Deutschland hat das Bürgertum vor und überwiegend auch nach der Französischen Revolution nicht eine politische, soziale oder wirtschaftliche Veränderung im Auge, sondern strebt durch moralisch-ästhetische Erziehung nach bürgerlich-höfischem Kompromiß.

So wechseln denn auch in den hier vereinigten Erzählungen die Schauplätze: in kleinen Residenzen spielen die Ereignisse bei Anton-Wall und Spieß, in der bürgerlichen Welt bei Sturz, Meißner, Langbein und Grosse; sie vermitteln höfischen Lebensstil oder Moralbegriff bei Möser, Schiller und Lafontaine, den vernünftigen Tugendbegriff des Bürgers in Beispiel und Kritik aber eigentlich in allen Handlungen.

Auch die meisten Autoren, die im ausgehenden Jahrhundert unterhaltende Prosa verfaßten, stammten aus dem gebildeten Bürgertum oder dem niederen Adel. Ihr typischer Bildungs- und Berufsweg führte sie über das Jurastudium in Staats- und Hofdienste (Möser, Sturz, Meißner, Langbein, Grosse) oder ließ sie als Theologen und Philologen wenigstens zeitweise ein Unterkommen als Hauslehrer und Hofmeister finden (Spieß, Lafontaine, Anton-Wall). Ihre literarische Produktion bezeichneten sie – teils aus Koketterie, teils aus Besorgnis um ihren guten Ruf – als Früchte ihrer Nebenstunden und ließen sie anonym oder pseudonym erscheinen. Noch war die Schriftstellerei keine honorige Beschäftigung, und als freier Autor konnte nur der Erfolgreichste sein Auskommen finden. Den Publikumslieblingen Lafontaine und Spieß gelang es, Langbein konnte trotz großen Fleißes nur kümmerlich von seinen Honoraren leben, Wezel scheiterte an einer literarischen Existenzgründung.

Trotz vieler neuer Verlage und der hohen Titelzahlen war der Buchmarkt, gemessen an heutigen Vorstellungen, vergleichsweise klein. Kaum wurden Auflagenhöhen von 1000 überschritten, und das Raubdruckwesen entzog den Autoren weitere Absatzmöglichkeiten. Bücher waren nach wie vor Luxuswaren, die sich nur begüterte Kreise in ausreichender Zahl leisten konnten. Abhilfe schufen die Lesegesellschaften, die bald fast in jeder Stadt gegründet wurden. Zu ihnen schlossen sich die interessierten Bürger zu gemeinsamem Erwerb der Journale und Bücher zusammen; neben dem zirkulierenden Leihverfahren boten sie auch Raum für Geselligkeit, bei der nicht zuletzt auch das gemeinsame Lesen und Diskutieren gepflegt wurde. Viel seltener, als Räsonnements und staatliche Verlautbarungen vermuten ließen, waren diese Lesezirkel auch »Brutstätten revolutionären Geistes« oder politische Debattierclubs. Trotzdem gab es, vor allem nach den Ereignissen in Frankreich, immer wieder scharfe Zensurbestimmungen. Aus dem gleichen obrigkeitlichen Geist ist auch das nun allenthalben zu hörende Lamentieren gegen die Lesewut und Lesesucht zu erklären. Da sicher die Erkenntnis richtig ist, daß die früher geübte intensive Lektüre weniger sanktionierter Schriften eine stabilisierende Wirkung der tradierten Werte bedeutet habe, dagegen vielseitige Lektüre geistige Beweglichkeit und politisches Bewußtsein fördere, mußte eine konservative Obrigkeit hier Gefahr sehen. Das Eindringen revolutionärer Ideen ruft den Hang nach Freiheit und die Unzufriedenheit mit der eigenen sozialen Situation hervor und gefährdet damit die innere soziale Ordnung. Dieser Prozeß einer Bewußtseinsveränderung durch Lektüre fand zweifellos statt; nur traf er sicher weder auf die der Unterhaltungsliteratur verfallenen Frauenzimmer der mittleren und oberen Gesellschaftsschichten zu noch auf die kaum von der »Lesesucht« befallenen niederen Klassen, bei denen man die emanzipatorische und entstabilisierende Funktion von Lektüre besonders fürchtete.

Tatsächlich hatten sich über Jahrzehnte hin die Aufklärer bemüht, Bildung, Tugend und Einsicht in vernünftiges Leben durch Leseförderung zu verbreiten; nachdem sie nun ein Lesepublikum erzogen hatten, mußten sie die Gefahr erkennen, die in der Antinomie ihrer eigenen Ansprüche lag: in der Stimulierung der Einbildungskraft, auch und gerade in sexueller Hinsicht; im Realitätsverlust durch Schwärmerei und Empfindelei; in der Abhaltung von nützlicher Tätigkeit durch die Lesesucht; schließlich durch die Profanierung der Lesestoffe selbst, die nicht mehr auf Erbauung, Belehrung und Nutzen ausgerichtet waren, sondern zweckfreier Unterhaltung dienten.

Die Befriedigung des Unterhaltungsbedürfnisses erscheint uns so legitim, daß es schwerfällt, die unerhörte Neuartigkeit dieses Anspruchs zu Beginn des bürgerlichen Zeitalters richtig zu würdigen. Zugleich ist aber auch das, was in einer Epoche jeweils unterhält, aufschlußreich für die ausgesprochenen und unausgesprochenen Probleme, die ihr innewohnen.

Erst mit der Einübung eines aufnahmebereiten Publikums und der Entwicklung ansprechender Erzählformen setzte die rasch ansteigende Produktion von Prosatexten ein. Erste Anstöße für die Erziehung eines Lesepublikums gingen zu Anfang des 18. Jahrhunderts von den englischen Moralischen Wochenschriften aus, die auch in

Deutschland auf so großes Interesse stießen, daß sich bis 1750 über 100 vergleichbare Zeitschriften nachweisen lassen. In lockerer Form wendet sich in ihnen ein fiktiver Autor an den Leser. Gerade weil diese Blätter ein breites, anonymes Publikum erreichen wollten, bemühten sie sich um eine persönliche Ansprache, die durch die zwischen Briefen, Schilderungen, morgenländischen Märchen und Charakterstudien wechselnden Formen unmittelbar und unterhaltend wirkte. Mit ihrem knappen, präzisen Prosastil stehen sie in bewußtem Kontrast zum noch vorherrschenden, umschweifigen Barockstil und üben damit ein breiteres Lesepublikum, das bisher nur an die wiederholte Lektüre von Bibel, religiösen Traktaten und allenfalls nützlicher »Hausväterliteratur« gewöhnt war, in das Lesen vielfältiger Texte ein.

Nun erst stieg die Produktion von unterhaltender Prosa sprunghaft an.

Es ist nicht falsch, wenn man im Wertherfieber seit Mitte der 70er Jahre den Anstoß für den Umschlag der Bildungs- in die Unterhaltungslektüre sieht, die eine Säkularisierung des Geschmacks darstellt. Hier liegen die Wurzeln für die Entwicklung der klassischen Dichtung sowie einer Literatur für das Zerstreuung suchende Publikum. Neben einer schier unübersehbaren Flut von Romanen, die in den nächsten Jahrzehnten den Markt überschwemmten, waren es auch die kleinen Formen, die ihre Leser unterhielten. Entstanden aus der für ein höfisches Publikum entwickelten Gesellschaftspoesie, überführten sie die eleganten, geistreichen und häufig auch koketten Rokokoformen in die Prosa der bürgerlichen Kultur. Sie behielten dabei die Grazie des Stils, die es ihnen erlaubte, auch leichtfertige, gar laszive Themen durch qualitätvolle Ausformungen zu entschärfen. Neben den moralischen Erzählungen und den psychologischen Charakterstudien fanden sie ihren Platz in den schöngeistigen Zeitschriften, die nun an die Stelle der Moralischen Wochenschriften getreten waren und gegen Ende des Jahrhunderts durch eine Fülle von Almanachen und Taschenbüchern ergänzt wurden. Wielands »Teutscher Merkur«, das 1773 gegründete, literarisch anspruchsvollste Blatt, nahm von den Autoren unserer Auswahl nur den jungen Wezel auf. Das Parallelunternehmen von Boie, das zuerst 1776 in Göttingen erschienene »Deutsche Museum«, stand der jungen Dichtergeneration um den Sturm und Drang nahe. Bei ihm veröffentlichte neben Sturz auch der junge Meißner, ehe dieser 1783 eine eigene Zeitschrift »Für ältere Litteratur und Neuere Lektüre« gründete, in der außer ihm selbst vor allem Langbein und viele später als Beiträger der Almanache populäre Autoren publizierten.

Von *August Gottlieb Meißner* stammt denn auch die nächste charakteristische Geschichte. Er veröffentlichte sie in seinem eigenen Sammelwerk »Skizzen«, das 1778 zu erscheinen begann und das neben den beliebten und weitverbreiteten Journalen zur gleichen Popularität aufstieg. Über Jahre hin galt es als mustergebendes Beispiel für aufklärende und unterhaltende Prosa. Seine Geschichte »Die Haselnußschale« ist das Lehrstück eines bürgerlichen Antihelden, der ohne eigene Lebensmaxime wankelmütig und beeinflußbar schließlich seine Existenz verliert. Entwickelt ist die Handlung als Ehefindungs- und Ehestandsgeschichte, ein Thema, das für die populäre Prosa typisch wird, und dies nicht nur, weil damit empfindsame und rührende Liebesabenteuer dargestellt werden konnten, sondern vor allem, weil in der Sozialstruktur des Bürgertums die standesgemäße Ehe einzige Versorgungsmöglichkeit der Frau war und somit eine lebenswichtige Bedeutung erhielt. Verteidigung der sexuellen Reinheit und Entsagung um einer Konventionsehe willen sind dabei die brisantesten Konfliktstoffe, unter denen nun auch die Frau als tragende Handlungsfigur in den Blick kommt. In Meißners Erzählung spielen die beiden weiblichen Gestalten noch eine Staffage-Rolle. Sie sind auf den Typus des bürgerlich-sittsamen und des verführerisch-eleganten Mädchens festgelegt, die ohne psychologische Individualisierung nur die Reaktionen des Mannes hervorrufen. Ähnlich blendet auch der junge *Schiller* in seiner Anekdote nach einer wahren Begebenheit die Gefühle und Wünsche der umworbenen Braut völlig aus. Nur in einem lapidaren Schlußsatz berichtet er, daß ihr Herz dem Entsagenden gehört habe. Hätte man sie nur gefragt – so bleibt nur die Tragik der Vergeblichkeit einer »großmütigen Handlung«.

Ehefindungsgeschichten im konventionellen bürgerlichen Milieu lassen sich da einfacher und ohne tragischen Konflikt lösen, wenn es nur um die Mitgift geht. *Langbein* gibt in der Erzählung »Der Krebs« eine heitere Version des Themas, wobei die kauzige, sprücheklopfende Person des Vaters mehr Aufmerksamkeit erwarten darf als das verliebte Paar und sein freundschaftlicher Beschützer. Geradezu dreist und betrügerisch sind die Manipulationen, die in *Grosses* Erzählung der Vater unternimmt, um seine große Töchterschar gut an den Mann zu bringen, ein wahres Schelmenstück in des Wortes doppelter Bedeutung. Diese Satire auf bürgerlichen Besitzstolz und Kaufmannsgeist verlegt Grosse vorsichtshalber nach England. Vielleicht liegt ihr sogar eine englische Erzählung zugrunde, denn so viel Selbstironie war von dem deutschen Bürgertum, das noch nicht auf eine so lange Phase der Selbstsicherheit zurückblicken konnte, kaum zu erwarten.

Die drei Erzählungen von *Anton-Wall, Spieß* und *Lafontaine* führen nun eine Frau zur Heldin ein. Gerade diese Geschichten werden dem modernen Leser besonders rührselig und in ihrer Handlung außerordentlich konstruiert vorkommen, aber gerade sie trafen die Zeiterwartung besonders genau, und man kann davon ausgehen, daß ihnen vergleichbare Begebenheiten in der Wirklichkeit entsprachen. Auch könnte man aus heutiger Sicht geneigt sein, diese Geschichten höchstens als Beispiel beklagenswerter Unterdrückung der Frau und mangelnder Emanzipation zu akzeptieren. Das träfe die Sache ebensowenig, denn gerade in Darstellungen dieser Thematik zeigt sich eine Anerkennung der weiblichen Individualität, wie sie in den vorher beschriebenen Beispielen, von Möser und Sturz abgesehen, nicht zum Ausdruck kamen, in denen die Frauenfiguren nur als Staffage und bewegendes Element der von Männern gestalteten Handlung dienten. Auch jetzt bleibt die Frau natürlich in ihrer von der Gesellschaft vorgeschriebenen Rolle verhaftet (Rollenverhalten gilt für jede Zeit), aber sie wird als Individuum in ihren psychologischen Regungen interessant.

Schon die frühen Aufklärer hatten die Frauen im Blick. Wenn sie ihnen auch den Zugang zu Wissenschaft und Beruf noch verschlossen, so sollten sie doch zu vernünftigen, tugendhaften, aber auch geistvollen und interessanten Mitgliedern der Gesellschaft werden. In diesem Sinne betrieben die Herausgeber intensive Leseförderung und bemühten sich um geeignete Lektürestoffe. Die Frauen des aufstrebenden Bürgertums nahmen dieses Leseangebot begeistert auf. Als seit Mitte des Jahrhunderts die englischen Romane von Richardson, Fielding und Goldsmith, die französischen von Marivaux, Rousseau und Marmontel erschienen, fanden sie ein wohlvorbereitetes Publikum, das sich vor allem auch das dort vertretene Frauenbild zu eigen machte. Die verfolgte und bewahrte Tugend war ein wesentliches Thema. Weibliche Unschuld und sexuelle Reinheit galten als höchste Werte. In der Sublimierung sexueller Begierden aber erscheint nun die Frau dem Mann als moralisch überlegen, und die Anerkennung dieser moralischen Überlegenheit führt zu einem neuen Selbstwertgefühl in einer Gesellschaft, der Tugend als höchste Leistung der Vernunft und Moralisierung der Weg zur Humanisierung und Emanzipation bedeutete. Die intime Form der Briefe und Gespräche, in denen sowohl die Wochenschriften als auch die Romane ihre

Themen vortrugen, kamen aber auch einem zunehmenden Interesse an psychologischer Durchdringung entgegen, die neben der rationalen Ableitung der Handlungsmaximen nun auch Empfinden und Gefühl als Motivation erfaßten. Hier sind es nun wiederum gerade die Frauen, deren Selbstwertgefühl durch das »Genie der Seele« dem männlichen »Genie des Geistes« gleichgesetzt werden kann. Da man der Frau als eigentümlich die größere Sensitivität zuschreibt, wird eine Epoche des Gefühlskults sich um die seelischen Regungen der Frau besonders intensiv kümmern.

Anton-Wall geht der Psyche der Heldin »Antonie« mit Feingefühl nach. Wie das junge, unerfahrene Mädchen, gehorsam der Konvention folgend, in die Heirat einwilligt, aber voller Entsetzen dem häßlichen, ältlichen Mann entflieht, dann durch das Erlebnis einer ersten, zarten Liebesbegegnung in ihrem Gefühlsleben erwacht, über das Schicksal ihres Mannes aufgeklärt, die Stufen über Mitleid, Achtung und schließlich echter Zuneigung durchsteigt, ist in dieser kunstvoll gebauten Novelle aufs trefflichste entwickelt.

Dagegen fallen in Stil und Erfindung die Erzählungen der beiden Erfolgsautoren *Spieß* und *Lafontaine* ab. Hier werden die Leidensgeschichten der verführten Unschuld erzählt, die in ihrer Ungeheuerlichkeit heute lächerlich, kitschig und kaum glaubhaft wirken. Tatsächlich gibt es für die Verstoßung der »gefallenen« Prinzessin aber historische Beispiele, und auch die Verführung des unschuldigen Kindes vom Lande, das Opfer eines lebenslustigen, verantwortungslosen Landjunkers wird, dürfte kein seltener Fall gewesen sein. Beiden Autoren lag aber nicht nur daran, eine publikumswirksame Geschichte zu schreiben, die ihre Leserinnen zu Tränen rührte, noch war es nur die Warnung vor dem Fall der Tugend, sondern sie stellten auch die Frage nach dem Schuldigen. Wo Anton-Wall ganz im persönlichen Bereich bleibt und den psychologischen Konflikt in Harmonie lösen kann, suchen Lafontaine und Spieß die Ursachen in der Umwelt und der gesellschaftlichen Konvention. Lafontaine geht dabei nicht bis zur letzten Konsequenz; er leitet die Schuld nur aus dem Charakter des ungehemmten und verwöhnten Edelmannes ab, ohne irgendwelche Rückschlüsse auf die durch seinen Stand bedingte Erziehung zu ziehen. Allerdings wissen wir aus anderen seiner Schriften, daß er Bürger und Adlige immer an der moralischen Grenze unterscheidet. Spieß dagegen klagt an. Er versucht dem Bösen in der Welt auf die Spur zu kommen und erkennt die Ursache in den gesellschaftlichen Strukturen und Rechtsnormen, die der Entfaltung wahrer Menschlichkeit keinen Raum geben.

Schon diese beiden Erzählungen schildern ein Verbrechen, und dieses in doppelter Hinsicht, denn zum einen verstießen die verführten Mädchen gegen das normative Gesetz, zum anderen aber die Beteiligten, sei es der Verführer selbst, seien es die unnachgiebigen Eltern, gegen das Naturrecht. Beide Autoren vertreten die Ansicht, daß dieser zweite Verstoß das größere Verbrechen sei.

Drei Gründe führt *Meißner* für die Beschäftigung mit

den Biographien von Verbrechern und Unglücklichen an: erstens gäbe die Wirklichkeit dem Dichter einen interessanteren und lehrreicheren Stoff, als jede Phantasie vermöchte, zweitens trüge es zur Kenntnis des menschlichen Herzens bei und ermögliche dadurch, den gestrauchelten und ins Unglück geratenen Menschen zu helfen, drittens würde die Erkenntnis gewonnen, daß scheinbar unbedeutende Anlässe auf den Weg des Abgrundes führten, was den seiner Tugend Sicheren zur Vorsicht mahne. Meißner verdanken wir die ersten deutschen Kriminalgeschichten, die er in seinen »Skizzen« veröffentlichte. Dargestellt wird das Verbrechen als unerhörte Begebenheit, deren psychologische und historische Hintergründe aufzudekken sind. Dabei geht es nicht um die Beweisaufnahme zur Ermittlung des Täters, weil – der kriminalistischen Praxis der Zeit entsprechend, die noch auf ein durch Folter erpreßtes Geständnis baute – das Verbrechen günstigstenfalls durch sonderbare Umstände und Zufälle aufgeklärt wurde. Das Interesse liegt vielmehr in der Ergründung der Ursachen, die einen Menschen zum Verbrecher werden lassen. Als Ergebnis bieten sich auch hier wieder die zwei Bereiche, die sich dem Blick dieser Epoche erschlossen, der psychologische und der gesellschaftliche. Entweder liegt die Ursache der Tat in einer charakterlichen Fehlentwicklung oder in der Gesellschaftsstruktur und ihrem normativen Recht begründet. Daneben weiß sich Meißner aber auch der amüsanten Schwank- und Anekdotentradition zu bedienen. Mit einer erotischen Gaunerkomödie (»Nannette«) und dem bravourösen Husarenstück »Geistesgegenwart«, einer »wahren Anekdote«, unterhält er sein Publikum.

Was hier nur als amouröses Abenteuer und Mantel- und Degenstück vorgeführt wird, erscheint bei *Wezel* als bittere Satire. Dieser Autor ist der Außenseiter unter seinen schriftstellernden Zeitgenossen. Zu seinen Lebzeiten verkannt, später vergessen, wird die Schärfe seiner Analyse und die Modernität seiner Weltsicht erst heute gewürdigt. Vielen denkenden Köpfen war gegen Ende des 18. Jahrhunderts die Dialektik der Aufklärung bewußt geworden: die hoffnungsvolle Utopie, den Menschen durch vernünftige Einsicht zu sittlichem Handeln und Freiheit bringen zu können, scheiterte an der geschichtlichen Wirklichkeit und wich einer resignativen Melancholie. Wezel, der in seinem »Versuch über die Kenntnis des Menschen« (1784/85) vom Lockeschen Sensualismus und materialistisch-mechanistischen Weltbild La Mettries, Holbergs und Helvétius' ausgeht, kann den Widerspruch zwischen Anspruch und Wirklichkeit nur noch in der Satire lösen. Seine Illusionskritik führt über Voltaires »Candide« hinaus, denn im sinnlosen Chaos der Wirklichkeit kann der Mensch nur noch die schlechteste aller möglichen Welten erkennen, die ihn, wenn er sich ihr anpaßt, selbst vernichtet. So helfen auch Düc seine philosophischen Tugenden, die gute Laune, die Gelassenheit und Geduld, nicht mehr weiter, denn sie töten schließlich alle Leidenschaften, die doch der Antrieb zu tätigem Leben sind. Übrig bleibt ein »vegetierendes Wesen«, das nur noch den gewöhnlichen Zirkel der körperlichen

Bedürfnisse durchläuft, »ohne mit einem Gedanken oder einer Handlung zu verraten, daß wir mehr können als essen, trinken, schlafen«.

Resignation und Melancholie entzünden sich kaum sonst an den psychologischen, ökonomischen und politischen Realitäten, sondern sie folgen aus der philosophischen Einsicht, daß die menschliche Vernunft, entgegen der Lehre des aufklärerischen Optimismus, letzten Endes doch nicht in der Lage ist, die innere Verknüpfung des Weltzusammenhanges in allen Abhängigkeiten und Folgen zu erkennen. Diese Einsicht mußte den Menschen, der sein Selbstvertrauen gerade durch den Gebrauch der eigenen Vernunft gewonnen hatte, tief verunsichern. Die idealistische Philosophie widmete sich im Kern dieser Frage. Auch die Unterhaltungsschriftsteller versuchten, an den unabsehbaren Folgen einer – oft aus besten Absichten – begangenen Tat diese verhängnisvolle Verstrickung darzulegen. Den Beschluß unserer Sammlung macht die kleine Betrachtung *Anton-Walls,* der angesichts eines toten Maulwurfs über die unendlichen Möglichkeiten der »Vernetzung« meditiert und sie in ihrer Größe, die den menschlichen Geist übersteigt, ohne Aufbegehren bewundert. Einsicht und Selbstbescheidung sind vielleicht nicht die schlechtesten Reaktionsmöglichkeiten auf das Scheitern des Versuchs, die Welt allein nach rationalen Gesichtspunkten zu verändern.

Die verschiedenen Spielarten des bürgerlichen Zeitalters, Tugend, Zweckmäßigkeit, ökonomischer und gesellschaftlicher Wandel, Erfolg, Resignation und Selbstbescheidung, liegen schon in seiner Entstehungszeit begründet und fanden nicht nur in den theoretischen und philosophischen Schriften ihren Niederschlag, sondern lassen sich auch in den heute vergessenen Lesestoffen für ein breiteres Publikum finden. So ist unsere Sammlung nicht nur als Ergötzung am kuriosen Stil und Geschmack einer fernen Epoche gemeint, sondern sie soll etwas von den Problemen und Gedanken vermitteln, die die Menschen beschäftigten, ehe noch das moderne industrielle Zeitalter sich abzuzeichnen begann.

Marion Beaujean

INHALT

Inhalt

ANHANG